钢铁之城

中塞企业合作协奏曲

王立新 著

外语教学与研究出版社
北京

河北教育出版社

图书在版编目（CIP）数据

钢铁之城：中塞企业合作协奏曲 / 王立新著 . —— 北京：外语教学与研究出版社，2021.5
ISBN 978-7-5213-2573-7

Ⅰ. ①钢… Ⅱ. ①王… Ⅲ. ①纪实文学－中国－当代 Ⅳ. ①I25

中国版本图书馆 CIP 数据核字 (2021) 第 070172 号

出 版 人　徐建忠
项目策划　彭冬林　徐晓丹
顾　　问　董素山
特约编辑　郝建东
责任编辑　刘　荣
责任校对　徐晓丹
装帧设计　水长流文化
出　　版　外语教学与研究出版社　河北教育出版社
发　　行　外语教学与研究出版社
社　　址　北京市西三环北路 19 号（100089）
网　　址　http://www.fltrp.com
印　　刷　三河市北燕印装有限公司
开　　本　650×980　1/16
印　　张　18.5
版　　次　2021 年 5 月第 1 版　2021 年 5 月第 1 次印刷
书　　号　ISBN 978-7-5213-2573-7
定　　价　49.80 元

购书咨询：(010) 88819926　电子邮箱：club@fltrp.com
外研书店：https://waiyants.tmall.com
凡印刷、装订质量问题，请联系我社印制部
联系电话：(010) 61207896　电子邮箱：zhijian@fltrp.com
凡侵权、盗版书籍线索，请联系我社法律事务部
举报电话：(010) 88817519　电子邮箱：banquan@fltrp.com
物料号：325730001

前言

2019年6月2日，河北省宣传部、河北省作家协会、河北出版传媒集团、文艺报社等单位联合主办，河北教育出版社、花山文艺出版社共同承办的《多瑙河的春天："一带一路"上的钢铁交响曲》作品研讨会在北京举行。

在研讨会上，中国作家协会副主席、著名文学评论家李敬泽称赞道："王老师不仅是一名颇有影响力的报告文学作家，而且是一名钢铁战士。几十年来，王老师始终驻扎在钢铁一线，写了好多部反映钢铁战线的文学作品，这些作品成为中国钢铁企业发展的一面镜子。《多瑙河的春天：'一带一路'上的钢铁交响曲》是我国报告文学界反映'一带一路'建设成果的重要作品，体现了新时代中国人的精神风貌，也加深了人们对'一带一路'的理解。"

他向我提出建议："这个题材是个富矿，希望您能深挖题材，再写一本，从更宏观的角度，用更深刻的笔触来展现唐钢改革、河钢集团全球化布局、中塞企业合作等一系列事件的全貌。"

在愈加激烈的国际市场竞争环境下，河钢集团加快了全球化布局，并做出了一系列重大决策，如：收购南非矿业，控股瑞士德高，组建并经营河钢塞钢等。其中，河钢塞钢是中国治理、中国方案、中国智慧在国外获得成功的一个生动体现，也是构建"人类命运共同体"的一次重大实践，具有特殊价值和时代意义。

因此，李敬泽老师的建议正合我意，我决定从促进"一带一路"建设的角度来创作下一步作品，力图用开阔的思路、深刻的笔触和丰富的内容来展现河钢集团积极参与"一带一路"建设、加快国际化发展的磅礴画卷。

为了掌握更为翔实的第一手材料，我决定走出国门，走到国外企业员工当中，了解他们的现实生活和真情实感。

2018年的最后一星期，我是在遥远的塞尔维亚度过的。在贝尔格莱德这座在战争废墟上崛起的英雄城市里，在斯梅代雷沃这座重新崛起的钢铁之城里，在满面春风的河钢塞钢的员工队伍中，我切身体会到"一带一路"倡议给这个中东欧国家带来的深刻影响。同时，我也感受到了塞尔维亚人民给予我的春天般的温暖。

近些年，我一直在关注这样一个问题：在愈演愈烈的全球金融危机中，世界大部分钢铁企业举步维艰，但河钢集团为何能够破釜沉舟，走出国门，走向世界？这也是我想深入探究的创作课题。我只有把这个问题讲深、讲透，才能给读者带来更全面、更深刻的感受。

那么，我该如何把这个问题讲深、讲透呢？

首先，要有崭新的创作理念和思路。

报告文学的创作不仅需要好的文笔，需要胆识和勇气，更需要崭新的创作理念和思路。通过多年的深入采访，我更加强烈地意识到，作家的见识对作品的创作极其重要。在传统理念下，作家无法站在时代前沿，把握好像万花筒一样的现代工业题材。生活理念滞后，就会导致创作理念的滞后。所以在新时代，作家的创作理念需要转型升级。作家要写出具有新时代气息的优秀报告文学作品，就必须投身到现实生活的洪流当中。

史诗般的长篇小说《静静的顿河》，作者是享誉世界的苏联知名作家、诺贝尔文学奖得主米哈伊尔·肖洛霍夫。他在谈到工业题材文学创作贫乏的原因时，曾经这样问道："有谁会像朋友一样走进工人的家庭，或者走进工程师的家庭，或者走进生产革新能手的家庭呢？"肖洛霍夫建议，作家应该到工厂里去。他说："如果你是一个聪明的作家，想创作与工人有关的作品，那就应该到马格尼托哥尔斯克钢厂、斯维尔德洛夫斯克工厂、车里雅宾斯克工厂、扎波罗热工厂里去……"

其次，要"腾空而起"，更要"站稳大地"。

作家的采访要深入、扎实，作品能够真实而全面地展现人物和故事；同时，作家在创作的过程中要充分发挥创作能力，使作品成为一幅迷人的画卷或一首隽永的诗篇。报告文学作家常常是"打一枪换一个地方"，这是一种"迈开双脚，遍地采蜜"的常规做法。然而，这并不是唯一的选择。我从事报告文学创作已有30余年，一开始也是四面出击，哪里有好的题材就去哪里。我几乎走遍了整个中国……转了一圈我才发现，我需要深耕的还是脚下的那片故土。

"板凳敢坐十年冷，一锹掘得百丈深。"报告文学作家完全可以像肖洛霍夫那样，一辈子专注于生他养他的顿河。他们完全可以像路遥那样，一辈子专注于他所热爱的陕北高原。报告文学作家只有沉下心来，深耕一块底蕴深厚的"沃土"，才能写出优秀的作品，才能成为一个领域的"标杆作家"。

我根据李敬泽老师的提议，创作了这部新作——《钢铁之城：中塞企业合作协奏曲》，从更宏观的角度，用更深刻的笔触，让读者对唐钢改革、河钢集团全球化布局、中塞企业合作等事件有一个总体而深入的了解。

让我感到庆幸的是，本书的出版同时得到外研社和河北教育出版社领导的大力支持。项目策划徐晓丹老师对本书提出了宝贵的建议，责任编辑刘荣老师对书稿进行了精心打磨，付出了大量心血。在此，我对他们表示最诚挚的谢意！

王立新
起笔于钢城唐山
2021年4月28日

目录

第 1 章　历史与现实：
　　　　从圆舞曲到钢铁交响曲 / 1

第 2 章　从辉煌到破产：
　　　　"塞尔维亚的骄傲"深陷绝境 / 7

第 3 章　抛售钢厂：
　　　　美钢联的旗帜凄然落下 / 21

第 4 章　从失望到绝望：
　　　　一波三折的国际招标历程 / 29

第 5 章　绝处逢生：
　　　　武契奇总理带来了好消息 / 45

第 6 章　逆势强音：
　　　　"我们要成为金融危机中的最大赢家！" / 57

第 7 章　断腕转向：
　　　　河钢集团逆势崛起 / 79

第 8 章　布局全球：
　　　　全面打造"世界河钢" / 93

第 9 章　诊断开方：
　　　　找到症结，突破企业发展瓶颈 / 111

第 10 章　超常决策：
　　　　在非议中完成收购 / 125

第 11 章　风云激荡：
　　　　艰难的"入欧"之路 / 133

第 *12* 章　大国心声：
　　　"这就是我们的承诺！"　/ 141

第 *13* 章　碰撞与融合：
　　　复兴钢厂，开启新里程　/ 147

第 *14* 章　异国生活：
　　　"家"是不可碰触的字眼　/ 171

第 *15* 章　践行承诺：
　　　让百年钢厂重现生机　/ 187

第 *16* 章　半年扭亏：
　　　走出长达七年的"冰冻期"　/ 195

第 *17* 章　员工心声：
　　　"我们的生活从此有了希望！"　/ 207

第 *18* 章　走访塞籍员工家庭：
　　　"我们不再担心未来……"　/ 225

第 *19* 章　紧急救援：
　　　突遭多瑙河大封冻，共同化解危机　/ 247

第 *20* 章　未雨绸缪：
　　　提前谋划，主动应对多瑙河枯水期　/ 257

第 *21* 章　再践诺言：
　　　打造欧洲极具竞争力的钢铁企业　/ 263

第 *22* 章　**打造命运共同体：**
　　　中塞友谊是用钢铁铸就的　/ 277

第 1 章

历史与现实：从圆舞曲到钢铁交响曲

流经塞尔维亚斯梅代雷沃市的多瑙河

没有蓝色的多瑙河

多瑙河是一条闻名世界的"圆舞曲之河"。全世界所有的人，无论身居何处，无论是否来过，对这条河的认知几乎都来自这首热情奔放、节奏轻快的圆舞曲——《蓝色多瑙河》。

作为长度仅次于伏尔加河的欧洲第二大河，多瑙河从德国西南部的黑林山出发，蜿蜒东去，如同一条随性游动的巨蟒，庞大的身躯扭过奥地利、斯洛伐克、匈牙利、克罗地亚、塞尔维亚、保加利亚、罗马尼亚、乌克兰等国家，最后进入黑海。

也许是因为经历的战火太多了，也许是因为流过的鲜血太多了，也许是因为饱尝的苦难太多了，生活在多瑙河两岸的人们丝毫没有感觉到它的美丽与浪漫，只觉得这条日夜奔涌的河流见证着日月轮转、春秋更迭……

在1866年一个美好的春日，一个满头乌发、眸子深邃、长着浓密胡子的中年男人沿着多瑙河泛舟而行。湛蓝如镜的河水，旖旎如画的风光，美丽动人的传说……这一切使他感受极深，久久不愿离去。

多瑙河的美景盘旋在他的脑海里，于是他把心里的感受讲给了一个名叫贝卡·尔克的诗人朋友听。他们秉烛夜谈，直至晨阳升起。哥涅尔特也曾无数次泛舟经过这条多姿多彩的河流，此番交流激发了他的创作灵感。

过了一段时间，当这个中年男人再次与贝卡·尔克见面时，贝卡·尔克已经把多瑙河的美景变成了一首壮丽的诗篇。这个中年男人读完这首诗后心情激动不已，脑海里闪现的音符就像多瑙河里的波涛，激荡着他的心灵。这个中年男人忘了带纸，于是就在自己的衣袖上记下了这些音符。这天晚上，这个中年男人没有回家，而是去了他的工作室进行创作，一直忙到深夜。就是在这样一个极其普通的夜晚，一首享誉世界的经典名曲诞生了。

这个中年男人就是小约翰·施特劳斯。这首曲子就是《蓝色多瑙河》。这首曲子的主题，就是为了歌颂多瑙河的春天。

然而，这首激情之作却在严寒中遭遇不幸。1867年2月15日，这首曲子在维也纳公开首演。由于当时维也纳正处于普鲁士的围攻之下，战火纷飞，炮声隆隆，大地都在颤抖，人们处于惊恐之中，根本没心思去聆听这首激情之作，首演只能以失败告终。

1867年，小约翰·施特劳斯在这首曲子里增添了一些新的内容，并把它改成了圆舞曲。还是在这一年，小约翰·施特劳斯在巴黎的万国博览会上亲自担任指挥，《蓝色多瑙河》圆舞曲一演而红。没过多久，小约翰·施特劳斯就在美国参加公演。顷刻间，这首圆舞曲传遍了世界各大城市。它成了小约翰·施特劳斯一生中最重要的作品，成了最受人们欢迎的作品之一。

时至今日，这首圆舞曲仍然深受世界各国人民的喜爱。每年元旦，在维也纳举行的新年音乐会上，这首圆舞曲成了保留曲目。然而，很少有人知道，这是音乐家的深情之作，更是激情之作。

《蓝色多瑙河》之所以深受人们喜爱，除了拥有美好的旋律，还有"蓝色"二字。多瑙河到底是不是蓝色的曾有人专门考察过，他们发现，多瑙河在一年时间里会有8种颜色：有6天是棕色的，有55天是浊黄色的，有38天是浊绿色的，有49天是鲜绿色的，有47天是草绿色的，有24天是铁青色的，有109天是绿宝石色的，有37天是深绿色的。[①]多瑙河有那么多种颜色，唯独没有蓝色。他们得出结论：这只是一个浪漫的传说。仅此而已。

蓝色是美好，是安详，是勇敢，更是梦想。这个梦想把多瑙河的美丽与浪漫传扬了100多年……

---

① 《多瑙河是蓝色的吗？》，2018年8月13日，新华网，http://www.xinhuanet.com/science/2018-08/03/c_137366354.htm，访问日期：2020年1月25日。

来自多瑙河畔的
中塞企业合作协奏曲响彻中东欧大地

在《蓝色多瑙河》诞生后的第150个年头，另一首歌颂多瑙河的"协奏曲"轰然奏响。这完全是一种巧合。

这就是在多瑙河畔奏响的中塞企业合作协奏曲。这首曲子并不是诞生在奥地利的维也纳，而是诞生在塞尔维亚的斯梅代雷沃市。这首曲子是用截然不同的"钢琴"演奏的。这架"钢琴"就是位于多瑙河畔的斯梅代雷沃钢厂。

在2016年的夏天，位于中国的河钢集团与万里之遥的斯梅代雷沃钢厂不期而遇。河钢集团不仅收购了这家被世界钢铁巨头美国钢铁公司（简称"美钢联"）抛售的百年钢厂，而且保留全厂员工，并委托下属企业唐钢②全面负责运营管理。唐钢为此组建了一支强有力的经营管理团队，团队里的每个成员都是出色的"演奏者"，他们把陡河岸边的经营管理之风带到了遥远的多瑙河畔。

这个经营管理团队在河钢集团领导的指导下，以三个"本地化"的崭新理念，把这架破损的"老钢琴"打造成了一架现代化的"新钢琴"，奏响了"半年扭亏""一年全面盈利"和"开启现代化工业园建设"这三个依次递进的乐章，演奏出了和谐、轻快、奔放的中塞企业合作协奏曲。

这让我再次想起《蓝色多瑙河》圆舞曲。节奏明快的旋律，与主旋律呼应的顿音，共同烘托出轻松、活泼的气氛。这种气氛让人感觉到春天的气息悄然而至。

春天来了，
大地在欢笑，
蜜蜂嗡嗡叫，
风吹动树梢。
啊，春天来了，

---

② 唐钢是指河钢集团唐山钢铁公司，简称"河钢唐钢"。为了方便叙述，全书将其称为"唐钢"。

大地在欢笑，
蜜蜂嗡嗡叫，
风儿啊，
吹动树梢，
多美妙！
……

这些重复的旋律表达了人们对春天的渴望，我被这美好的旋律感染了，内心涌动着急盼出现的春潮。虽然我身在陡河岸边的河北唐山，但心却像长了翅膀一样，飞到了地球另一端，飞到了巴尔干半岛，飞到了在战后废墟上重建的塞尔维亚，飞到了还留着无数弹痕的贝尔格莱德，飞到了已经发生巨变的河钢塞钢……

当这钢铁协奏曲响彻中东欧大地的时候，我怀着迫切的心情去寻找那架"钢琴"，去寻找那些创造了奇迹的"演奏者"，去寻找那些谱写"钢铁史诗"的工人们……

第 2 章

从辉煌到破产："塞尔维亚的骄傲"深陷绝境

斑驳锈蚀的斯梅代雷沃钢厂

从北京到斯梅代雷沃有多远？

2018年12月24日凌晨两点，整个北京城已酣然入梦。在河钢集团的安排下，我和河钢集团党委宣传部新闻中心主任牛卫星一起，从北京首都机场出发，前往塞尔维亚的斯梅代雷沃市。斯梅代雷沃与北京的直线距离有7400多公里。对中国人而言，那是一个遥远的地方。

我们乘坐国航班机从首都机场出发，沿着"莫斯科—柏林"的国际航线前行。飞机飞行了几个小时，终于到达德国的法兰克福国际机场。此时，远方的地平线已经微微发亮。

我们在法兰克福国际机场停留了几个小时，临近中午才转机。下午三点钟左右，我们终于抵达贝尔格莱德尼古拉·特斯拉国际机场。尼古拉·特斯拉是塞尔维亚裔美国籍科学家，是世界知名的发明家、物理学家、机械工程师、电机工程师和未来学家。他的多项发明专利和电磁学理论研究是现代无线通信的基石。尼古拉·特斯拉是塞尔维亚人的骄傲，为了纪念他，塞尔维亚政府特意以他的名字来命名这个机场。

我们走出机场，很快就见到了河钢塞钢办公室的年轻女翻译波亚娜，她在机场出站口等候多时。2016年，这个朝气蓬勃的女翻译毕业于贝尔格莱德大学外国语学院，并有幸获得了前往中国天津留学的机会。留学期间，她利用课余时间去了北京、西安、洛阳、哈尔滨等城市。毕业后，她多次带团访问上海、杭州、苏州等城市。2017年12月底，她通过应聘来到河钢塞钢，成为钢厂的中文翻译。

波亚娜领着我们坐上汽车，汽车沿着高速公路向东南方向行驶，开往我们向往已久的斯梅代雷沃。斯梅代雷沃是塞尔维亚波杜那瓦州的首府，距离首都贝尔格莱德有40多公里。

塞尔维亚有三个截然不同的地貌特征：北部是号称"东欧粮仓"的伏伊伏丁那平原，中部是连绵起伏的丘陵，南部是沟壑纵横的山区。斯梅代雷沃地处塞尔维亚中部，所以这里大多数地方是像波涛一样起伏不定的丘陵，只有多瑙河岸边是一片宽阔的平原。

这里刚下过一场雪，未融化的积雪在阳光的照射下发出耀眼的光芒。

汽车行驶了大约一个小时，我们就看见一条金色的光带从天边伸展开来。它就像一个女神凌空抛下的一条神奇的彩带。这就是闻名遐迩的多瑙河。它不像黄河那样波澜壮阔，也不像长江那样庄严、肃穆，而像一位美丽的少女，伴着清澈的河水在微风中翩翩起舞。

斯梅代雷沃这座小城就在多瑙河的岸边。

古老的"钢铁之城"

要了解斯梅代雷沃这座城市，就必须从一座知名的古堡说起。这座古堡就是欧洲最大的平原城堡——斯梅代雷沃古堡。

多瑙河岸边的斯梅代雷沃古堡

在中世纪，塞尔维亚人民为了抵御奥斯曼土耳其帝国的入侵，大兴土木，兴建了这座坚固的城堡。"二战"期间，塞尔维亚炮火连天，烽烟四起，这座古堡同样受到敌机的狂轰滥炸。然而，这座古堡就像不甘屈服的塞尔维亚人民一样,始终屹立在那里,昂首挺胸,仰望苍穹……我们沿着锈迹斑驳的石头台阶拾级而上,坚固的古城墙外边就是日夜奔流的多瑙河。

斯梅代雷沃就是依托这个经历无数战火的古堡发展壮大起来的城市。这座城市规模不大,但在塞尔维亚却非常有名,因为钢铁、机械制造、炼油等产业比较发达,河钢塞钢就在这里。这座城市的经济命脉是钢铁,因此人们把斯梅代雷沃称为"钢铁之城"。

我们来到斯梅代雷沃的多瑙河岸边,大大小小的丘陵顿时失去了踪影,映入眼帘的是一片宽阔的平原,我们的视野变得更加开阔。一个高大的烟筒出现在我们眼前,它就像一块锥状的纪念碑,挺立在苍穹之下。这就是我们希望尽快看到的河钢塞钢。

铁托总统亲自选址兴建的钢厂

20世纪60年代初的某个春日,一个身材魁梧的老人带着几个人从贝尔格莱德驱车来到了现在的河钢塞钢这个地方。这个人就是南斯拉夫社会主义联邦共和国(简称"南联邦")的总统约瑟普·布罗兹·铁托。

原来的钢厂是在1913年由资本家创办的只有一个炼铁炉的小型钢铁厂。这家钢铁厂坐落于多瑙河岸边,靠近斯梅代雷沃市区。这家钢铁厂建在这里有两大好处:一是当时的城镇规模比较小,这里有许多空旷之地,完全可以满足建厂、扩厂的需要;二是这里位于多瑙河岸边,可以通过驳船转运生产原料和钢材产品。

如今,这个小型水运码头依然存在,被当地人称为"旧码头"或"老码头",但它仍然是钢厂原料进口和产品出口的"御用码头"。

南联邦建立后,这家钢厂被国家收购,成为一家国有企业。

战争的硝烟刚刚散去,人们回到了自己的家乡,在战后的废墟上重建家园的使命摆在了铁托的面前。他经过深思熟虑,提出了一个鼓舞人心的目标：在大力发展农业的同时，着手推进现代工业化进程。

钢铁是工业发展的基础，要实现工业化，就必须发展钢铁产业。作为南联邦唯一的国有钢厂，发展钢铁产业的巨大使命只能由它来承担。

从1947年到1963年，是南联邦经济快速发展的时期。南联邦分别制定了一个"五年计划"（1947—1951年）和一个"十年计划"（1953—1962年），有目标地发展本国经济。在"十年计划"的实施阶段，南联邦的经济年平均增速是13.8%，成为当时社会主义阵营中经济发展速度最快的国家。

然而，随着工业化进程不断推进，基础设施、机械制造等行业不断发展，钢铁的市场需求日益增加与钢材产品供应不足之间的矛盾开始暴露出来。原来那座钢厂的生产规模已经不能满足整个国家建设的需要，因此，钢厂的扩建任务就提到了国家议事日程上。

铁托总统果断决定，重建一家规模更大的现代化钢厂。他亲自带领有关工程技术人员进行实地考察，勘验选址。这次选址的基本要求有两点：一是不能远离多瑙河这条航运通道；二是要求地势平坦，能够满足新钢厂建设用地的需要。正是基于这两个必备的条件，铁托总统亲自带队，沿着多瑙河跑了很多地方，最后来到距离斯梅代雷沃主城区只有20多公里的平原。

这个地方土地肥沃，一马平川。当时，这里是一大片枝叶茂密的葡萄园。一听说国家要在这里建设新钢厂，当地农民纷纷表示，愿意让出这块风水宝地，以实际行动来支持国家的工业化建设。

一场伟大的战役就这样开始了。在短短的两年时间里，一家新钢厂建好了。在一片欢呼声中，新钢厂涌现出了第一炉炙热的铁水。

在星光闪烁的夏夜，在多瑙河岸边散步的斯梅代雷沃人，一旦看到钢厂迸发出来的火光像闪电一样撕破了黑色的天宇，都会兴奋地发出感叹："又一炉新钢出炉了！"

1964年是钢厂发展的关键一年。这一年，国家对钢厂进行了重点投资，在对原有炼铁高炉设备和炼钢转炉设备进行改造和技术升级的同时，又新建了一个轧钢厂。

一转眼，八年时间过去了，这是南联邦经济快速发展的八年，也是钢厂铁水奔流、钢花四溅的八年。

从1964年到1972年，在整个南联邦的土地上，数十项国家重点工程项目上用到的钢材都是由这家钢厂生产的。钢厂的员工们为实现南联邦工业化强国之梦立下了不朽的功勋。

随后，铁托总统根据国家经济快速发展的需要，指导相关部门对钢厂实施了扩建工程，组建了新型冷轧厂和2250毫米规格的热轧薄板生产线。此时，钢厂成为南联邦生产规模最大、技术设备最先进、产品最高端的全流程钢铁生产企业。这家钢厂生产出来的产品，质量竟然能与当时的老牌钢铁大国西德的钢铁产品相媲美。

那是一段激情燃烧的岁月，钢厂是国家的工厂，员工是国家的主人。全厂员工把全部的希望都寄托在钢厂里。钢厂就是他们的家，就是他们的命，就是他们赖以生存的所有依靠。为了支援国家建设，为了尽快实现工业化，钢厂的每个员工都忘我地工作着。机器的轰鸣声是让他们感到无比快乐的声音，高音喇叭里播放的喜讯总是在钢厂上空回响着。人们你追我赶，争先恐后，脚步充满力量，脸上绽放的笑容像向日葵一样灿烂。各车间主动开展竞赛，橱窗里贴满了一个个先进工作者的照片。领导会在表彰大会上亲自给获得"劳动模范"称号的员工佩戴大红花……

全国人民都羡慕这些钢铁工人。能在这家钢厂工作的人，在睡梦中都会带着笑容。小伙子们穿着工作服走上大街，满面春风，信心满满；姑娘们主动托门子、找关系，希望自己能够嫁给钢厂工人。

上班的情景更为动人。当火红的朝霞染红了多瑙河时，从四面八方涌来的人流，像河水一样涌进宽阔的厂门，然后又分成无数支流，涌上铁水奔流的高炉平台，涌进钢花四溅的炼钢车间，涌进车轴滚动的轧钢生产线，涌进摆满了轧钢产品的成品库房，涌进吊钩旋转的驳船……钢厂生产出来的钢材如同数不清的箭头，各自射向了热火朝天的建设工地。

为了加大钢铁企业的发展力度，政府决定对该厂进行第三次扩建，进一步扩大生产规模。从1981年到1985年，政府仍然决定对斯梅代雷沃钢厂加大投入，投资额竟然高达44亿第纳尔①。这一招果然奏效。仅仅用了五年时间，钢厂的产能创历史新高。在鼎盛时期，这家钢厂给斯梅代雷沃市贡献了40%的财政收入。

此时的钢厂共分为四个部分：第一部分是钢铁厂，包括：拥有两座高炉的炼铁厂，一座有三个氧气转炉的炼钢厂，一座冷轧厂，一座拥有2250毫米规格的热轧厂；第二部分是塞班镀锌厂；第三部分是库切沃矿山；第四部分是多瑙河岸边的水运码头。

在北约轰炸的艰难处境中生存

1989年，东欧发生剧变。1991年，苏联解体。不久，南联邦解体，分裂成马斯顿、波斯尼亚和黑塞哥维那（简称"波黑"）、克罗地亚、斯洛文尼亚、南斯拉夫联盟（简称"南联盟"）等国。

然而，以美国为首的北约并没有放松对南联盟的打击和镇压。从1992年南联盟成立开始，国际社会对其进行了长期的经济制裁。从1999年3月24日开始，以美国为首的北约又对南联盟进行了长达78天的持续轰炸。

在硝烟弥漫的南联盟大地上，空中时不时地会有轰炸机的身影出现。凄厉的呼啸声过后，是巨大的爆炸声。北约的轰炸目标主要集中在桥梁、电站和重点工业企业。因为斯梅代雷沃钢厂是南联盟最大的钢铁企业，所以它必然成为北约轰炸的目标。

时任斯梅代雷沃钢厂保卫部部长的米沙，就是北约轰炸钢厂的历史见证者。他这样描述当时的情景："1999年3月24日傍晚，我在钢厂连续工作了八个小时。那天晚上我要值班，所以没有回家，正好遭遇北约对钢厂的自备发电机组进行轰炸。随着几声震天的巨响，整个天空突然黑了下来，巨大的爆炸声把钢厂办公室的玻璃

---

① 第纳尔：南联邦的货币单位。

全都震碎了，屋顶的玻璃吊灯也被震落下来了。这次轰炸对钢厂的影响特别大，因为自备发电机组被炸毁，炼铁高炉、炼钢转炉和冷热轧系统全部处于瘫痪状态。后来，工厂组织员工对被轰炸的自备发电机组进行了紧急抢修，生产慢慢恢复。谁能料到，生产还没有完全恢复，新一轮轰炸又开始了……"

许多老员工都怀着悲痛的心情回忆起那段不堪回首的往事，河钢塞钢办公室主任杜达女士就是其中一个。

1964年7月1日，杜达在斯梅代雷沃出生。父亲是当地人，年轻时靠自己的努力和勤奋考取了贝尔格莱德大学，学习法律。毕业后，他回到斯梅代雷沃市从事法律工作，成了当地知名的法官。老人家现在已有八十多岁的高龄。杜达的母亲死得早，为了照顾患病的父亲，杜达一直未嫁。她用一双男人般有力的肩膀扛起了整个家庭的责任。

杜达勤奋好学，能说一口流利的英语；她果敢干练，工作起来腿脚生风。从年轻的姑娘变成身体有些发福的中老年妇女，她为钢厂的发展献出了全部的青春。她饱含深情地对我说："没有人比我更爱这个厂，因为这里就是我的家！"

本书作者与河钢塞钢办公室主任杜达女士合影

因为南联盟拒绝承认所谓的"科索沃独立",所以美国主导的联合国安理会通过决议,决定对南联盟实施长期的经济制裁。谈到那段时间钢厂所处的困境时,她说:"进口铁矿石原料运不进来,钢材产品运不出去,钢厂只能维持简单的再生产。长期的经济制裁造成了恶性通货膨胀,货币贬值,物价飞涨,我们一个月的工资连打车的钱都不够,只够买一盒香烟……"

说起北约轰炸南联盟那段不堪回首的日子,她目光低垂,眼角沁出了泪花:"与中国的大型钢铁企业相比,我们钢厂不算大,可在当时,全国人口只有600多万,而斯梅代雷沃市就有10多万人口,这些人都指望着钢厂发的工资过日子。钢厂曾经也是一个响当当的国有企业啊!然而,自从南联盟解体之后,我们的日子一年不如一年了。好几年的经济制裁使我们没了活路,北约又对我们国家进行了长达78天的持续轰炸。到了2002年7月份,钢厂又遭遇破产……过去的好日子早就没有了!"

失落的钢厂,冰冷的心

2002年7月,钢厂由于长期亏损,不得不宣告破产。这对全厂5000多名员工来说,几乎是一场灭顶之灾。

钢厂破产了,员工依靠的这座大山倒下了,工作没有了,希望也就没有了。这场灾难袭击着这家百年老厂,员工们就像秋叶一样随着风雨飘落……

再严厉的经济制裁没有压垮他们,再猛烈的轰炸没有吓倒他们,但是钢厂破产了,这座大山倒下了,他们也要随之倒下了……

最悲惨的,要属钢厂员工了。许多家庭三代人都在钢厂工作,被称为"钢铁世家"。他们用自己辛勤的劳动,在多瑙河岸边的荒地上垒起了第一座高高的烟筒;他们建起了两座炼铁高炉,让一道道炙热的铁水从炉里奔涌而出;他们建起了两条生产线,生产出无数高质量的钢材产品，支持这个国家的经济建设……

许多员工在钢厂工作了一辈子，陪伴高炉、转炉和轧钢机的时间比陪伴自己家人的时间还要多，他们对钢厂有一种难以言表的特殊情感……这些"钢铁世家"把整个家族的命运与钢厂紧紧地捆绑在了一起。

人们都说，21世纪是一个充满希望的世纪。然而，这里的员工不会想到，刚刚进入21世纪，命运之神却突然拐了一个大弯，毫不留情地将他们抛弃……

冰冷的雨水滴进车间，炙热的工厂变成了一个冰冷的世界。高炉不再冒烟了，转炉不再炼钢了，轧钢生产线停止了转动……钢厂像一个奄奄一息的老人，慢慢变得冰冷、僵硬，等待着死神的召唤。

工厂放长假了，员工们被迫离开了自己熟悉的工作岗位，无法把工资拿回家，无法面对卧病在床、亟待救治的老人，无法面对正在嗷嗷待哺的婴儿和正在上学的孩子……为了生存，为了养家糊口，他们不得不离开自己的熟悉的钢厂，像孤雁一样各自飞往未知的世界。他们不得不远走他乡，去找新的工作。

对那些年纪稍大的员工们来说，那就更惨了。他们在钢厂工作了大半辈子，只会炼铁、炼钢，到社会上很难找到新的工作。面对生存绝境，他们感到非常无助，只能抱头痛哭……

寒冬里的痛苦与焦虑

历史总是富有戏剧性。1999年3月，以美国为首的北约轰炸了钢厂，把钢厂员工推向绝境。谁能想到在四年之后，美国最大的钢铁生产商——美国钢铁公司（简称"美钢联"）却收购了这家钢厂。

2003年9月，美钢联斥资2300万美元，从塞尔维亚政府手中买下了斯梅代雷沃钢厂及其所属的6家企业，成立了美钢联塞尔维亚分公司（USSB）。

这个特大的喜讯，犹如炸响的春雷，震惊了整个塞尔维亚。在塞尔维亚政府与美钢联签署收购协议那一天，各个电视台都竞相报道这个令人振奋的消息，似乎整个国家的人民都被这股滔天的热浪托起来了。

在塞尔维亚各大报刊上出现的文字也非常醒目：

"这是塞尔维亚历史上的重大事件！"

"这是塞尔维亚经济的转折点！"

"严冬即将过去，多瑙河的春天来啦！"

……

最激动的莫过于钢厂的员工了！他们彻夜难眠，如同度过了漫漫长夜，终于看到了希望的曙光：

"美国人来啦！"

"美国人来拯救我们了！"

"我们有救啦！"

……

自己的钢厂能够被大名鼎鼎的美钢联收购，这是一件天大的好事。没有人再担心企业还会遭遇破产的厄运，他们都认为苦日子已经到头了。

自从美钢联的旗帜迎着多瑙河上空的清风飘扬的那天起，美钢联就像五彩的祥云一样落在了员工们的心中，他们看到了无限希望。

美钢联是世界上赫赫有名的国际大公司，也是运作非常成功的大型企业集团，具有丰富的运营管理经验。斯梅代雷沃钢厂只是一个拥有5000多名员工的小型钢铁企业，美钢联把它收购后，它就像巨人手中一个小小的玩偶。美钢联想让它复兴，轻而易举。

的确，美钢联的高管层是怀着一颗扭转乾坤的雄心来到这里的。他们立即着手制订复产计划，想尽一切办法恢复生产。在热切的期盼中，沉寂多年的钢厂恢复了往日的生机。

员工们重新走上了工作岗位，炼铁高炉流出炙热的铁水，炼钢转炉喷出美丽的钢花，2250毫米规格的热轧薄板生产线上舞动着耀眼的"红绸",整个钢厂如同一个巨大的蜂房,发出震耳欲聋的机器轰鸣声。一卷卷的轧钢从成品仓库里运出来,被装上载重汽车运往多瑙河岸边的码头,之后工人们把它们装上驳船,送到世界各地的客户手中。产品卖出去了,工资拿到手了,久违的笑容在员工们的脸上重现了。

美钢联把成熟的运营管理经验植入钢厂,给这家落寞的钢厂带来了生机。然而,在2008年下半年,发端于美国华尔街的全球金融危机爆发了,呼啸的金融暴风雪席卷了全世界。在此背景下,美钢联塞尔维亚分公司的订单逐年减少,企业连年亏损,不得不减产,部分员工忍痛流泪,被迫下岗,只能自谋生路……

美钢联塞尔维亚分公司陷入了意想不到的困境。虽然这家公司的管理人员千方百计,绞尽脑汁,用尽了所有经营谋略,但他们最终无法抵御愈演愈烈的全球金融暴风雪的袭击。

人们的担心加剧了,老天似乎也在帮倒忙。2012年元旦,新年的钟声凄然敲响,凛冽的暴风雪也随之降临。浓重的冻云如同厚厚的棉絮,铺了多瑙河的上空,张狂肆虐的暴风雪打着旋儿落在多瑙河两岸,也落在钢厂员工的脸上。它像夺命的恶魔挥舞着无情的鞭子,猛烈地抽打着他们。

在全球金融危机和难熬的严冬夹击之下,这些苦命的员工度过了一个寒冷刺骨的新年。他们非常担心:"难道已经从破产低谷中走出来的钢厂,还要遭遇新的厄运?"人们的焦虑像数不清的虫子,爬上了他们的心头。

第 3 章

抛售钢厂：美钢联的旗帜凄然落下

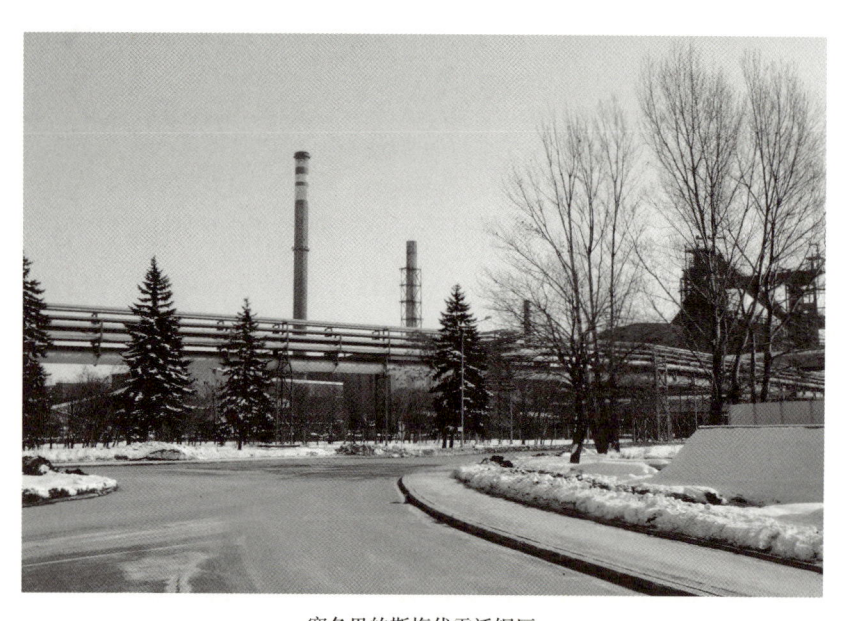

寒冬里的斯梅代雷沃钢厂

暴风雪袭击着整个欧洲

2012年1月下旬的一天上午,有个人从美钢联欧洲部所在地——斯洛伐克共和国第二大城市科希策出发,顶着凛冽的寒风来到机场,准备飞往贝尔格莱德。这个人就是美钢联欧洲部副总裁大卫·林图尔。他的心情格外沉重,因为他此行的任务是要将之前收购的斯梅代雷沃钢厂抛售给塞尔维亚政府。

此时,一场二十多年未遇的特大暴风雪正袭击着整个欧洲大地。在塞尔维亚,这场特大暴风雪已造成20多人死亡,3000多人被冰雪围困,道路不通,当局只能派直升机运送救援物资;在罗马尼亚,破冰船困在码头,无法出航;在德国,积雪厚达80厘米,一些城市被迫停电,救援工作开展非常困难,民众四处抢购粮食和生活用品,在恐慌中度日;在保加利亚,雪灾已造成八人冻死,两人失踪;在波兰,全国已有六人冻死,甚至有部分居民因非正常使用炭炉窒息而亡……

最严重的事情是,多瑙河出现了大面积封冻,部分地区的冰层厚度甚至超过30厘米,河面白茫茫一片,河水断流数百里,整条多瑙河处于瘫痪状态……

更大的危险还在后头。2012年2月中下旬,随着气温慢慢回升,多瑙河上的冰层开始解冻,河水出现暴涨。在流经贝尔格莱德的河段,河水带着大块的碎冰快速向下游流动,由此产生了巨大的撞击力,导致碎冰与船只发生猛烈碰撞。一名船主说:"冰块流动的速度实在太快,我们想要阻挡都来不及……"

2012年2月21日,联合国国际减灾战略发言人麦克·科林表示,由于气温上升,多瑙河冰雪融化,将会增加沿岸国家洪水暴发的风险,融化的冰雪所产生的水量会对欧洲的洪水预警系统进行一次真正的检验。洪灾随时都有可能发生,欧洲东部和中部地区相继发布了洪灾预警信号。

美钢联：强强联合的钢铁巨头

美钢联是由美国钢铁大王安德鲁·卡内基在1864年创办的钢铁公司，是卡内基与摩根两大钢铁公司联合的产物。1901年4月1日，新公司正式宣告成立，名称为"美国钢铁公司"，简称"美钢联"。美钢联控制了美国65%的钢材市场，成为美国最大的钢铁垄断企业。美钢联从成立的那天起，就开启了朝阳般的辉煌时代。

然而，随着信息和金融产业的兴起和发展，钢铁工业劳动力成本和原料成本高居不下，并且污染严重，于是美钢联试图谋求多元化的发展路线，不仅收购其他钢铁企业，还涉足其他行业：1907年，美钢联收购了最大的竞争对手的煤炭、钢铁和铁路公司；1982年，美钢联收购了马拉松石油，开始涉足能源行业；1986年，美钢联又收购了得克萨斯州的石油和天然气公司……但是好景不长，随着美国经济政策的调整，金融服务业逐步取代了煤碳、钢铁等传统支柱产业，成为更加重要的产业。

美钢联通过一系列的重组来降低美国的粗钢产量，同时加强与国内外合作伙伴的业务交流，加快多元化业务发展布局。由于钢铁行业被美国投资者看成是"夕阳产业"，本身又有许多历史遗留问题，所以在20世纪末到21世纪初，美国的钢铁企业出现了一个破产高峰。仅在1997—2002年，美国就有35家钢铁企业申请破产，由此引发了全美的并购浪潮。

在这次并购浪潮中，美钢联表现积极。美钢联抓住"东欧剧变"后波兰、捷克、罗马尼亚和马其顿等国"国有企业私有化"之机，大举挺进欧洲市场。美钢联的发言人约翰·阿姆斯特朗这样说道："我们善于扭转这些企业的不利局面，那里充满机会……"

2000年，美钢联并购了科希策钢厂，成立了美钢联斯洛伐克分公司（USSK）。2003年，美钢联并购了斯梅代雷沃钢厂，成立了美钢联塞尔维亚分公司（USSB）。收购这两家钢厂后，美钢联将其纳入集团公司的欧洲部，进行统一管理。

从豪迈收购到颓然撤离

美钢联塞尔维亚分公司一共经营了整整十年，这十年又分前七年和后三年两个不同阶段。

在前六年，美钢联塞尔维亚分公司属于盈利期。美钢联毕竟是一个实力雄厚的国际大公司，在接手之初就制订了雄心勃勃的复兴计划，仅凭雄厚的技术力量和资本力量，就能让这家钢厂起死回生。恰逢当时全球钢材市场平稳发展，钢厂经营顺风顺水，一直处于盈利状态。美钢联把这个钢厂的产能从120万吨提高到了167万吨，为塞尔维亚的GDP增加了2.2%，创历史新高。

然而，到了后三年，老天爷却不帮忙了。2008年9月，全球金融危机风暴正从美国华尔街刮起，向欧洲，向塞尔维亚，向斯梅代雷沃猛烈扑来。

2008年的前8个月，世界钢铁市场似乎充满勃勃生机，股值连攀新高，全行业呈现出近几年少有的繁荣景象。然而，到了2008年12月，美钢联塞尔维亚分公司的总经理布尔科维奇就突然宣布："由于受到全球金融危机的影响，国际市场的钢材需求减少，导致钢厂的钢材产品出口数量减少。"

钢厂打算在2009年4月份关闭第二座高炉。总经理布尔科维奇宣布："从2009年1月起，冷轧厂、2250毫米规格的热轧薄板生产线与马口铁厂仍正常生产，暂停钢厂下属其他企业的生产。何时恢复生产，将根据市场需求情况来定。"钢厂的部分员工被迫离开工作岗位，回家待业……

厄运接踵而来。美钢联欧洲部自2010年第三季度以来持续亏损，而美钢联塞尔维亚分公司亏损尤为严重，在短期内扭亏无望。美钢联希望甩掉包袱，进而扭转公司欧洲部持续亏损的局面。为此，他们决定将斯洛伐克分公司抛售。

2011年5月底，布尔科维奇宣布："由于受到全球金融危机的影响，钢厂不得不削减成本，缩减工时……"钢厂员工以"每周4天工作制"取代原来的"每周5天工作制"，也就是说，工作时间由原来的每周40小时减少至每周32小时,削减工时后的工资水平只有原来的60%。这一举措可以帮助钢厂削减成本,减少金融危机对钢厂的冲击。

钢厂亏损严重,扭亏无望,加上生产设备年久失修,急需进行大规模的改造。另外,钢厂污染严重,斯梅代雷沃市政府强烈要求钢厂加大环境治理投入。面对这种局面,美钢联决定甩掉这个"烫手的山芋"。2012年1月,美钢联决定撤离,以便扭转公司欧洲部连续亏损的被动局面。

大卫·林图尔就是在上述背景下,怀着沉重的心情抵达贝尔格莱德国际机场的。对他来说,2012年1月31日是一个悲伤的日子。这一天天气特别冷,他见到了时任塞尔维亚总理的茨韦特科维奇。之前,为了收购和复兴斯梅代雷沃钢厂,双方曾在电话里沟通过很多次。然而,大卫·林图尔这次的使命大不相同了。美钢联决定把钢厂卖给塞尔维亚政府。

签署合同的仪式早已准备好了。当大卫·林图尔代表美钢联在合同上写下自己的名字时,心里很不是滋味。

塞尔维亚政府以1美元的象征价格从美钢联手中购回钢厂。签完合同后,双方握了一下手。大卫·林图尔下意识地用左手抚了一下对方的右胳膊,遗憾而阴郁的眸子里有歉意,有遗憾,也有不安。新闻记者拍下了这个握手的动作。这是茨韦特科维奇与大卫·林图尔第二次握手。

双方第一次握手是在2003年9月。那时正是遍地金黄的秋天,双方第一次握手,收获的是兴奋、激动和希望;时隔多年,双方握手时却是在一个寒冷的冬天,他们各自的脸上都有一种无奈的表情。特别是双方在互换合同时,大卫·林图尔的目光里有许多的遗憾和无奈……

选择在这个严寒的季节里签署抛售合同,似乎在向世人昭示着什么。当年,双方代表在遍地金黄的秋天里带着希望握手;如今,双方却在全球金融危机的严冬里失望地分手。

合同签完后,大卫·林图尔向媒体记者表示,全球经济前景不明朗和持续的欧洲债务危机，是美钢联做出这一举动的最大原因。茨韦特科维奇表示，塞尔维亚政府重新购回这个钢厂的目的，是为了不让钢厂直接关门，是为了保留这5000多个直接就业岗位和1.5万个间接就业岗位。

当天，塞尔维亚的媒体对外播出了这一新闻。这一消息如同纷飞的雪花，飘向了全世界。

在政府托管的四年里

美钢联撤离后，塞尔维亚政府进行了国际招标，最后斯洛伐克一家较大的制造公司中标。塞尔维亚政府则派出一个监察组，监督企业运营。

这个新的经营管理团队总共有20名成员，所有成员都是从外面招聘过来的。团队的成员构成很广，有塞尔维亚人，有斯洛伐克人，还有美国人……

这是钢厂最艰难、最混乱的时期。

其一，产量低下。钢厂有两座高炉，但2002年，也是全球金融危机爆发后的第四年，钢铁市场一片萧条，产品卖不出去，因此，新的经营管团队只能停用二号高炉，用一号高炉维持生产。钢厂每年的产钢量不到120万吨，根本养活不了全厂员工。

其二，人心涣散。美钢联撤走时，把钢厂的200多名技术骨干带到了斯洛伐克钢厂，而钢厂的其他部分员工为了养家糊口，不得不里离开这里，另谋出路。

其三，管理混乱。新的经营管理团队都是从社会招聘进来的，人员复杂，很难达成共识，因此钢厂管理出现了混乱的局面。钢厂安全与消防总管菲利普·德拉科沉痛地回忆道："那时，钢厂到了无米下锅的境地。废金属收购一般采用现金交易，这是钢厂省钱最多的地方，而废料供应商供应给我们的铁精粉原料，却是从小矿主或小企业那里买来的,里面掺杂着泥土、沙石、橡胶、塑料等杂物,远远达不到我们的质量要求。"

有一天,有一群人非要闯进钢厂,门卫束手无策。杜达女士当时是钢厂的办公室主任,她知道后马上赶过去,并拦住非法闯入者。她大声说道:"进厂前必须进行登记,这是我们厂的规矩,否则任何人不许进厂!请你们离开,否则我马上报警!"

然而,更大的压力来自政府。由于经营不善,塞尔维亚政府每年不得不从紧张的国库里拿出巨额资金来补贴钢厂。一年可以,两年可以,三年也可以,但到了第四年,政府就撑不住了……

有一天,杜达女士接到塞尔维亚经济部相关负责人打来的电话:"我们无法继续再给你们提供资金支持了……"

"那我们的钢厂怎么办?"

"只能关门了!"

……

第 **4** 章

从失望到绝望：一波三折的国际招标历程

仰天长叹的斯梅代雷沃钢厂

令人头疼的"国家难题"

拯救斯梅代雷沃钢厂的重任，落在了新一任总统托米斯拉夫·尼科利奇的肩上。

1952年2月15日，尼科利奇出生在塞尔维亚中部的克拉古耶瓦茨。在步入政坛前，他是一名建筑工程师，最突出的贡献是在20世纪70年代，领导并建成贝尔格莱德至巴尔的铁路。这条将近500公里长的铁路是当时最难修建的路线，需要穿越阿尔卑斯山脉才能抵达亚得里亚海的巴尔黑山港口。为了修建这条铁路，他们挖了250多条隧道，修建了400多座大桥。这条铁路被世人誉为"巴尔干半岛上最漂亮的铁路"，也是欧洲最好的铁路线之一。

1992年，尼科利奇成为塞尔维亚议会议员；1998年，他被任命为塞尔维亚副总理；2007年，他当选为塞尔维亚议长；2012年5月20日，他成为塞尔维亚共和国新一任总统。

2012年5月，本来是多瑙河满目葱茏、百花盛开的初夏时节，然而，难以排解的忧伤仍然像恶魔一样缠绕着这个灾难深重的国家。尼科利奇接手的是一个在战后废墟上艰难复兴的国家，并且政府有很大的债务负担。作为一国之总统，他肩上的重担可想而知。

要恢复这个国家的经济，就必须进行"再工业化"，把恢复工业和基础设施作为国家建设的重点。"再工业化"的基础物资是钢铁。塞尔维亚独立后，斯梅代雷沃钢厂就成了塞尔维亚唯一一家国有大型支柱性钢铁企业。在国民经济这个大棋盘里，它是一个牵一发而动全身的关键棋子，对振兴民族经济具有十分重要的作用。如何复兴斯梅代雷沃钢厂，成为塞尔维亚政府必须尽快解决的难题。

复兴斯梅代雷沃钢厂，塞尔维亚政府有两条路可走：

第一条路，由国家出资，扶持钢厂。然而，国家经济陷入困境，政府原本指望钢厂能够支持国家的经济建设，现在反而由政府来补贴钢厂，这无疑增加了国家的经济负担，长期下去整个国家将无力承受，钢厂最终会走上关门停产之路。如果钢厂倒闭了，工人失业了，社会失业人数就会增加，不安定因素也会随之增加。不到万不得已，这条路是不能走的。

第二条路，也是最理想的选择，就是实行"国有企业私有化"改革，将钢厂"改嫁"，通过国际招标的方式，吸引外资企业收购钢厂。这样做不仅可以吸引外资，发展生产，助力钢厂复兴，而且可以解决钢厂员工就业问题，获得税收，可谓"一举多得"。

然而，第二条路并不平坦。2012年，也就是全球金融危机爆发后的第四年，世界钢铁市场持续低迷，而这场金融暴风雪越来越猛烈，又有谁愿意出手拯救这个濒临破产的企业呢？

曾经的"巴尔干之虎"

塞尔维亚是一个多灾多难的饱受战争之苦的国家。在欧洲民间流传着这样一句谚语："塞尔维亚是一个具有五个季节的国家，除了春、夏、秋、冬，多出的一个季节就是战争。"

巴尔干半岛是一个战争频发的地区，是一个"反复爆炸的火药桶"，而塞尔维亚历来是兵家必争之地，所以它一直被人们称为"火药桶上的导火线"。

两次世界大战都与塞尔维亚有关。"一战"就是在贝尔格莱德引爆的。"二战"期间，塞尔维亚是欧洲反法西斯战争的主战场之一。

1945年，在铁托的领导下，南斯拉夫人民建立了南斯拉夫联邦人民共和国，并于1963年改名为"南斯拉夫社会主义联邦共和国"，简称"南联邦"。铁托带着南联邦人民，在战后的废墟上努力发展经济，实施工业化。

早在20世纪70年代末，整个南联邦的人均国民收入比意大利还要高；人均住房面积已经高达18平方米，并且每八个人当中就有一辆轿车。

一个贝尔格莱德大学的教授这样告诉我们："我现在开的车

还是25年前买的,当时我的月工资超过了1500美元,可以到世界上的任何国家旅游。"

在铁托执政期间,南联邦由一个贫穷落后的农业国发展成为中等发达的现代化工业强国。南联邦成为欧洲南部的一个区域经济大国,也是巴尔干半岛上最富裕、最强大的社会主义国家。

1979年,也就是铁托逝世的前一年,南联邦的人均国民收入跃居世界第36位,南联邦因此拥有"巴尔干之虎"的美誉。

一分为六的"解体"之痛

1980年5月4日,一个特大的噩耗如同晴天霹雳,震撼了整个南联邦。88岁高龄的铁托总统因身染重病医治无效,就在这一天下午在他的老家卢布尔雅那病故。

告别这个举国同悲的日子后,无法回避的问题摆在了南联邦人民面前:谁来领导这个国家?国家要向何处发展?南联邦人民沉浸在悲痛之中,同时忧心忡忡……

国葬过后,南联邦中央召开紧急会议,最终决定:国家性质保持不变,国家的主要领导职务由各个地方选出的最高代表来担任。然而,这毕竟是一个多民族组成的联邦制国家,沉积多年的民族矛盾渐渐出现了激化的苗头。谁能想到,南联邦的命运就此发生空前逆转。1991年,这个强大的联邦制国家就像断了线的珍珠一样开始分化:

1991年6月,斯洛文尼亚和克罗地亚宣布独立;

1991年11月,马其顿共和国宣布独立;

1992年3月,波斯尼亚和黑塞哥维那宣布独立;

1992年4月,塞尔维亚和黑山共同宣布,联合组成新的国家,即南斯拉夫联盟共和国,简称"南联盟"。

南联盟坚决维护国家主权,拒绝承认所谓的"科索沃独立",

联合国安理会通过决议，决定对其实施长期的经济制裁。1993年，南联盟的社会产值陡然降至1990年的44%，还出现了严重的通货膨胀。

从1994年开始，南联盟实行了以"重建货币体系"和"恢复国家经济"为主要目标的稳健型经济政策，经济开始复苏。南联盟的国内生产总值（GDP）从1994开始有了缓慢增长。到1997年，南联盟的GDP已恢复到1990年的54.2%。

然而，天有不测风云。1999年，刚刚恢复元气的南联盟却遭遇了一场巨大的灾难。北约的轰炸使南联盟受到重大的人员伤亡，经济损失超过了1000亿美元，饱受经济制裁之苦的南联盟人民生活更加艰难……

1990年，原本属于南联邦的塞尔维亚和黑山两个共和国的人均国民收入约为3000美元。1998年，由这两个共和国组成的南联盟人均国民收入下降到了1640美元；1999年，被北约轰炸后的南联盟，人均国民收入仅为900美元。2000年，整个南联盟的GDP仅有90亿美元。

战后重建需要的经费为550亿美元，如果得不到外援，单凭南联盟自己的财力，让经济恢复到"二战"前的水平至少需要16年时间；而要让经济恢复到1989年的水平，则至少需要25年时间。

2003年2月，南联盟更名为塞尔维亚和黑山。2006年6月，黑山共和国宣布独立。自此，塞尔维亚共和国也成了一个独立的国家。

似乎一切都回到了历史的起点。一百多年前，塞尔维亚民族经过长期斗争，在1882年建立了独立的塞尔维亚王国。现在，塞尔维亚仍然是一个独立的王国。

战争停了，硝烟散去了，难民们返回家园，面对的是断壁残垣和荒芜的土地。如何在战后的废墟上恢复经济，改善民生，成为塞尔维亚政府的首要任务。

弹痕累累的贝尔格莱德

想要了解塞尔维亚这个国家,首先要了解塞尔维亚的首都贝尔格莱德,因为它是这个国家的政治、经济和文化中心。

在一个阳光灿烂的清晨,河钢塞钢副总经理王连玺带着我们从斯梅代雷沃出发,乘车前往贝尔格莱德。我们沿途经过的是一条两侧镶着钢铁护栏的高速公路。司机师傅告诉我们:"这是20世纪50年代在铁托领导下修建的塞尔维亚第一条高速公路,尽管六七十年过去了,但它仍在使用,而且非常牢固。"

南联邦时期,高速公路建设之所以如此超前,与欧洲特定的汽车工业密切相关。

"高速公路"这个词语最早出现在德国。

1885年,德国工程师卡尔·本茨(Kar Benz)制造了一辆装有0.85马力的汽油机三轮车,标志着"汽车"这一人类历史上的伟大发明诞生了。

1913年,美国人亨利·福特(Henry Ford)首次发明了汽车流水装配线,使汽车能够大批量地生产出来。汽车工业的飞速发展,极大地刺激了公路交通的发展,原有的公路交通已经远远不能适应时代发展的需要。

一场新的探索就此拉开了序幕。1909年,德国AVVS组织在柏林西南部动工,开始准备修建一条长达10公里的多车道结构的快速赛车试验双向道。1914年,"一战"爆发,该工程陷于停工状态,直到1920年才全部竣工。这条双向道初步具备了现代"高速公路"的基本特征。

1928年,时任德国科隆市市长、之后任联邦德国第一任总理的康拉德·阿登纳,开始筹划修建从科隆至波恩的"专供汽车行驶的"城际高速公路。从此,世界上第一次出现了"高速公路"这一响亮的词语。经过四年的修建,从科隆至波恩的城际高速公路全线贯通。康拉德·阿登纳在通车典礼上宣布:"高速公路将以此为起点通向未来。"

这条高速公路至今仍在使用，是德国A555高速公路的重要组成部分。

汽车行驶一个小时后，开始进入贝尔格莱德市区，两侧的楼房渐渐多了起来。

"贝尔格莱德"在塞语里的意思是"白色的城市"，但在漫长的历史中，它始终摆脱不了战争的阴影。

贝尔格莱德地处巴尔干半岛的核心位置，坐落在多瑙河与萨瓦河的交汇处，北接伏伊伏丁那平原，南连舒马迪亚丘陵，占据着多瑙河和巴尔干半岛的水陆交通要道，是欧洲的重要联络点。

波涛汹涌的萨瓦河从市区奔流而过，如同一把明晃晃的菜刀，把整个城市"切"成了两半。

因为贝尔格莱德的战略地位十分重要，所以这座千年古城成为兵家必争之地。它屡经战火，却始终屹立在中东欧的土地上，被人们称为"经历无数次战火却始终不灭的英雄城市"。

贝尔格莱德有四大著名景观。

第一个景观，是位于老城西北角的卡莱梅格丹城堡。

卡莱梅格丹在土耳其语里的意思是"城堡"和"战场"，"欧洲火药桶"的称号因此而得名。该城堡始建于中世纪时期，是塞尔维亚民族为了抵抗奥斯曼土耳其帝国的侵略而修筑的防御工事。它是一夫当关、万夫莫开的军事要塞，也是塞尔维亚饱受战争洗礼的历史见证者。

我们沿着锈迹斑驳的石头台阶登上高高的观景平台，凭栏远眺，可以清楚地看到这样一种景致：在蔚蓝而广阔的天空下，两条河流融为一体，如同两条扭结的彩带，一直延伸到地平线的尽头。滚滚的波涛向前奔涌着，昔日战场的厮杀声和枪炮声从历史深处涌了出来，让人倍感历史的厚重和岁月的沧桑。

1928年，为纪念"一战"胜利10周年，贝尔格莱德市政府在城堡的制高点修建了一尊名为"胜利者"的雕像。"胜利者"一只手托着和平鸽，另一只手高举利剑，向前方向注视着。他守卫着脚下神圣的土地，成为塞尔维亚民族的精神象征。

卡莱梅格丹城堡分为上城和下城两个部分，上城的风景非常美，而下城只有废墟和开阔的平地。城堡经过多年的修缮和扩建，已成为当地著名的旅游景点。

走进城堡大门，我们首先看到的是一个军事博物馆。城墙的平台和空地上陈列着各种废弃的大炮和坦克，这些都是曾经参加过"一战"或"二战"的军事武器。

博物馆内收藏着部分被南联邦军队击落的美国空军F-117隐形战机残骸，还有自罗马帝国时期到现在的25000多件军事展品。

第二个景观，是铁托墓园。

铁托墓园位于距离贝尔格莱德市中心不远的一座小山上。整个陵园由墓地与陈列室组成。从陵园大门进去，不远处便是铁托墓。因为这里是铁托总统晚年养花的地方，所以当地人都称这里为"花房"。铁托总统生前酷爱养花，很喜欢这个地方，希望自己死后能以花为伴，长眠于此。

当地人把铁托墓园称为"5·25纪念馆"，因为铁托总统的生日是5月25日。花房布置得简单、整洁，墓旁都是绿植和花丛，地面则由白色的大理石铺就而成。长方形的墓碑由大理石砌成，没有任何修饰，上面写着两行镏金大字：

Josip Broz Tito
1892—1980

第三个景观，是被北约轰炸后留下的建筑遗址。

1999年3月24日，以美国为首的北约对南联盟发动了长达78天的持续轰炸，导致3500多人遇难，12500多人受伤，造成至少1000亿美元的财产损失。在这场空袭中，南联盟的政府机构、工厂、医院、电台等都遭到了严重甚至是毁灭性的破坏。为了纪念这场灾难，让民众都认识到战争的残酷，塞尔维亚政府把当时一些被炸的建筑原封不动地保存了下来，这其中就有南联盟国防部大楼、外交部大楼、总参谋部大楼、内政部大楼以及塞尔维亚国家电视台。

令人感到意外的是，这些被炸的建筑虽然保留了原貌，没有炸到的部分仍在使用。

当地政府做出决定，由军方负责清理国防部大楼、外交部大楼、总参谋部大楼等废墟。大部分民众认为，残留的废墟可以清理掉，但留在人们心中的伤痛是永远无法清除的，所以他们都极力主张建立文化遗址或历史纪念馆。

第四个景观，是中国驻南联盟大使馆遗址。

该遗址位于贝尔格莱德新城区的萨瓦河西岸的樱花大街。1999年5月7日，以美国为首的北约用B—21隐形轰炸机投下五枚重型炸弹，对中国驻南联盟大使馆进行了野蛮轰炸，造成重大伤亡。邵云环、许杏虎、朱颖等中国记者不幸牺牲，受伤的人数有好几十人，馆舍遭到严重毁坏。

2009年5月7日，贝尔格莱德市政府在使馆旧址前立了一块纪念碑，上面写着这样一行醒目的文字："谨此感谢中华人民共和国在塞尔维亚人民最困难的时刻给予的支持和友谊，并谨此缅怀遇难烈士。"每年的5月7日，中国驻塞尔维亚大使馆工作人员都会在这里举行悼念活动，以此铭志，不忘国耻。

如今，使馆旧址承担起维护和平、传递友谊的新使命。这里正在修建巴尔干地区首个中国文化中心，当地政府将该中心附近的道路命名为"孔子大街"，广场命名为"中塞友谊广场"。

阳光灿烂，天气晴好，萨瓦河两岸沐浴着来之不易的和平之光。我们专程赶到这里，向牺牲的中国烈士们献上了鲜花，以表达内心的崇敬之情和深切怀念。

本书作者在纪念碑前向烈士们献花

这四大经典景观，始终穿着一条历史主线，那就是战争。除了战争，还是战争。

一位中国工作人员用伤感的笔触这样描绘贝尔格莱德：

这是一座弹痕累累、残缺不全的城市。在塞尔维亚，我切身感受到那里的基础设施之破旧。与波兰、匈牙利、捷克等国相比，与波罗的海沿岸的爱沙尼亚、拉脱维亚、立陶宛等国相比，与巴尔干半岛西北部的斯洛文尼亚、克罗地亚等国相比，塞尔维亚的基础设施实在太破旧了。贝尔格莱德新建的或正在修建的高楼并不多，城市中心被北约战机毁坏的建筑物依旧矗立在那里，绝大多数建筑物既没有拆除，也没有修复。这些建筑物之所以原封不动，最主要的原因是政府没有钱进行重建。公共汽车、无轨电车等市内交通工具也都很破旧。贝尔格莱德市内的地下人行通道有很多，但没有地铁将它们连接起来，这同样也是因为政府无钱修建。

我住的地方是一个三星级饭店，可是它跟北京的饭店相比，恐怕连一星级都算不上。拉绳式的马桶在中国大部分城市早就不用了，但在这家饭店还在使用。他们使用的风扇还是台式的，一台既破旧又笨重的老式电视机还放在电视柜上；席梦思床垫里的弹簧从里面"脱颖而出"，屋与屋之间一点儿也不隔音……就这种条件的小房间，每天还要70欧元。

再如，我从贝尔格莱德出发去保加利亚首都索非亚时，乘坐的是塞尔维亚的国际列车，买的是一等座火车票。可到了车站才发现，火车有二三十年的车龄，看起来很有"历史感"。这列火车只有两节车厢有一等座，但它们看起来已经非常破旧了。行程也很糟糕，450公里的路程，这列火车足足行驶了11个小时。一路上，我没有看到一家有生气的工厂，而废弃的厂房时常出现在的我视线里……

世界上有两种城市会呈现出一种少有的悠闲和安逸的氛围：一种是没有经历过战争的城市，生活在那里人没有任何危机感；另一种就是经历了许多战争的城市，人们会抓紧时间享受来之不易的和平时光。贝尔格莱德属于后一种城市。

我们在贝尔格莱德游览了一整天，深刻感受到生活在这里的人们那种宁死不屈的精神。我还感受到，他们都在努力地享受着难得的和平时光，他们当中有在步行街上悠闲散步的人群，有在商店里精心选购商品的顾客，有在商店外椅子上一边喝着饮料，一边聊着天的情侣……

王连玺副总经理特意带着我们去了一家具有俄罗斯风格的餐厅。我们推开一道窄窄的门走了进去，只见大厅里人声鼎沸、热闹非凡，里面坐满了客人。

我们在一个圆桌旁边坐了下来，点了一些饮料和甜品。我们刚刚品尝了几口咖啡，就听到耳边响起了一首熟悉的旋律，歌词的大意是这样的：

正当梨花开遍了天涯
河上飘着柔和的轻纱
喀秋莎站在那陡峭的岸上
歌声好像明媚的春光
姑娘唱着美妙的歌曲
勇敢战斗保卫祖国
她在歌唱草原的雄鹰
……

我们扭头望去，只见一个老年合唱团正在举办一场纪念活动。当年，他们风华正茂，满怀青春和热血，投入烽火连天的战斗中。如今，他们老态龙钟，白发如雪，却依然怀念着那段激情燃烧的岁月。他们穿戴整齐，排成一队，像和平鸽一样美丽。在钢琴的伴奏下，他们深情地歌唱着，优美而浪漫的歌声此起彼伏，如同多瑙河里汹涌的波涛，震撼了整个餐厅。我们发现，这些经历过烽火岁月的老人们，内心深处依然被刻骨铭心的战争阴影笼罩着。

亟待复兴的国家

战争的硝烟散去了，归心似箭的难民们终于回到了自己的家乡。政府在这片流过无数鲜血的土地上开始了重建工作，希望自己的民众都能在这片废墟上重新拥有自己的家园，过上幸福而美好的生活。

艰难的重建工作开始了。塞尔维亚政府一直致力于经济复兴，然而，要在战后的废墟上恢复经济，重建一个富强的国家，谈何容易？

最大的困难是财政，政府拿不出钱来进行经济建设。在南联盟时期，这片土地经历了多年的国际经济制裁、波黑战争以及科索沃战争，国内的经济命脉被切断，基础设施遭到严重损毁。塞尔维亚的经济不仅倒退了近三十年，而且经济增长非常缓慢，举步维艰。政府欠账太多，负担太重；基础设施损坏严重，需要出资重建……

重振塞尔维亚经济，只有两条路可走：

一是千方百计吸引外资，扩大出口。为了扩大出口，减少贸易逆差，塞尔维亚政府采取的主要举措有：对积极扩大出口的企业给予优惠贷款；鼓励国内企业吸引外资，通过外资投产带动出口。"国有企业私有化"是吸引外资的主要政策。

塞尔维亚还积极加入了东南欧自由贸易区，贸易区成员国之间的商品流通都可以免税。这个自由贸易区为塞尔维亚扩大出口创造了市场条件。塞政府计划兴建三个工业园区，希望国外有实力的企业能够入驻工业园区。

二是积极申请加入欧盟。塞尔维亚的产品出口主要面向欧盟地区，有一半以上的产品销往欧盟国家。欧盟对钢材产品有巨大的市场需求，这对塞尔维亚发展钢铁产业是一个重大的机遇。

非欧盟国家想迅速打入欧盟市场，面临着反倾销诉讼等法律风险。企业投资塞尔维亚的钢铁行业，然后向欧盟出口钢材产品，可以绕开贸易壁垒。基建、军工、科技、文化、媒体、地方交往等多领域的合作，尤其是产能合作协议和投资保护协议的签订，从国家层面为推动钢铁产业的发展营造了一个良好的投资环境。

于是，加入欧盟成为塞尔维亚外交政策的首要目标。2012年3月1日，塞尔维亚获得了欧盟候选成员国资格；2014年1月21日，塞尔维亚"入欧"谈判正式启动。

然而，欧盟对塞尔维亚"入欧"设定了多个前提条件，其中最为关键的一个条件就是：塞尔维亚必须承认科索沃独立。塞尔维亚拒绝承认科索沃独立，这就使"入欧"之路变得异常艰难。

三次国际招标都以失败告终

尼科利奇总统上任后，积极拯救身处绝境的斯梅代雷沃钢厂。然而，拯救斯梅代雷沃钢厂并非易事。事实上，早在2012年4月5日，也就是塞尔维亚政府接管斯梅代雷沃钢厂后的第3个月，政府就组织了第一次国际招标活动。当时，有合作意向的企业有三家，分别是卢森堡的义联集团、乌克兰的顿涅茨克钢铁公司和俄罗斯的乌拉尔矿产冶金公司。然而，对这次国际招标，塞尔维亚政府提出了一个条件——保留钢厂5000多名员工。这一条件是这三家企业都不能接受的。正是这个原因，第一次国际招标最终以失败告终。

2012年10月8日，也就是塞尔维亚政府接管斯梅代雷沃钢厂后的第9个月，政府又组织了第二次国际招标活动，为钢厂的发展寻找出路。这次国际招标与第一次不同，第一次是将斯梅代雷沃钢厂"抄底式"的整体出售，而这一次改成了"股份交易"。塞尔维亚政府出售斯梅代雷沃钢厂75%的股权。俄罗斯的乌拉尔车辆制造股份有限公司表达了收购意愿，双方开始进行商务谈判。然而，收购方经过考察后，对挽救这个企业没有足够的信心，最终决定放弃收购该厂。这样下来，第二次国际招标也以失败告终。

2013年初，塞尔维亚政府又组织了第三次国际招标活动，2013年2月28日是这次招标的最后期限。与此同时，一份来自塞尔维亚财政部和经济部的报告摆在尼科利奇总统的面前。这份报告的主要内容是：不再延长国际招标期限；如果招标失败，则由政府注入资金，进行自救。为了不让斯梅代雷沃钢厂遭遇破产的命运，尼科利奇总统批准了这份报告。

2013年4月22日，斯梅代雷沃钢厂在停产9个月后恢复生产。为了维持钢厂正常运转，塞尔维亚政府每年不得不向钢厂提供巨额补贴，但钢厂仍然连年亏损。

塞尔维亚政府一方面要拿出钱来补贴钢厂，另一方面还要回应欧盟的指责，因为欧盟认为，塞尔维亚政府对包括斯梅代雷沃钢厂在内的一大批国有企业给予了"不当补贴"。

屋漏偏逢连夜雨。因为塞尔维亚没有自己的铁矿石资源，生产钢铁的全部原料要从乌克兰进口。2014年初，由于天气寒冷，多瑙河封冻影响了航运，铁矿石原料无法运进来，钢材产品无法运出去。2014年5月，受乌克兰国内政局影响，斯梅代雷沃钢厂的铁矿石原料供应被迫中断。钢厂不得不停产3个月。与此同时，钢厂开始与银行就信贷问题进行谈判，塞尔维亚政府继续给钢厂提供巨额资金，以保证钢厂正常运转。

然而，依靠政府"强行恢复生产"并非长久之计。因此，塞尔维亚政府也在积极组织国际招标，寻找"外援"。

捷克的皮尔森钢铁公司和俄罗斯的布马什钢铁公司，以及乌克兰的钢铁巨头维克多·皮初克公司，都向斯梅代雷沃钢厂表达了投资意向，但最终还是选择放弃。

2014年8月，一个意外的好消息像彩云一样飘来：俄罗斯最大的特钢生产厂商——红十月钢铁厂将成为斯梅代雷沃钢厂潜在的买家。该厂是俄罗斯南部的一家特钢厂，是俄罗斯汽车、航空和能源等行业所需特钢材料的最大供应商。

这个消息像锣鼓一样把人心鼓动起来了，人们似乎在迷茫中又一次看到了希望。然而，这种喜悦并没有维持多久就落空了。2014年12月，红十月钢铁厂最终还是决定放弃收购斯梅代雷沃钢厂。

这样下来，第三次国际招标也是以失败告终。塞尔维亚政府"靠两条腿走路"的复兴计划始终没有取得成功。就2014年一年，斯梅代雷沃钢厂的亏损额为9600万欧元，合约1.1亿美元。一次次希望变成了一次次失望，斯梅代雷沃钢厂的员工们再次陷入绝境，凄厉的寒风更加凛冽……

斯梅代雷沃钢厂实际上陷入了"两难境地"：推行"国有企业私有化"政策，却没有外国企业过来投资；由于申请加入欧盟，欧盟就不允许政府对国有企业"补贴经营"，必须进行市场化运作。

等待斯梅代雷沃钢厂的命运只能是停产、关门。

第5章

绝处逢生：武契奇总理带来了好消息

早春中的斯梅代雷沃钢厂

姐妹俩内心的渴求

2015年5月的一天，一辆轿车驶入了斯梅代雷沃钢厂。车门打开后，车上下来一个身材高大、戴着眼镜的中年人。这个人就是时任塞尔维亚共和国的总理亚历山大·武契奇。

1970年3月5日，武契奇出生在贝尔格莱德一个高级知识分子家庭，父亲是当地知名的经济学家。武契奇毕业于贝尔格莱德大学法学院，曾先后担任南联盟信息部部长、塞尔维亚共和国第一副总理兼国防部长。2014年4月，武契奇被任命为塞尔维亚共和国总理。

此次，他怀着复杂的心情专程来到这座钢厂。迎接他的是钢厂萧条的景象：破旧的烟筒散发着微弱的气息，了无生机；钢厂门口进出的人员和车辆都很少；厂房里听不到机器的轰鸣声……这座百年钢厂如同一个体力不支的老人，正发出艰难的喘息声。

这可是塞尔维亚人民曾经为之骄傲的百年钢厂啊！

这可是支持了国家无数大工程建设的令人肃然起敬的钢厂啊！

这可是为塞尔维亚的经济和社会发展有过巨大贡献的钢厂啊！

这可是无数钢铁工人用青春、热血、梦想和生命铸就的钢厂啊！

……

武契奇总理看到钢厂落到这步田地，心中有一种难以言状的痛苦，压抑的情绪无处爆发。

由钢厂的员工们组成欢迎队伍热情地迎接着武契奇总理的到来。武契奇总理有个习惯，一到基层就会把欢迎的群众招呼到自己身边，围成一个半圆形，就像召开座谈会一样，认真听取他们的意见。"过来，大家都过来！"他一靠近欢迎队伍，就把他们招呼到自己身边。他与大家一一握手，请大家说说自己的心里话："请你们把心里面想要说的话都告诉我。"

很快，哭诉声就响了起来。这个性格温和、内心坚定的男子，看着这一张张痛苦的脸庞，倾听着一声声的哭诉。他们说的每句话都重重地叩击着他的心弦，在他的心头引起了强烈的震撼。

有一对姐妹引起了他的注意。姐姐名叫德拉吉察，于1962年2月出生在斯梅代雷沃，2008年进入钢厂财会部门。她的丈夫也是钢厂的员工，1998年入厂，仅仅工作了四年就遭遇企业破产。为了养家糊口，她的丈夫不得不离开自己熟悉的工作岗位，几经奔波，终于在贝尔格莱德的一家私企谋了一份差事，但收入很低。夫妻俩生了两个女儿，她们都在上学。夫妻俩依靠微薄的收入抚养着孩子，供孩子上学，日子过得非常艰难。

妹妹名叫布拉吉察，比姐姐小两岁。布拉吉察在1997年就入厂了，是钢厂的食堂管理员。她的丈夫是一名新闻记者，在2007年不幸病逝了。他们有一儿一女，孩子们都在上学，整个家庭的经济压力可想而知……

姐妹俩都有一个共同的命运：都要依靠钢厂发的工资来维持整个家庭的经济生活。由于钢厂面临破产的厄运，工资时有时无，而她们无论多么忘我地工作，钢厂都无法提供可靠的生活保障，这让她们两个家庭陷入了绝境。

这两个落魄的家庭，如同漂流在多瑙河上的两叶孤舟，不知漂向何方。姐妹俩也像两颗石子，被抛入了无底深渊，不知何时才能重见光明……

武契奇总理关切地询问起孩子们的学习情况。孩子们都非常刻苦，积极上进，学习成绩很好，现在他们家里却因无力支付学费，都面临辍学的危险。武契奇总理又询问起两姐妹的家庭收入情况。姐妹俩话还未出口，委屈的泪水就夺眶而出……

一个亲民的总理与两个不幸家庭的对话，就是在这止不住的泪水和断断续续的倾诉中进行的。他倾听着一声声的哭诉，每句话都像重锤一样敲击着他的心灵。他顿时有一种揪心的疼痛感，心里面就像压了一块无法搬动的大石头，让他喘不过气来。

仅仅是这姐妹俩吗？钢厂有5000多名员工，几乎每个家庭都面临着同样的厄运。他的心情久久不能平静，因为他在为千千万万个这样的家庭而担忧。

他告诉大家:"请你们不要担心,政府始终在关心你们,始终在为挽救钢厂而努力!今天,我给你们带来了一个好消息,中国的河钢集团在不久的将来要收购我们的钢厂,我们正在努力争取。请你们放心,政府一定会给出一个让你们大家都满意的结果。"

这个喜讯来得太意外了,在场的员工转悲为喜,忍不住欢呼起来。

塞尔维亚经济复兴之路的"千斤顶"

其实员工们并不知道,在河钢集团即将收购斯梅代雷沃钢厂这个特大喜讯的背后,武契奇总理到底付出了多少心血。

历经战争摧残的塞尔维亚需要尽快恢复经济,斯梅代雷沃钢厂是全国唯一的大型钢铁企业,在整个国家经济建设中发挥着举足轻重的作用,因此它是塞尔维亚经济复兴之路的"千斤顶"。

在对待斯梅代雷沃钢厂的问题上,政府内部一直存在争议。塞尔维亚经济主管部门认为,斯梅代雷沃钢厂唯一的出路就是彻底关闭。然而,武契奇并不同意这种看法。因为钢厂一旦彻底关闭,不仅5000多名员工连带他们的家庭会陷入更加悲惨的生存境地,而且一旦失去这个支柱型钢厂,塞尔维亚的"再工业化"也就成为泡影了。

不关闭钢厂,那出路何在?这成了一个令人头疼的"死结"。

政府的主要职责是发展经济。塞尔维亚作为南联邦的主要继承者,从2000年开始就进入了经济转型期,致力于"国有企业私有化"改革,并通过了相关法案,确定了改革的时间表。政府宣布出售512家国有企业,邀请外商进行投资,计划在2015年之前完成这一任务。这种重大的经济转型完全是在战后废墟上进行的,所以困难重重,举步维艰。这种转型起步晚,比中东欧其他国家晚了十几年。

2000年，塞尔维亚的GDP仅为1999年的60%。另外，当年还有两个糟糕的情况：一个是债台高筑，公共债务超过了GDP的170%；另一个是失业率高，全国的失业率竟然超过了25%。

随着政府推行大规模的"国有企业私有化"改革，从2003年开始，这个国家的经济出现了短暂的可喜局面。然而到了2008年下半年，全球金融危机爆发，金融暴风雪呼啸而来，全国经济开始出现衰退局面。2009年，塞尔维亚的GDP缩减了3.1%。到2012年，GDP略有好转，只缩减了1%。2014年，因为一场百年难遇的特大洪灾，塞尔维亚的GDP又缩减了1.8%。

此外，失业率仍然居高不下。2012年，塞尔维亚的失业率攀升到了25.2%。政府千方百计扩大就业，经过努力，全国的失业率有所下降。2015年6月，塞尔维亚的失业率降至17.9%。

从2001年开始，塞尔维亚的对外贸易额增长明显，但国家财政赤字却日益攀升。到2018年底，国家财政赤字数额已经占据塞尔维亚当年GDP的80%。

高债务和高失业率如同两座沉重的大山，让塞尔维亚政府喘不过气来。美国智库研究机构在2013年对世界90个国家和地区的"悲惨经济指数"进行了排名，塞尔维亚位列前三。

武契奇总理在国务会议上大声疾呼："如果我们再不采取措施，经济将会崩溃，国家将会破产！"这位年轻的总理有一种强烈的危机感，更有一种知难而进的胆识和魄力。他曾在就职演说中这样强调过："新政府的首要任务是经济改革，我们在改革中确实面临很多困难……议会已通过多项法案，其中包括新的《破产法》《退休法》等，以便尽量符合欧盟的要求……虽然改革是一个痛苦的过程，必须面对很多难题，但我们依然相信自己最终能够解决这些难题……我们面临的最大困难是如何改变自己的思维，让我们变得更努力、更勤奋，更富有开拓精神和奉献精神……"

他坚定地说道："我们必须停止哭泣，一定要努力工作，加快复兴！"他还说："我不是一个喜欢抱怨的人，靠在别人的肩膀上哭泣也不是我的风格。塞尔维亚也是一样的，必须自己解决问题，不能光指望别人的帮助。因为即便是朋友，他们也不会接受我们的差遣。自己动手，才能丰衣足食。如果我们能够做到，塞尔维亚的美好未来指日可待！"

诚恳而急切的邀请

就在这个关键时刻，一个意想不到的机遇忽然降临。2014年8月，武契奇总理接到了中国国务院总理李克强的邀请——参加在天津举行的达沃斯论坛年会。而此刻，塞尔维亚也正在积极筹备第三次中国—中东欧国家领导人会晤，届时共商合作大计。

定于2014年12月16日的第三次中国—中东欧国家领导人会晤将在贝尔格莱德举行，主题是"新动力、新平台、新引擎"。李克强总理与武契奇总理将共同主持会晤，并就推进中国与中东欧国家合作提出建议，推进深入合作。

中国是塞尔维亚最具希望的战略合作伙伴，多个重大项目在塞尔维亚落地并圆满实施，特别是由中国路桥工程有限责任公司承建的贝尔格莱德"泽蒙—博尔察"跨多瑙河大桥即将举行竣工典礼。如果在这个时间能邀请到中国国务院总理李克强前来塞尔维亚参加典礼，那将是一个与中国共同推进深入合作的机会。于是，尼科利奇总统给他下达了一个艰巨的任务：一定要促成李克强总理在2014年年底之前访问塞尔维亚。

2014年9月10日，武契奇总理带着这个神圣的使命来到了天津。温暖的海风吹拂着这座具有悠久历史的港口之城，也轻轻地吹拂着武契奇总理的脸庞，他顾不上欣赏海边的美景，希望尽快见到李克强总理。他一见到李克强总理，就迫不及待地提出了邀请，恳切之情难以言表。

李克强总理愉快地接受了他的邀请。这可把武契奇总理高兴坏了。他为自己能够完成这一重大任务而感到格外高兴。

武契奇总理一回到国内，就有记者采访他。他说："这是一个历史性的重大事件，也是当届政府努力的结果。"对此，塞尔维亚的主流媒体也高度评价，认为这一盛事将会极大地提升双边关系，促成两国更加深入的合作。

中国选择塞尔维亚作为"16+1"峰会的举办国绝非偶然，因为两国高层一向良好的政治关系早已成为两国人民友好交往的纽带。

武契奇总理在接受中国媒体采访时说道："我对李克强总理访问塞尔维亚充满无限热情和期盼！"他同时还表示："对中国而言，塞尔维亚既是保持地区稳定的重要支柱，也是中国企业海外投资的风水宝地。"武契奇总理还不忘借助媒体向中国投资者喊话："欢迎中国企业到塞尔维亚来投资建厂！"

从"中国桥"上飘来的歌声

2014年12月15日，李克强总理如期抵达贝尔格莱德，参加第三次中国—中东欧国家领导人会晤，同时对塞尔维亚进行了访问。2014年12月18日，李克强总理与武契奇总理共同参加了首都贝尔格莱德泽蒙—博尔察大桥顺利竣工并通车的剪彩仪式。

连接泽蒙与博尔察的"中国桥"

这可不是一座普通的大桥,因为它被当地人称为"中国桥"。

贝尔格莱德是一个风景如画的城市。多瑙河给这座城市增添了旖旎的风光,却也给这个城市的交通造成天然的阻隔。在流经贝尔格莱德的多瑙河上有"一老一新"两座桥梁:老桥建于"二战"时期,透出几分沧桑;新桥于2014年底建成,看起来既稳重又充满现代气息。因为新桥连接着多瑙河两岸的泽蒙与博尔察两个区,所以政府把它命名为"泽蒙—博尔察大桥",但当地人提起这座桥时,都称它为"中国桥",以感谢中国人民的帮助。这是中国企业在欧洲承建的第一个路桥工程项目,也是中国企业向中东欧国家展示的第一张亮闪闪的名片。这是塞尔维亚近70年来在多瑙河上首次兴建的跨河大桥。

李克强总理访问塞尔维亚,在当地引起了巨大的轰动。在场的民众手持鲜花,摇旗欢呼:

"中国万岁!"

"中国人万岁!"

……

欢呼声此起彼伏,李克强总理被这高高的声浪包围、托起。他在剪彩仪式上发表了热情洋溢的讲话,希望这座桥能成为见证两国人民友谊的"永恒之桥"。

李克强总理特意说到自己看过的南联邦的电影——《桥》。影片讲述的是1944年发生的故事:南联邦游击队员经过详细侦查和周密安排,经过一系列惊险而曲折的斗争,将德军撤退途中一座必经的桥梁炸毁,最终取得了战争的胜利。

李克强总理还提到这部影片的插曲《啊,朋友再见》。此歌曲原本是意大利的游击队员之歌,流传甚广,后来成为南联邦电影《桥》的主题曲。歌曲跌宕婉转、抑扬顿挫,表达了游击队员离开故乡与侵略者英勇战斗的决心,歌颂了他们大无畏的革命英雄气概,生动地表现了游记队员们对家乡的热爱之情。歌词大意如下:

那一天早晨,从梦中醒来

啊,朋友再见吧,再见吧,再见吧

一天早晨，从梦中醒来

侵略者闯进我家乡

啊，游击队呀，快带我走吧，

啊，朋友再见吧，再见吧，再见吧

游击队呀，快带我走吧

我实在不能再忍受

啊，如果我在战斗中牺牲

啊，朋友再见吧，再见吧，再见吧

如果我在战斗中牺牲

你一定把我来埋葬

请把我埋在高高的山岗

啊，朋友再见吧，再见吧，再见吧

把我埋在高高的山岗

再插上一朵美丽的花

……

老桥和新桥，历史与现实，塞尔维亚与中国，用歌声实现了互联互通，谱写了中、塞两国人民友谊的新篇章。

天无绝人之路

李克强的访问为中、塞两国的深入合作提供了新的契机，也为拯救斯梅代雷沃钢厂创造了条件和机会。2015年2月26日，以秦博勇女士为团长的中国河北省代表团访问了塞尔维亚。他们这次出访是为了落实李克强总理访问塞尔维亚时签署的《中国—中东欧国家合作贝尔格莱德纲要》。这个文件提到，2016年"中国—中东欧国家地方领导人会议"将在中国河北省举行。河北省政府对这次会议非常重视，河北省代表团此行的目的就是为这次会议做前期准备，希望通过此次访问，积极落实纲要中涉及河北省的一些项目。

河北省代表团在访问中深入了解了塞尔维亚的企业发展情况，希望本省企业能够参与到塞尔维亚"国有企业私有化"的进程中来。河北省代表团与塞尔维亚政府能源矿产部、贝尔格莱德市议会、塞尔维亚投资促进局等部门进行了会谈。

在河北省代表团举行的推介会上，代表团成员还与塞尔维亚知名企业的代表们进行了充分交流，介绍了钢铁、水泥、建材等优势产业的发展情况，为双方展开国际合作奠定了基础。塞尔维亚政府对河北省代表团介绍的情况产生了浓厚的兴趣。

此时，斯梅代雷沃钢厂的多轮国际招标已经失败，面临"推行国有企业私有化，却找不到买家"的艰难处境，这成了塞尔维亚政府的一块心病。河北省代表团的意外出现，重新点燃了塞尔维亚政府的希望之火。

塞尔维亚政府有关部门的负责人在与河北省代表团的会谈中，试探性地问道："你们省是中国的钢铁大省，河钢集团是中国第一大、世界第二大的钢铁企业，你们能否接收我们的斯梅代雷沃钢厂？"这一问题引起了河北省代表团的兴趣。不过，塞尔维亚政府代表提出了一个特别的要求："你们要全部保留这5000多名员工的就业岗位，绝不能让任何一名员工失业。"秦博勇团长表示，愿意就此项合作进行深入洽谈。

中国河钢集团出现了

2015年3月6日，塞尔维亚政府在《政治报》上为斯梅代雷沃钢厂进行公开招标，希望再次抛售这家国有企业，目的在于保留钢厂的5000多名员工，钢厂继续经营能减少失业。

基于此前多次国际招标失败的教训，斯梅代雷沃钢厂特意委托一家在国际招标中具有丰富经验的荷兰公司为其做好准备工作。

这次招标的起拍价为4560万欧元，企业提交投标意向的截止日期为2015年3月30日。这是塞尔维亚政府举行的第四次国际招标。

前三次国际招标都以失败告终，那么这一次他们能够取得成功吗？事实上，这是一次没有任何悬念的国际招标，因为中国河钢集团是唯一的竞标者。

自从美钢联撤走后，塞尔维亚一连举行了三次国际招标，但始终无果，人们都以为这次招标也会与之前一样，不抱有任何希望。然而，就在黑暗的尽头，来自中国的河钢集团意外地出现在他们面前。这对整个塞尔维亚来说，都是一个天大的喜讯。

塞尔维亚国家广播公司在第一时间播出了这条新闻。这条新闻像春雷一样震动了整个塞尔维亚："我国政府将与中国河钢集团就斯梅代雷沃钢厂的收购事宜进行洽谈……"人们一下子把关注的焦点都聚集在这个陌生而新奇的名字上——中国河钢集团。

第 6 章

逆势强音：
"我们要成为金融危机中的最大赢家！"

被业界誉为"世界上最清洁的钢厂"的唐钢

陡河岸边的另一架"钢琴"

金融危机袭席卷了全球,同样影响到中国唐山陡河岸边这座十里钢城——唐钢。

与万里之遥的多瑙河相比,陡河实在是微不足道,但它却是华北重工业基地——唐山的母亲河。陡河位于滦河、潮白河及蓟运河之间,发端于燕山山脉。燕山地势陡峭,水流落差较大,"陡河"因此而得名。陡河是一条具有"叛逆性格"的河流。我们常说"大河向东流",而陡河却向南流,曲曲弯弯,蔓延伸展,最后注入波涛汹涌的渤海湾。

在郁郁葱葱的燕山深处,蕴藏着丰富的铁矿石资源,因为这里是中国第三大铁矿石资源聚集区——冀东铁矿区。1943年,侵华日军踏上了这块风水宝地。为了掠夺冀东铁矿石资源,他们在陡河岸边兴建了一个钢铁生产基地,取名为"唐山制钢株式会社"。这个钢铁生产基地是"以战养战"的产物。中华人民共和国成立后,这个钢铁生产基地改名为"唐山钢铁厂",简称"唐钢"。

20世纪50年代初,新中国百废待兴,急需钢铁,唐钢就此进入新的发展阶段。然而,那时唐钢的设备和技术都十分落后,只能用小电炉来炼钢,产能只有区区2000吨。

那时,炼钢主要采用的方法是苏联的"马格尼托哥尔斯克模式",普遍使用平炉或小电炉来炼钢,生产规模小,建设费用高,耗电量大,而当时中国严重缺电,钢铁生产受到极大的制约。

针对这种情况,唐钢开始了技术攻关。从1950年5月到1951年8月,仅用一年多的时间,唐钢的工程技术人员就经过166炉的冶炼试验,最后研发出了"侧吹碱性转炉炼钢法"。这种炼钢方法具有设备简单、冶炼时间短、耗能低、投资少、见效快、生产效率高等特点。

1952年初,唐钢开始采用"侧吹碱性转炉炼钢法"进行小规模生产。到了年底,唐钢开始采用此法进行大规模生产。唐钢在中国首先用碱性转炉代替了酸性转炉,大大提高了企业的生产效率和产品质量。这项科研结束了中国使用酸性转炉炼钢的历史，成为中国炼钢史上一次重大的工业技术革命。同时，这一重大科研成果得到国家工业主管部门的高度重视，并在全国冶金行业推广开来。唐钢由此成为中国"侧吹碱性转炉炼钢"的发祥地。

然而，巨大的不幸意外出现了。1976年7月28日，20世纪最悲惨的大地震降临到了唐山这个具有百万人口的华北重工业城市。唐山遭遇了灭顶之灾，整个城市顷刻间夷为平地，人员伤亡极其惨重。在这次大地震中，有24万人遇难，16万人受伤，唐山民众顷刻间失去了自己的亲人和家园。

唐钢也未能幸免。全厂1.8万多名员工，震亡1700多人；员工家属7万多人，震亡8600多人，2300多人受伤。唐钢的生产设备遭到重创，4座炼铁高炉、7座炼钢转炉、2座电炉、7套轧钢机及其辅助系统全都"粉身碎骨"。

然而，英勇的唐钢人在埋葬亲人们的尸骨的土地上，在流满鲜血的陡河岸边上，唱响了惊天地、泣鬼神的悲壮凯歌。唐钢人强忍着心中的悲痛，全体员工浴血奋战，仅仅用了短短28天的时间，就炼出了地震后的第一炉钢水。

唐钢人化悲痛为力量，更加努力地发展生产。1977年，唐钢全面恢复生产。1978年，唐钢的钢产量超过了震前水平。

改革开放政策给唐钢人插上了一双强大的翅膀。从1978年到1988年，唐钢人用自己的心血和智慧造就了一个更大、更强的钢厂。到1989年，唐钢已经发展成为生产工艺齐全的大型钢铁联合企业，跃居全国十大钢铁企业行列。

1995年10月，唐钢提出了"三步走"发展战略：第一步（1997—1998年），完成炼铁系统设备改造和技术升级；第二步（1998—1999年），完成炼钢系统的设备改造和技术升级；第三步（2000—2002年），建成具有高附加值的热轧薄板生产线。

经过多年发展，唐钢在国内钢铁行业中的地位越来越突出。2005年，唐钢的钢产量超过1000万吨。就此，一座千万吨级别的大型钢厂出现在了冀东大地上。

2008年6月，为了谋求更大的发展，唐钢与邯钢联合宣钢、承钢以及其他钢铁企业合并，组建了中国第一大、世界第二大的特大型钢铁集团公司——河钢集团有限公司（HBIS），简称"河钢集团"。谁能料到，就在这一年，全球金融暴风雪从美国华尔街刮起，并向这座刚刚复兴的十里钢城悄然逼近……

"我们绝不能把危机转嫁给员工！"

2008年年底，全球金融暴风雪考验着刚刚走马上任的唐钢总经理于勇。

时任唐钢总经理的于勇

1963年秋，于勇出生在吉林省柳河县。1987年的盛夏，刚走出大学校门的于勇就怀着对新生活的美好憧憬，从大东北来到了陡河岸边这座十里钢城，被分配到唐钢第二炼铁厂工作。他从机动科点检员做起，历任作业长、高炉检修站主任、机动科科长、厂长助理等职务。之后，他调到唐钢第一炼铁厂，历任副厂长、代理厂长、厂长等职务。没过多久，他听从上级领导安排，又回到第二炼铁厂担任厂长，同时兼任第一炼铁厂厂长一职。

炼铁是钢厂的第一道生产工序，也是一项需要面对死亡的危险工作。特别是在铁水出来的一刹那，其危险程度可想而知。一旦发生喷溅，炼铁工人就要冒着上千度的红色"雨幕"勇往直前，直至工作全部完成。

这些年是于勇与企业基层员工一起摸爬滚打的岁月，是他终日与环形炉台和喷涌的铁水相伴的岁月，也是他不断成长、持续进步的岁月。2006年4月，他出任唐钢常务副总经理。两年后，他出任唐钢总经理。

然而，在2008年12月，全球金融暴风雪来得特别猛烈，作为"世界第一钢铁大国"的中国，受到的影响可想而知。在前后不到两个月的时间里，中国的钢铁行业经历了"冰火两重天"。每吨钢材的价格从6000元以上迅速降到了3000元以下；钢材产品从疯狂抢购的场面突然落到无人问津地步，很多贸易商守着堆成山的钢材亏得血本无归。

在全球经济大萧条的背景下，中国钢铁企业纷纷采取限产、停产、减薪、放假、解除劳动合同等措施，以应对突如其来的金融危机。首都钢铁、山东钢铁和安阳钢铁宣布减产20%，沙钢减产7万吨，马钢减产6万吨，太钢减产13万吨，武钢也开始停产检修……全国有50%以上的钢铁企业处于半停产状态，有的员工减薪高达30%……

面对裁员、减薪的危机，人们忧心忡忡！在这种形势下，唐钢怎么办？唐钢员工都把目光投向了时任唐钢总经理的于勇。

那是一段非常难忘的日子。那些天，高层管理人员几乎天天开会讨论，为企业发展出谋划策，寻找出路。面对突如其来的金融危机，于勇大声疾呼："我们绝不能把危机转嫁给员工！"在2009年1月举行的全体基层干部大会上，于勇情不自禁地回忆起自己在基层工作的那些难忘经历：

我在唐钢炼铁厂基层干了十几年，这是我一生最难忘的时光。我了解工人，知道他们的苦，明白他们的处境和内心的渴望……这对我以后走上领导岗位起到了至关重要的作用。一个企业，无论生产什么产品，主体都是人；一个企业，无论有什么样的设备，最终的竞争力还是那些驾驭设备的人。我们可以提高产品的盈利水平，可以提升设备的层次，但我们不能忘记，一个企业最大的竞争力就是全体员工的凝聚力，而全体员工的凝聚力就是他们对企业的认同感。我们必须清楚地认识到，唐钢的发展目标有两个：一个是让国有资产保值、增值，让企业保持健康、有序发展；另一个就是要保护员工的利益，提高员工的经济收入和生活水平，增强员工的幸福感。市场好的时候应该如此，市场不好的时候也应该如此。在经济困难的时候，企业更要为员工遮风挡雨。对于基层员工，我们是不需要给他们讲大道理的。有人说，现在许多企业陷入困境，主要原因是缺少资金，我觉得不是。我认为，最大的财富和家底是我们全体员工！我们要把唐钢建成最幸福的企业，要给这些生活在最底层的员工提供就业岗位，让他们能够获得更多的收入，让患病的父母得到赡养，让儿女上得起学，让小伙子们能找到自己满意的对象，让全体员工都能因为自己是唐钢人而感到无比骄傲和自豪！只要员工成为企业的主心骨，那么员工就一定会让这个企业重现活力。目前的形势对别人来说是危机，对唐钢人来说也许就是机遇。我们要用最好的工作状态、最好的指标来应对这次危机。我们要让唐钢成为一个国际一流的钢铁企业！

于勇的讲话铿锵有力，掷地有声，台下爆发出了雷鸣般的掌声！这是基层干部们发自内心的掌声，是春天般温暖的掌声！

于勇另一番充满激情的讲话，也像春风一样吹拂着十里钢城。2009年，在"三八"国际妇女节那天，唐钢召开了以"巾帼展风采，钢城绽芳华"为主题的表彰大会。窗外寒流未散，大厅里却温暖如春。在300多名女工代表的掌声中，于勇进行了总结性的讲话：

今天在座的绝大部分员工是女同志，你们在家里是"一把手"。女工队伍是唐钢的一支重要力量，在每个岗位上都有你们女工靓丽的身影。你们为唐钢的发展作出了突出的贡献。你们的工作得到领导的认可，你们的行动得到男同胞们的钦佩。职业女性是伟大的，你们的肩膀上担负着事业和家庭两副重担；职业女性又是幸福的，你们把家庭当成事业来经营，把事业当成家庭来享受；职业女性又是充实的，这种充实是我们男同胞享受不到的。今天接受表彰的女工先进集体和先进个人都是企业各部门的优秀代表。比如宿舍科，现在的女工宿舍无论是卫生还是管理，都是一流的。这也说明，一流的管理可以带来一流的水平。我们提出建设"国内领先，国际一流"的钢铁企业，在各方面都应该是一流的。2009年1月，许多大型钢铁企业还在亏损，而唐钢却盈利5000万元；2009年2月，有的单位仍在继续亏损，而唐钢则继续盈利，这是了不起的成绩！

在最近召开的中国钢铁协会年会上，大家都认为现在的市场形势依然非常严峻。中国有些钢铁企业，有的减产，有的停产，有的甚至倒闭。2008年，全国产钢量达到5亿吨，直接出口和间接出口达到1亿吨。到了2009年1月，钢材出口下降了40%。到了2009年2月，钢材出口则下降了50%。在这种情况下，过剩的钢材都要在国内消耗掉，所以国内市场供大于求的状况凸显出来了。唐钢面临的形势也不容乐观！

没有企业的健康发展，就没有员工的收益，也就没有员工家庭的稳定。这次危机到目前之所以还未影响到唐钢员工的收入和家庭生活，指标完成好的部门，员工的奖金还在增加，这说明企业的效益是员工们共同创造出来的。员工在为企业创造效益的同时，我们也要让员工得到应有的回报。2008年，我们靠"挖潜增效"和"降低管理成本"这两项措施，就实现了16亿元的收入目标，这16亿元正好是全体员工一年的收入。我们实现了这个目标，就意味着全体员工的收入有了保障，意味着别人亏损，我们却能盈利。过去，在别人亏损的时候，我们能保持盈利，最大的功臣是钢厂的全体员工，当然也包括你们全体女工。

面对全球金融危机，我们的对策很简单：化"危"为"机"。市场不好的时候，应该是企业进步最快的时候。只要全体员工同心同德，企业就没有走不出的困境。只要我们坚持到底，哪怕金融暴风雪来得更猛烈一些,我们唐钢人也不怕!

话音刚落,全场就响起了热烈的掌声。这是充满自信的掌声,是鼓舞人心的掌声。

人心齐,泰山移。在全体员工的奋力拼搏下,到2009年年底,唐钢通过"降本增效",实现30多亿元的收入,比计划收入多出了14多亿元。

唐钢人笑得合不拢嘴,巨大的暖流在这座十里钢城中涌动。

从"城市污染源"到"世界上最清洁的钢厂"

2008年上半年,钢铁市场正处于"高盈利时期"。正当唐钢实施"降本增效"策略,企业经营情况慢慢好转的时候,唐山市委、市政府启动了"科学发展示范区建设"项目,一座被称为"北方煤都"的资源型城市开始向生态型城市转型。

唐山市委、市政府经过多次研究,最终决定,要求唐钢搬迁。然而,这样的决定使唐钢面临着巨大的压力。

到底搬还是不搬?如果要搬,那只能搬到距离唐山市区100多公里的渤海湾京唐港那里。难道搬到海边就没有污染了吗?

经过多次开会讨论之后,于勇代表公司宣布了超出寻常的大胆决定——"全面打造全新唐钢"。

此言一出,如同春雷,炸响了整个唐钢。刚刚盈利,却要拿出巨资进行全面改造,这可是唐钢之前从来没有发生过的事情。

于勇意识到,这是摆在唐钢人面前的艰难抉择,但它却是一个必然的选择。长期以来,位于陡河东岸的十里钢城,一直都是城市环境的最大"忧点",陡河也成为当地污染最严重的河流。

穿城而过的陡河,像书签一样把唐山市区分成了两半:西部是城市居民生活的聚居区;东部是工业区,那里有水泥机械厂、陶瓷厂、发电厂等上百个大大小小的工业企业,其中规模最大的企业就是唐钢。

站在大城山山顶向东望去，人们会发现，钢厂上空烟尘蔽日，灰蒙蒙一片。人们不得不承认，唐钢是唐山最大的污染企业。

唐山市委、市政府正以前所未有的力度，全面推进"科学发展示范区建设"项目，目的就是要把唐山这座被污染的工业城市建设成一座花园式的生态型城市。

唐山市委、市政府只用了短短6个月的时间，就把城市南部杂草丛生、蚊蝇乱飞的开滦采煤塌陷区，改造成了一个总面积达到11.5平方公里的大湖。这个湖的大小相当于两个杭州西湖。这块令人头疼的"城市疮疤"经过改造后，成了唐山最大的亮点。

唐山这一历史性的巨变，给位于市区的唐钢带来了强烈的冲击和巨大的压力。之前，因为唐钢对环境造成严重污染，唐山市民对唐钢的印象不太好。很多单位的领导来唐山考察，唐山市委、市政府都把他们安排到百里以外的京唐港。

面对环境治理，唐钢怎么办？这个问题像一把尖刀一样摆在了于勇的面前。再不治理环境，企业就无法在这个城市生存。当时可以参照的模式只有首钢模式。在北京市石景山区发展了近百年的首钢，曾是北京西部地区最大的污染源。为了让2008年的北京奥运会申办成功，为了还首都一片蓝天，首钢以壮士断腕的决心和气魄，毅然将5座高炉和3座大型炼钢厂全部搬迁到河北省的曹妃甸，新建了迁钢、首秦和京唐三大现代化钢铁基地，生活在北京的16万首钢人完成了世界工业史上最大规模的异地迁徙。

代价是巨大的，离别是痛苦的，但首钢员工却在搬迁后脱胎换骨，获得了新生。

是照搬首钢经验，还是另辟蹊径？对此，于勇有自己的思路。在唐钢的高层管理会议上，他做出了长远的决策："我们要开拓创新，把黑色的钢铁变成绿色的钢铁，探索出一条钢铁企业与城市和谐共生的科学发展之路，找到一条造福职工、服务社会的绿色转型之路。对此，唐钢别无选择。而且，唐钢转型越早越好，越彻底越好！"由此，规模空前的打造"绿色钢铁"的三大战役开始了。

第一大战役，是打造"世界上最清洁的工厂"。

唐钢决定，在资金异常紧张、各项费用大幅度压缩的情况下，不惜投入9亿元人民币用于节能减排。厂容治理的总体规划迅速出台。

然而，在改造之初，这种治理方式充满了非议。特别是一些老领导和老员工，看到自己亲手建成的老厂区要"毁于一旦"，心里一时难以接受。在老干部座谈会上，有的老领导拍案而起："你们要把我们几代人辛辛苦苦建成的老厂区都毁了吗？"

不管非议如何，声势浩大的拆除工程依然在强力推进。旧设备、旧厂房的拆除工程首先打响。

第一步，拆除原有的烧结、炼钢和轧钢等陈旧设备。这一拆，每年减少粉尘排放量1575吨，减少二氧化碳排放量3057吨。这一拆，腾出了165亩的空地。

第二步，拆除三座陈旧高炉。这一拆，在唐钢南区腾出了400亩的空地。

第三步，拆除有碍观瞻的陈旧建筑。这一拆，腾出了400亩的空地。

这三步，总共拆除建筑物面积36万平方米，腾出空地近千亩，占唐钢厂区总面积的20%。

接着，把这三块空地分别建成三个"钢铁花园"的工程项目正式启动。

第一个"钢铁花园"项目：在165亩的空地上，种植了1.5万余株树木、花卉，打造了一个五彩缤纷的自然景观，陈旧的厂房变成了一个"绿色植物园"。

第二个"钢铁花园"是在拆除三座陈旧高炉后的空地上建成的。治理后的唐钢南区，光绿地面积就相当于唐山凤凰山公园的面积。这里共种植树木3.2万株，四季常绿。唐钢还投资3亿多元在这里建成了一个先进的水处理中心，使之成为一个以污水处理为主的"水系生态园"。

第三个"钢铁花园"是一个主题公园。按照"园林化，作品化，景观化"的设计理念，占地400亩的"文化主题生态园"很快建成。

为了保证绿化质量，唐钢特意聘请专家亲临现场指导工作。在苗木的选择上，保持树种多样化，坚持乡土树种和常绿针叶树种搭配的原则，种植了大片混交林。在东西两侧，钢厂修建了围墙，形成一条厂区绿化隔离带，各车间都能被满眼的绿色植被覆盖。

全面改造后的"绿色唐钢"，与唐山市的大城山风景区和陡河带状公园相连，成为唐山市区一道靓丽的风景线。三大"钢铁花园"建成后，唐钢厂区整个绿化面积多达到54万平方米，绿化覆盖率由21%提高到了45%，创全国钢铁企业之最。

与此同时，另外两个"绿色钢铁"工程项目紧紧跟上。

其一，提高除尘系数。

这项投资共分三笔。第一笔投资是在2008年，唐钢投资1亿元，完成了除尘设备改造和技术升级。第二笔投资是在2009年，唐钢又投入1.2亿元，对钢厂3座150吨转炉的一次除尘系统进行全面更新，并对转炉的二次除尘系统进行彻底改造。新的除尘系统投入使用后，全年可减少粉尘排放量1500多吨。第三笔投资是在2010年，唐钢又投资8000万元，用于实施炼铁南区烧结机脱硫工程项目改造，每年可减少二氧化硫排放量3200吨。

其二，改造厂房外观。

世界上绝大多数钢厂车间的外观都是一副锈迹斑斑的样子。为了彻底改变人们对钢厂的陈旧印象，唐钢对炼铁厂、轧钢厂等单位进行了建筑外观改造，粉刷面积超过16万平方米，更换的彩板面积达到22.3万平方米，更换的采光带面积达到1.48万平方米。与此同时，建筑物的颜色与管道的颜色保持一致，使钢厂的内外环境达到和谐统一。

唐钢还在企业内部推行了"5S现场管理法"，即整理（SEIRI）、整顿（SEITON）、清扫（SEISO）、清洁（SEIKETSU）和素养（SHITSUKE）。在炼铁高炉车间里，在几千平方米的高炉出铁平台上,以灰色为主色调的平台光可照人。整个车间看上去干干净净、整整齐齐、一尘不染。

第二大战役,是打造一个"地面上看不到网管的钢厂"。

其一,网管全部植入地下。

网管是造成厂区废气泄露和环境污染的重要"元凶"。当你走进全面改造后的唐钢,你看不到管道纵横交错的景象,这是唐钢颠覆传统、努力创新的最大亮点之一。

在过去,唐钢供电系统的许多线路都沿着电线杆铺设,密集的电缆因为挂得高,职工巡检时不得不用望远镜来察看,维修时要带上梯子和架子,这样不仅维护、检修和管理的难度大,而且会给企业的生产带来很大的安全隐患。现在,蜘蛛网般的电缆、管线等全部植入地下,其中电缆的长度大约有260公里,煤气管、氧气管等各种管线的长度超过6公里。网管植入地下后,地面全部进行了绿化改造。

其二,厂区路面建设全部按国家标准实施。

钢铁生产最大的污染源是铁矿粉和烟尘。在过去,厂区内车水马龙,尘土飞扬,路面都是黑色的。我们可以这样形容之前的厂区:晴天,云山雾罩;雨天,脏水满地。我们现在走进全面改造后的唐钢,根本看不到这种传统钢厂的埋汰景象了。

钢厂对厂区内所有的主干道全都按照国家二级公路标准进行修建,把原有的9条道路拓宽,并对部分区域的道路进行了翻修,最宽的路面有18米宽。另外,钢厂还根据实际需要增加了四条崭新的道路。

厂区横空矗立的跨铁路立交桥,现在改造成了一座11孔的跨线桥。它是按照国家一级公路的标准建设而成的,使用寿命不低于100年。运输车辆可由此直接进入高速路段,与桥下的铁路运输互不影响。

第三大战役,是建设现代化的服务区,完善相应的管理制度。

传统钢铁企业的厂区里车来人往,势如潮涌。自行车的铃声、自驾车和运输车的喇叭声此起彼伏,好像这才是钢厂生活的真正景象。

唐钢投资5000万元,在旧址上建了4个服务区和5个停车场,占地面积有1万多平方米,建筑面积达到2.4万平方米。这项开创性的工程,需要1.5万多名员工搬迁挪位。然而,这么大的搬迁工程只用了两周时间就完成了,建设工期只用了两个月时间。

从2009年元旦开始,唐钢的4个服务区和5个停车场全部投入使用,1.9万名员工的代步工具全部停入新建的停车场。4个服务区建成以后,唐钢实行了门禁管理制度,还清除了150多个外包队。在过去,因为管理上存在漏洞,厂区内大量物资被盗。在门禁管理制度推行之前,进出厂区的车辆平均每天有2767辆。治理后,厂区内平均每天只有856辆车通行。

现代化的服务区和配套的管理制度,彻底改变了钢厂原来的形象。在过去,员工的代步工具如汽车、自行车等,随意停放在路边;现在,员工一进厂区大门,就将它们停放在服务区的停车场,然后刷卡进入服务区,更换工作服上岗作业。

每个服务区都有一个三层大楼,里面有现代化的浴室,多功能洗衣房和宽敞、明亮、整洁的食堂。每个服务区都有自己的停车场。车棚造型各异,有白帆耸立的帆船状,有天蓝色的波纹状。每个停车场的自行车、摩托车、汽车等都有序排列着。

单身职工宿舍简直可以与星级酒店相媲美。有本科学历的员工3人一个房间,有硕士学历的员工则是2人一个房间,房间里都配有写字台、衣柜和床上用品。每层楼都有阅览室和电视室。阅览室里有几百种杂志和图书供员工阅读。电视室的墙上挂着50多寸的液晶电视。

2009年,唐钢还投入了5000万元为员工更新医疗设备,改善就医环境,为在职员工和离休退休员工提供免费体检服务,并安排7000名老员工到北戴河、南戴河等地休养。

唐钢用自己开创性的实践，化"危"为"机"，以"敢为天下先"的创世纪精神，大刀阔斧地进行了脱胎换骨的改造。唐钢一举成为全国领先的"绿色钢铁企业"，在全球金融危机的逆境中开辟了一片崭新的天地。

现在，唐钢被业界誉为"世界上最清洁的钢厂"。韩国浦项制铁公司（简称"浦项制铁"）董事长权五俊来唐钢考察，对唐钢的巨变大加赞赏："浦项制铁是作为清洁的钢铁企业而闻名世界的，但我到了唐钢才发现，这里比浦项更干净、更清洁！"

2万多名员工的大转移

于勇的确是一个具有强烈忧患意识的企业家。他未雨绸缪，大胆改革，超前发力，使唐钢有了如此巨大的变化。在他的领导下，唐钢获得了更大的发展。

在保留全部员工、逆势涨薪和改造环境之后，于勇又把关注点转向了"如何破解企业自身发展的难题"上。

一个严峻的事实摆在他的面前：唐钢的产能有1800万吨，按照国际一流钢铁企业的平均人员配比，这个产能只要1.5万名员工就可以实现，但唐钢却拥有3.7万名员工，足足多出了2.2万名员工。

要安置这么多员工，可谓困难重重，主要有以下三个原因：一是钢铁产能已经达到了极限，很难有新的突破；二是随着生产设备逐步实现智能化，员工的需求量将会越来越小；三是中国钢铁行业的"暴利期"在2008年的下半年就结束了，国内外钢材市场持续低迷，市场空间越来越小，利润越来越低。

如何安排剩余的2.2万名员工，成为唐钢亟待解决的现实难题。唯一的出路就是：放弃钢铁主业规模增量，做大做强非钢产业。

2010年，也就是在全球金融危机爆发后的第二年，时任唐钢总经理的于勇就敏感地意识到，必须发展非钢产业。他借鉴韩国浦项制铁的经验,提出了"向非钢产业转移"的战略构想。

然而,唐钢的非钢产业与传统的非钢产业完全不同。早在二十多年前,中国有些钢铁企业就搞过一些非钢产业项目。它们有的搞建筑,这显然无法与国内最强的建筑企业竞争;有的搞芯片,这也无法与国际上的知名的电子企业竞争。20世纪八九十年代,唐钢下属单位也曾为安置富余人员创办了依附于钢铁主业的餐饮业和服务业,这是唐钢非钢产业的雏形。由于缺少整体规划和长远目标,加上产权不明、账目不清、管理混乱等因素,这些非钢产业长期亏损,难以为继。这些所谓的非钢产业最终也没有搞起来,其教训在于:脱离了钢铁主业,变成了"不务正业"。唐钢的最大优势在于,拥有一大批熟悉钢铁技术的员工队伍和先进的技术设备。

美、英两国都是钢铁工业非常发达的国家,但因为产能过剩,钢铁工业最后变成了"夕阳产业",因此这两个国家都提出了"去工业化"的口号,取而代之的是高新技术产业和金融服务业。然而,中国的情况完全不同,因为中国是发展中国家,钢铁工业还是冉冉升起的"朝阳产业"。

如何在产能过剩的困境中发展非钢产业?于勇有自身独特的发展理念。

今后,钢铁企业之间的竞争,将会是产业链与供应链上的竞争,是合作方式的竞争。因此,非钢产业无论如何都不能脱离钢铁主业。说得通俗一点就是,依托钢铁主业优势,为富余员工开辟新的根据地,找到新的发展空间。

2010年5月,唐钢提出了"做精主业,做大非钢,适度多元,持续创新"的发展思路,明确了六大非钢产业群:钢材产品深加工,大物流,装备制造与工程技术,资源开发与综合利用,与钢铁相关的教育培训与服务。根据具体分类,唐钢组建了20多个非钢产业公司。

2010年10月,唐钢正式成立非钢事业部,统筹管理这项业务繁杂、人数众多的工作。2013年,唐钢编制出台了《非钢产业"十二五"发展规划》,这是唐钢发展非钢产业的纲领性文件。

经过测算，从2010年下半年开始，唐钢向非钢产业将转移1万多名员工；到2012年，唐钢非钢产业从业人员大约有1.7万人；到2015年，剩下的5000多人将完成转移，非钢产业从业人员将达到2.2万人。

这里有三笔不可小觑的大账啊！

第一笔，从人力成本减负效果方面计算，数额大得惊人。

如果这些员工还在原单位工作，是要支付工资、保险等人力成本的，现在他们到新的岗位创业，自负盈亏，钢厂等于把这笔人力成本省下来了。在2010年，如果每个员工的人力成本按10万元计算，1.7万名员工的人力成本就是17亿元；如果转移到非钢产业人数是2.2万人，人力成本将减少22亿元。对唐钢来说，这绝对是一笔巨额收入。

第二笔，从新增企业的创收角度进行预测，数额也相当可观。

根据规划，唐钢非钢产业2013年的发展目标是：全年要实现的营业收入超过130亿元，增效额度在3亿元以上。到2015年，非钢产业的营业收入要达到800亿元。整个唐钢到2015年年底的收入目标是1500亿元。这意味着三年后，唐钢的非钢收入将超过钢铁主业，占据唐钢总收入的半壁江山。

第三笔，从"人均产钢量"这一指标进行测算，唐钢的人均产钢量超过1000吨。

"人均产钢量"是一个非常重要的指标，业内人士称这个指标为"人均劳动效率"。如果在2010年，人均产钢量超过1000吨，就意味着这个企业已在国内外钢铁行业一流水平之列了。唐钢钢铁主业的在岗人数是2万人，加上辅助系统里的1.7万名员工，一共是3.7万人。如果按计划向非钢产业转移1.7万人，那么唐钢的人均产钢量将超过1000吨；如果转移2.2万人，那么唐钢的人均产钢量就远远超过1000吨了。

唐钢给每一个非钢企业都定了明确的经营指标。不少经营指标都是在业务还没有开展的情况下就已经定下了。对于非钢企业的负责人，唐钢采取个人绩效和组织绩效相结合的考核办法。

每个钢铁主业的子公司都要抽调部分人员转移到非钢企业中去。唐钢给被转移员工的承诺是"三不变"：工作条件不变，待遇不变，身份不变。如果哪家非钢企业倒闭了，唐钢本部会继续接收这些被转移出去的员工。

唐钢进军非钢产业后，清退了1万多名临时工，还将原来抛向社会的钢厂资源收了回来，并进行了整合，全部由非钢企业负责。为此，唐钢首先进行了"千人培训"，既转岗又"换脑"，要求他们掌握新的技能。

一场开天辟地的战略转移就这样如火如荼地开始了。2.2万名员工就这样告别了炙热的炼铁高炉、钢花飞溅的炼钢转炉和火红的轧钢生产线，满怀创业激情，朝着"5年创效1500亿"的宏伟目标前进。他们奔赴新的工作岗位，开始谱写非钢产业的新篇章……

现在，让我们去了解一下唐钢这台"大钢琴"是如何演奏出优美的钢铁协奏曲的。

这里是为唐钢内部"挖潜增效"而成立的唐钢检修公司。

在过去，唐钢各单位内部不管检修的业务量是大是小，都设有专门的检修部门。有的单位由于检修的业务量小，检修人员平均每天的工作量只有3个小时左右；而有的单位则由于检修的业务量大，检修人员忙不过来，每年需要聘请外部人员来检修，因此需要支付高额的检修费用。

进军非钢产业后，唐钢把各单位的检修业务进行了分离、重组，挂牌成立了唐钢检修公司，承担唐钢所有设备的维护和检修业务，既为检修人员提供了饱满的工作任务，又为企业节省了一大笔检修费用。

这里是为开拓用户市场而专门成立的唐钢气体公司。

2007年3月，唐钢与中国气体工业投资控股有限公司合作，共同成立了中国华北地区最大的气体公司——唐钢气体公司。这是唐钢向非钢产业转型发展的重要板块。

过去，该公司的产品主要在唐钢内部销售，在"氢气技改工程"项目完成后，液态工业气体的产量增加了，急需新的用户市场。该公司主动出击，努力开拓北京市场乃至整个华北市场。2014年，该公司的产品外销率达70%。2015年上半年，在液态工业气体市场持续走低的情况下，该公司仍实现利润6500多万元，同比增长了40%以上。

目前这家公司正着手增设液化天然气项目。同时，唐钢气体公司与法国威立雅水务公司合作，成立了一家水务公司，该公司也准备在市场上展露拳脚……

这里是唐钢物流公司。

物流是唐钢非钢产业又一个重要的板块。按照唐钢非钢产业规划，唐钢物流公司不仅要立足唐山，还要扩大到环渤海区域，打造成集铁路、公路、港口、航运、信息服务和贸易于一体的大物流格局，跻身于国家5A级物流企业行列。

在唐山，钢铁物流具有其他物流不可比拟的两大优势：

首先，唐山是中国第一钢铁大市，钢铁企业众多，钢铁物流市场巨大。一家钢厂的物流量通常是该厂钢铁产量的5倍，而唐山2012年的钢铁总量是2.2亿吨。这意味着，唐山是一个钢铁物流量超过10亿吨的大市场。

其次，唐钢有京唐港和曹妃甸两个深水港，是巨轮最理想的停靠港，具有得天独厚的海上运输优势。于勇曾算过这样一笔账：如果唐山的钢铁企业需要的外矿量是1.55亿吨，每吨矿能挣10元钱，那就意味着这是一个15.5亿元的大市场。

为实现"大物流"的构想，唐钢物流公司主动与唐山港集团合作，将唐山港变成唐钢物流产业中的一个节点，把唐钢分散在曹妃甸港、天津港和唐山港的业务都集中到唐山港来，以降低物流费用。这个构想得到了唐山港集团的积极回应。为此，唐山港集团董事长孙文仲专程来到唐钢。唐钢与唐山港集团不是竞争关系，而是一个利益共同体，双方都希望进一步打开思路，挖掘合作潜能，所以双方一拍即合，合作非常顺利。

目前，唐钢已经在唐山市开平区圈定了3000多亩的土地，规划建设一个钢铁物流产业园。当地政府希望唐山的所有钢材都放在这个园区。此外，当地政府还准备建设一条从唐山港到唐山市的矿石专用输送通道，这对唐钢钢铁物流的发展将会起到极大的促进作用。

这里是唐钢与浦项制铁合资成立的唐钢创元方大公司。

唐钢创元方大公司的主营业务是LED，核心技术来自韩国，合作方是世界公认的最优秀钢铁企业之一——浦项制铁。浦项爱希谛公司（简称"浦项ICT"）是浦项制铁的下属公司，主要经营自动化、通信等非钢业务，是韩国四大IT服务企业之一。

唐钢曾对中国的LED市场前景进行过比较详细的调研，结论是：这是一个前景广阔却有待开发的市场。浦项ICT有核心技术，而唐钢有市场资源。LED项目是唐钢与浦项ICT合作的开端。

韩国浦项制铁或许称得上是唐钢非钢产业的"模板"。此前，唐钢与浦项制铁已经交流了两年多，韩国浦项ICT的社长赵奉来与于勇已经是非常好的朋友。于勇曾数次前往韩国考察，都由赵奉来亲自陪同。

于勇代表唐钢与浦项ICT公司签署了合作框架协议。没过多久，双方组建的唐钢创元方大公司正式进入市场。按照唐钢对非钢产业的业务划分，LED项目归唐钢创元方大公司。按照规划，唐钢创元方大公司定位为"行业领先，国内一流"的电气设备制造企业。

到目前为止，唐钢已经成立了包括气体公司、物流公司、商贸公司、化工公司等在内的22家子公司。唐钢将这22家子公司的发展原则统一确定为"要干就干到最好，要做就做到极致"。

按照规划，唐钢要把商贸、物流、华冶三家子公司打造成营业收入超过百亿元的企业；同时，唐钢还会支持唐钢气体公司和物流公司挂牌上市。

日益加剧的全球金融危机并没有压垮唐钢，反而催生了一个带有非钢产业的"新唐钢"。2018年9月的一天上午，唐钢董事长王兰玉跟我们说："如果这3.7万名员工都守着钢铁这一个饭碗，恐怕我们早就入不敷出了，更扛不住金融危机带来的巨大压力。好在我们的员工向非钢产业转移得早！面对金融危机，许多企业采取'减员增效'措施，而我们当时只有一个想法，那就是'绝不裁员'。3.7万名员工的背后是3.7万个家庭。我们绝不能放弃每一个员工，唐钢有责任让每个员工过上体面的生活。员工是唐钢最大的财富，没有他们的辛勤耕耘，也就没有现在的唐钢。"

在钢铁市场持续低迷的严峻形势下，适时调整发展战略，大力发展非钢产业，不愧是明智之举。唐钢这架位于陡河边上拥有70多年历史的"钢琴"，迎着凄厉的暴风雪，率先弹奏出了春天般的美好旋律。

第7章

断腕转向：河钢集团逆势崛起

河钢集团董事长于勇和员工们在一起

12万员工的生存决战

2013年12月1日，于勇调到了河钢集团总部，担任河钢集团董事长一职（兼任党委书记）。此时，一片挥之不去的愁云正笼罩着河钢集团总部大楼。高管们正忙着开会，研究对策，为企业寻找出路。

钢铁是河北省的主导产业，如果不顺应发展大势，河北就会痛失历史性的发展机遇。2005年5月，河北省政府公布了《河北省钢铁工业结构调整总体实施方案》，要将全省多家国有钢铁企业"一分为二"，组建两大钢铁集团：以唐钢为主，整合宣钢、承钢以及其他钢铁企业，组建河北省北部一个大型钢铁企业集团；以邯钢为主，整合石钢以及其他钢铁企业，组建河北省南部一个大型钢铁企业集团。

这只是重大战略重组的开始。

河北省当时有6900万人口，经济总量在全国排第6位，钢铁产业对全省的经济贡献率接近60%。初算起来，当时河北全省一年的产钢量就有1亿多吨，占全国钢铁产量的20%。然而，河北省这1亿多吨钢是靠三四十个钢厂生产出来的，这些钢厂仍处于低水平的运行状态，很容易被"大鱼"吃掉。

做大做强河北钢铁，符合国家产业政策的要求，顺应国内外钢铁企业发展大势。如何把河北建设成一个钢铁强省，是河北省高层需要尽快破解的难题。

2008年6月，河北省委、省政府决定组建河钢集团，标志着河北省钢铁产业的整合迈出了关键性的一步。新组建的河钢集团产能超过4000万吨，成为中国最大的钢铁企业集团。

然而，河钢集团生不逢时。2008年上半年，河钢集团刚刚成立，下半年就遭遇了全球金融危机。2012年，河钢集团营业收入急转直下，亏损5亿多元，面临巨大的经营压力。当时河钢集团旗下拥有大大小小的子公司30多家，形成了以钢铁为主，矿山资源、金融服务、机械制造、现代物流等相关产业协同发展的产业格局。

因此，河钢集团是一艘巨大的"钢铁航母"。

河钢集团拥有12万名员工，这是一种巨大的压力，也是一种巨大的责任。

从2001年至2007年，钢材价格持续上涨，市场需求旺盛，各大钢厂要养活自己不成问题，完全能够过上富裕的日子。

河钢集团组建前的各大钢厂与其他的钢铁企业一样，经过改革开放30多年的建设，经历了多年的"高盈利，高负债"的发展模式。因为市场利好，"高负债"完全可以依靠"高盈利"来弥补钢铁生产的成本。然而，到了2008年下半年，金融危机突然爆发，钢材市场持续低迷，订单减少了，产品卖不出去了，这使河钢集团有了压力。河钢集团依靠原来的发展模式过不下去了，不能像原来那样轻轻松松地养活12万员工了。

2013年，国外钢材市场更加低迷，河钢集团出现了前所未有的危机。河钢集团下属企业效益不好，困难重重，有的企业甚至完全依靠贷款来维持生存。在这个节骨眼上，于勇走马上任，身上的压力可想而知……

带大家走出低谷，成为当务之急。于勇把目光投向了韩国浦项制铁。

2013年，也就是全球金融危机爆发后的第5年，全世界的钢铁企业都被卷进了日益加剧的金融暴风雪当中，就连那些享誉世界的钢铁巨头也是"在劫难逃"。然而，韩国浦项制铁却始终保持盈利，经营状况一天比一天好。2013年，浦项制铁的钢铁产量达到3826万吨。在之后的几年时间里，浦项制铁经营状况一直很好，保持增长势头，成为行业标杆。

浦项制铁之前也与世界其他钢铁企业一样，由于在市场利好时扩张的速度过快，债务急剧增加。如果不立即"断腕转向"，企业就会被巨额债务拖垮。这个"断腕转向"的操盘手，就是这家企业的首席执行官权五俊。在下游行业不断施压的情况下，作为上游行业的龙头老大，浦项制铁该怎么做？

东边不亮西边亮。既然钢铁主业的发展瓶颈难以突破，那就拓展新的领域，寻找其他的发展空间。于是，权五俊一上任就大力调整业务结构，不再追求增长数量，而是确定了引导企业变革的四大措施：收缩投资，重点突破；出售非核心资产；对子公司业务进行重组；根据企业经营情况调整生产。浦项制铁凭借一系列强有力的"断腕转向"改革措施，逆势增长，成为亚洲钢铁行业的新秀。

浦项制铁的"断腕转向"做法，给了于勇很大启发。于勇以浦项制铁为标杆，开始对河钢集团进行大刀阔斧的改革。

2013年12月，从远东西伯利亚刮来的暴风雪，跨过了空旷的蒙古高原，越过了巍峨的燕山山脉，冲向了一马平川的华北平原。然而，在河钢集团举行的干部总结会上，却响起了春雷般的掌声。于勇董事长提出了"三个全面"发展战略：2014年，全面扭亏；2015年，全面盈利；2016年，全面提升市场竞争力。

这个构想实在出人意料！面对更加不利的市场局势，他能带着12万名员工实现这么高的目标吗？大家无不担心。

于勇董事长神情凝重，话语却铿锵有力：

没有哪个钢铁企业比我们有更多的区位优势和资源优势。我们有燕山山脉的矿产资源，有山西、内蒙古等地的煤炭资源，有京唐港、曹妃甸港、秦皇岛港、天津港等出海口，有北京、天津这两大市场资源……这些优势，别的企业是比不了的。我们河钢集团有12万人，大多数子公司也都有几十年的发展历程。说我们河钢人敬业精神不行，管理能力不行，技术水平不行，我不承认！其他企业能做到的，我们河钢人为什么做不到呢？我们不甘心！在相同的市场环境下，很多企业走出了低谷，但我们还在徘徊，还在四处张望。当很多企业都在研究如何提高市场竞争力的时候，我们还在研究生存问题。我们必须清醒地认识到，如果一直这样发展下去，我们一定还会有新的危机，还会在新的竞争中被淘汰。河钢人先要站起来，强身健体，才有资格谈投资和战略。一个现金流都难以为继的企业，拿什么谈投资，拿什么谈战略？不是说咱们集团没这个眼光，当务之急是"往近处看"，把眼前的事情做好。我们的问题不是装备和产品的问题，也不是员工队伍的素质问题，而是我们在座的1600多名干部的思想问题。今天，在座的所有干部共同主宰着河钢集团的未来命运，所以我们首先要有坚定的信念。我们下决心的时候，往往就是我们遇到困难的时候。我曾经说过这样一句话："无论做什么事，只要下定决心，就等于成功了一半。"今天，我把这句话送给大家，与大家共勉。2014年"全面扭亏"这一仗，无论有多难，如果我们从坚定信心、下定决心开始，这件事等于成功了一半。一个没有信仰、没有决心的团队，绝对不会有坚不可摧的韧劲，绝对不会有锲而不舍的精神。

接着，于勇开始深入解读浦项制铁"断腕转向"做法对河钢集团的启发：

如果把浦项制铁的经营指标变成河钢集团的经营指标，即使是在目前这样的市场环境下，我们集团也会是一个盈利的企业。现在，我们的问题不是产品竞争力不强、装备不行，而是产品和产业链上有太多的附加成本。过去，钢铁需求量大，市场形势良好，附加成本是可以消化掉的。现在，整个中国的经济发展到了一个相对平衡的阶段，巨大的附加成本把企业的竞争力彻底消耗了。因此，2014年要完成"全面扭亏"这个艰巨的任务，需要我们全体干部从解放思想、转变观念、改变思路、更换做法开始。我们要敢于改变和颠覆传统的做法，走出一条新路来。2014年，我们实现"全面扭亏"的目标难度很大，可谓天天都在打攻坚战。不过，我们也要看到实现这个目标的有利条件，要有"敢打必胜"的信念！你们是企业的核心力量，全体员工都对我们翘首以待，迫切希望我们能带领大家早日摆脱困境，打造一个具有国际竞争力的一流钢铁企业。我们一定不能辜负这12万名员工的信任！

这是在严冬里发出的声音，是决战未来的声音！在场的所有人都被于勇的情绪感染了，内心充满了力量。一场"对标"浦项制铁、颠覆传统理念、转变思路的"断腕转向"变革风暴，像春雷一样炸响了整个燕赵大地。

清退"外委"和"外包",取消中间商

挑战与机遇并存。2014年是河钢集团实现"全面扭亏"目标的决战之年,也是实现"三个全面"发展战略目标的第一年。

"对标"浦项制铁,有两个关键指标——员工数量和钢铁产能。

浦项制铁主业上的员工有1.7万多人,而河钢集团却有12万人;浦项制铁的钢铁产能是3800多万吨,而河钢集团的钢铁产能是4000多万吨,规模相差不大,但人均产能却非常低。换句话说,浦项制铁用3800多万吨的钢材养活了1.7万人,而河钢集团却要用4000多万吨的钢铁来养活12万人。因此,河钢集团面临着十分巨大的压力。

如果河钢集团是个私人企业,4000多万吨的产能有2万名员工也就足够了,就可以达到浦项制铁的人均产能指标。按照这个方法计算,河钢集团至少需要削减10万人。

然而,河钢集团是大型国有企业,承担着巨大的社会责任。这10万名员工都为企业的发展作出过重要贡献,他们家里上有年迈的父母,下有年幼的儿女,企业不可能把他们全部推向社会。

那么,这多出来的10万人应该如何安置?

有人这样建议:

"可以去开饭馆啊!"

"可以去开超市啊!"

……

这些建议显然行不通。

10万人都去开饭馆或开超市,会对现有的行业产生巨大的冲击,并且在"就业难"的大环境下,这么做也没有那么大的发展空间。既然不可能依靠裁员的方式与浦项制铁进行"对标",那唯一的出路只能是改变企业自身了。

河钢人的强项是钢铁制造,所以只能在"钢铁"这个老本行上做文章。

第一,削减附加成本,保持企业竞争力。

改革开放30多年来,河钢集团获得了巨大发展,但问题也相伴

而生。在过去的"高盈利时期",产品生产附加了许多额外的成本。河钢集团下属的很多单位聘请了许多外用工人去干脏活、累活、险活,而正式工成了"二地主"。

要保持企业的竞争力,就必须清理这些外用工人。"断腕转向"变革的手术由此开始:第一刀,清退在外面委托使用的大批民工,即清退"外委";第二刀,清退外包用工及项目,即清退"外包";第三刀,取消中间商,直接面对客户。第三刀最厉害。

从2013年到2014年,全国钢铁行业就有16万专门从事钢材销售业务的中间商。每个钢铁企业内部都设有供销部门,产品通过供销部门批发给中间商,再由中间商联系下家。这在当时是一种非常普遍的销售模式。这就养了很多中间商,他们的利润转化为企业的成本,成为巨大的附加成本。因此,河钢集团下决心取消所有的中间商。

2014年,河钢集团一共清退"外委"和"外包"人员2.2万人,减少各种外包项目640多项,取消中间商1300多家。

第二,打破界限,向特钢经营模式转型。

业内人士都知道,钢材产品分为"普钢"和"特钢"两大类。"普钢"一般通过中间商进行销售,而"特钢"销售则没有中间商,企业需要直接面对客户,按照客户的要求进行生产,并提供相关的技术服务。

河钢集团内部就有包括这两类产品的生产单位:唐钢和邯钢生产的产品属于"普通钢",70%的产品是卖给中间商的;石钢、舞钢则属于"特钢"生产单位,直接面对客户,实行的是"定制化生产"。事实上,其他行业也有采取"特钢模式"的,比如:格力就是直接面对客户的;西门子一直推行"客户经理制",对客户进行定制化生产和服务。"普钢"生产企业把中间商这堵墙推倒了,就可以直接面对客户,按照客户的需求进行生产了。

钢铁企业维持正常的生产经营有四大基本要素:原材料、设备、人力成本和财务费用。这四大要素约占河钢集团总成本的80%,剩下的20%是与企业生存无关的附加成本。如果每吨钢材按3700元的售价进行计算,20%的附加成本就是740元;4500万吨钢,20%的附加成本就是900亿元。这笔巨大的附加成本完全可以通过"取消中间商"的方式来消减。

作为中国最大的国有钢铁企业，河钢集团在企业内部大力倡导产品升级和结构优化。更为重要的是，企业要提高装备水平，发挥区位优势，而不是盲目地调整内部结构。调整内部结构绝对不是只生产高端产品，它既包括产品结构的调整，也包括生产方式和经营模式的调整。

有一段时间，一提到调整内部结构就应该生产汽车板，一说到产品升级就应该生产不锈钢，但如果中国的钢铁企业全部生产汽车板和不锈钢，那么这些产品也都是白菜价了。调整内部结构的原则在于：什么产品能适合市场、满足客户需求，那就生产什么样的产品。在这种原则指导下，河钢集团改革了营销机制，充分调动各个子公司的积极性，充分挖掘直供市场的潜能，主动对接大型终端用户和战略合作伙伴，这样的自我变革浪潮在河钢集团上下勃然兴起。

充分利用非钢产业，承接从钢铁主业中分流出来的员工

中国的国有钢铁企业综合盈利水平之所以不高，并不是因为钢铁主业本身的竞争力不强，也不是因为产品档次不高或生产线不先进，而是因为企业过于臃肿，承担的社会责任过重，负担过大，附加成本过高，尤其是人力成本的占比过高。如果每个员工一年的人力成本按10万元计算，河钢集团12万在岗员工，光一年的人力成本就多达120亿元。这是一个很大的负担。

河钢集团要走出困境，提升钢铁主业的市场竞争力，就必须盘活现有的资源，削减附加成本，利用非钢产业来承接从钢铁主业中分流出来的员工。

非钢产业占用了钢铁主业很多资源，这些资源没有得到充分利用，主要原因有两个：一是过去对非钢产业资产的效用没有进行统计和评价；二是钢铁主业中有将近40%的资源配置给了非钢产业，但非钢产业并没有取得良好的经济效益。

如果河钢集团把"人均产能"和"创效能力"这两项指标提高到与浦项制铁一样的水平，把集团内部的财务费用、管理费用降下来，河钢集团就能取得比之前更好的经济效益。

河钢集团拥有固定资产3000多亿元，而非钢产业的资产就有1300亿元，因此，提升非钢产业资产的利用率对河钢集团的发展至关重要。

这样的分析真是令人心旷神怡！我们似乎看到所有河钢人走出了封闭的深山峡谷，跃上了辽阔的平原，眼前突然一亮，意外发现了天边的朝霞和慢慢升起的太阳。

河钢集团编制了非钢产业四年的发展规划，目标是利用四年时间最大限度地盘活现有的存量资产，大力发展非钢产业。

效果不言而喻。河钢集团战略研究院院长李毅仁做了如下表述："如果按照每年的人均人力成本12万元来计算，非钢产业5万人的人力成本将达到60亿元。也就是说，如果这5万人全部转移，就能给钢铁主业减轻60亿元的负担。这是对提升钢铁主业竞争力的一大贡献！"

断绝贷款后路，实行"产线对标"

中国的国有钢铁企业始终存在着两个"循环怪圈"：一是在"高盈利时期"，企业盯着市场就能挣钱；而在市场低迷时期，企业又不得不依靠银行贷款来"输血"；二是集团公司成立以后，各个子公司还在依靠集团公司的支持，无法激发企业内部的活力和创造力，无法全面提升企业的竞争力。

河钢集团各个子公司也难逃这两个"循环怪圈"。河钢集团的一些子公司也对银行"输血"产生了依赖，每年需要补贴340亿元，给集团带来了沉重的债务负担。

河钢集团决定打破这两个"循环怪圈"，下狠心彻底断了各个子公司的"后路"，使其摆脱依靠集团的支持和银行贷款的经营惯性。为此，河钢集团给各个子公司画了一条不可触碰的红线——不准新增贷款。这是一个"市场倒逼"的决定。

不贷款，也不依靠集团支持，真的能实现"全面盈利"吗？各个子公司的领导表示压力非常大，心里都打着鼓。

为实现企业变革，于勇提出了点石成金的战略思路——"产线对标"。所谓"产线对标"，就是从产品售价、产品结构、管理理念、营销模式、人力资源等方面与韩国浦项制铁以及中国国内各大先进钢铁企业进行全面"对标"。于勇认为，河钢集团差的不是装备和规模，不是技术和服务，也不是吃苦耐劳的精神，而是新的理念和发展思路。

河钢集团12万人的生存，靠的是企业内部的几十条生产线。那么，这些生产线对应的是哪些行业？这些行业里又有哪些企业？这些企业的产品和技术怎么样？又有哪些人在管理这些企业？通过"产线对标"，河钢集团希望企业员工能发现一些具体问题，比如：在生产线和产品中存在哪些问题？企业安置了多少员工，又能带来多大的效益？等等。

事实上，一个钢铁企业无论有多大规模，有多少管理人员和管理经验，企业最直接的竞争力就体现在生产线上。河钢集团不追求生产规模和产品档次，而是要求对应特定的行业和用户。于勇说道："现在中国钢铁企业的管理水平远远没有达到精细化的程度，而改革就是要把市场的理念贯穿到产品的生产、销售和售后服务等各个方面。"

实践证明，要提高钢铁企业的盈利能力，没有哪种方式比"产线对标"来得更快。2014年，河钢集团决定，除了满足钢铁主业需要的原材料、人力成本和财务费用，其他费用一概压减。最后算下来，非生产性费用只占20%。这一年，通过"产线对标"，在钢铁行业财务费用同比上升20%的情况下，河钢集团的下属子公司不仅没有增加一分钱贷款，还追加了30亿元的还款，减少依赖性贷款270亿元，企业的改革举措立竿见影。

用春风告诉呼啸的暴风雪

企业没有了外部的强大压力，就很难实现蜕变。从某种意义上讲，河钢集团应该感谢这场全球性的金融危机。如果没有这场金融危机，河钢集团就不会破釜沉舟，主动求变，全面转型。如果没有这场金融危机的外部压力，河钢集团就很难改变自身。河钢集团即使有改革的愿望，伤筋动骨的改革也很难推行。

无法改变市场格局，那就只能改变企业自身，改变企业的经营思路。河钢集团的领导班子在强大的市场压力下，积极转变思路，实施了一系列超出常规的改革策略，在金融危机的狂风暴雪中凛然崛起。

2014年是河钢集团经营最困难的一年，也是完成扭亏任务最艰巨的一年。放眼整个中国，钢铁企业主营业务的增长非常艰难，一些企业甚至出现资金链断裂，但河钢集团却因为"给自己动了手术"，不但没有增加亏损，而且纵身一跃，跳出了低谷。与2013年相比，2014年河钢集团总营业收入多出了304亿元，降低融资规模270亿元，最终实现了年初确定的"全面扭亏"的奋斗目标。

首战告捷，给河钢人带来了无限希望。他们重整旗鼓，准备迎接下一个目标的挑战。2015年，河钢集团乘胜前进，实现了"全面盈利"的奋斗目标。从塞北高原到冀东平原，从太行山脚下到渤海岸边，遍布燕赵大地的河钢集团各个子公司开始焕发出勃勃生机。

一个河钢集团的员工满怀激情，写下了一首题为《这样的季节》的动人诗篇：

这样的季节
暴风雪已经封住了我们前进的道路
或许我们早该从睡梦中惊醒
当我们仍习惯在钢铁的题板上
张贴父辈的荣耀
那些延续很久或被一次次复制的传统
已无法触及现代钢铁的高度

这样的季节
我知道
一场理念的变革注定开场
我们珍爱的这片土壤
在经历了无数辉煌之后
必须以谦恭的姿态
接受另一种洗礼
就像一位古稀老人坐在古朴的殿堂前
看着一场编排时尚的现代舞蹈华丽上演
……
一个由河钢集团12万名员工共同演奏的钢铁协奏曲响彻了整个世界。

第8章

布局全球：全面打造"世界河钢"

像"天眼"一样的河钢南非矿业公司

收购南非矿业公司，拥有海外铁矿石资源

在南非林波波省东部的帕拉博拉地区有一个小镇，河钢集团南非矿业公司就坐落在这个非洲小镇上。这个小镇丛林密布，风景非常优美，如同一幅迷人的油画，令人心旷神怡。在这里，人们一年四季都可以看到松鼠在树林里出没，听到鸟儿在枝头歌唱……

这个拥有15万人口的小镇有两大支柱行业：一是旅游业，这里有风光旖旎的原生态公园，每年都吸引着大量的游客；二是采矿业，小镇的地底下蕴藏着丰富的铜、铁等矿石资源。

真正让这里产生巨大变化的是力拓南非矿业公司。20世纪60年代初，作为全球三大矿业公司之一的力拓集团，派工程技术人员来到这里进行勘察，发现这里的铜和磁铁的储量非常惊人，于是力拓集团花重金买下了这个地方，并与其他投资者一起合作，成立了力拓南非矿业公司，对这里进行开采。

一批批的运营管理人员被公司派到这里来，一群群的当地老百姓被请到矿上做工，一辆辆挖掘机和载重汽车开进了工地，宁静的小镇从此沸腾起来了……

力拓南非矿业公司是一家成熟的矿产资源公司，公司49%的股份归力拓集团所有，英美资源有限公司占股28.5%，剩余的股份归南非政府全资拥有的南非工业发展有限公司所有。

力拓南非矿业公司是一家在南非约翰内斯堡上市的公司，出口磁铁矿石是该公司的主营业务之一，铜矿的产能在11万吨以上。

经过对矿山主脉几十年的开采，力拓南非矿业公司在这个丛林深处挖出一个长1.9公里、宽1.6公里的露天矿坑，这个矿坑被业内人士称为"世界第三大矿坑"。从远处望去，这个矿坑如同一个被陨石撞击后留在地球表面上的大坑，又像一只放大了千万倍的眼睛，仰望着深邃的星空。

然而，到20世纪90年代末，这家企业陷入经营困境，主要原因有三个：一是运输成本高。从1998年开始，随着公司对露天矿坑的深度开采，运输成本越来越高。二是存在潜在危险。在1998年进行

的地质勘探中发现，露天矿坑北坡存在垮塌的危险。三是开采费用高。虽然公司在矿坑附近打了竖井，准备进行深度开采，但一期工程需要投入的费用就高达11亿美元，公司无力承担。

由于原有的采矿面受到限制，新的采矿面没有开发，矿石开采的数量严重不足，公司从2003年开始就出现了持续不断的亏损。到2012年，公司的亏损额高达9700万兰特[①]。

到2012年年底，力拓集团认定这里的矿产资源开发已经接近尾声，决定出售这家公司。这个爆炸性的消息震撼了整个帕拉博拉地区，在当地引起一片恐慌。因为当地人80%的收入来自采矿业，许多人在矿上工作，靠着微薄的收入来养活一家老小。公司要出售，许多人就会失业，所以有的人打算离开这里，到其他地方寻找安身之处。

力拓南非矿业公司出售的消息，吸引了正向国际化道路强力迈进的河钢集团。对钢铁企业而言，铁矿石是第一资源，而澳大利亚、巴西和南非是世界三大矿产区。中国国内的铁矿石资源日见枯竭，只能依赖澳大利亚、巴西等国进口，而世界上80%的铁矿石被淡水河谷、必和必拓、力拓这三大矿产商控制着。

随着每年议价不断提高，铁矿石资源的严重短缺，制约了中国钢铁企业的发展。在铁矿石价格越来越高、钢材价格持续下跌的双重压力下，进入国际市场，获取铁矿石资源，保障生产，是河钢集团的重要任务。走国际化道路，打造海外实业发展基地，是河钢集团发展的重点目标。而要打造海外实业发展基地，就必须拥有自己的矿产资源。

收购海外企业，需要避免一切风险，最有效的办法就是：组建一个包括当地企业在内的利益共同体，进行联合开发。基于这种构想，河钢集团决定与天津物资集团总公司、中国香港俊安集团、南非政府全资拥有的南非工业发展有限公司等企业一起组建一个利益联合体，共同收购力拓南非矿业公司的股权。在这个联合体中，河钢集团占股35%，中国香港俊安集团占股25%，天津物资集团

---

① 兰特：南非的货币单位，1兰特相当于0.4元人民币。

总公司占股20%，南非工业发展有限公司占股20%。中方企业以四联中国香港公司为平台，实施具体的收购计划。

2013年7月，四联中国香港公司投资6.65亿美元，完成了对力拓南非矿业公司的股权收购，持有该公司74.5%的股权。河钢集团旗下的河钢国际控股公司持有四联中国香港公司43.75%的股份，是该公司最大的股东。因此，河钢集团实际成为力拓南非矿业公司的第一大股东，拥有实际控股权。

河钢集团这一举措，给企业增添了新的增长点和海外战略资源，其中包括2.4亿吨磁铁矿，6200万吨已开发的铜矿，1.7亿吨待开发的铜矿，还有一个年产销量约20万吨的世界级蛭石矿。

在管理方面，河钢集团将其作为一级子公司，同时将力拓南非矿业公司改名为"河钢南非矿业公司"，进行直属管理。河钢集团随即派出精干的经营管理团队全面接管该公司。河钢集团聘用的仍然是当地具有丰富采矿经验的员工。在生产经营方面，经营管理团队逐步理顺了业务流程，制定了安全、稳健的运营管理制度，公司很快取得可观的经济收益。

然而，河钢的海外布局在业内曾引起质疑：

"力拓采空了的矿山，你们要它做什么？"

"想要收购矿山，那也应该收购一些没有开采过的矿山！"

"狗尾续貂，能挣钱吗？"

……

河钢集团认为，整个帕拉博拉地区是世界上磁铁矿、铜矿和蛭石资源最丰富的地区之一，力拓南非矿业公司的开发只是一幕大戏的前奏曲。河钢集团全面接管力拓南非矿业公司后，先后启动了两期工程：第一期，向东、西两个方向勘探，实现均衡取矿；第二期，深入地下1200米，继续采矿，将原来力拓估算的总投资额11亿美元优化为7亿美元，同时对矿山环境进行保护，将矿山的寿命延长至少30年。

河钢南非矿业公司矿井

河钢集团还通过一些项目加强了河钢南非矿业公司的生产经营，这些项目包括：铜矿二期项目，铜冶炼厂改造项目，铜产品深加工项目，磁铁矿选矿能力提升项目，厂区物流优化项目等。河钢集团帮助该公司制定中长期发展规划，使其可以保持20年以上的竞争力。

2014年，河钢南非矿业公司生产经营状况良好，多项指标创历史新高，铁精粉年产量达到1000万吨，为股东创造了良好的投资收益。

目前，河钢南非矿业公司已拥有2亿吨级别的磁铁矿和3000万吨级别的铜矿，蛭石年产量和销售量均超过15万吨。该公司已成为南非最大的铜产品供应商，其铜产品在南非的市场占有率超过了50%。同时，该公司成为南非具有较强影响力的磁铁矿供应商，还是北美、亚洲和欧洲最大的蛭石供应商。

因为河钢集团的出现，当地人的收入越来越高，生活越来越好，这个小镇再次焕发出勃勃生机。在距离小镇20多公里的纳马哈里社区，人口数量有5.8万。2015年，河钢南非矿业公司不仅为该社区修建了一条3.5公里长的公路，还投资60万美元，在这里建立了一个健康管理中心，主要业务是对1000多名艾滋病患者进行防治。

从2013年到2017年，河钢南非矿业公司累计缴税21.41亿兰特，合约8.5亿元人民币。该公司为当地直接创造就业岗位4700多个，间接创造就业岗位1.5万多个，成为带动当地经济的重要力量。

欢笑重新回到了当地人的脸上。现在，让我们一起去采访一下当地的矿工马塔米吧!

马塔米是这里的第一代矿工,1968年入矿工作,从基层员工做起,升到组长,现已退休。马塔米有五个女儿和一个儿子,儿子名叫塔布,也在矿上工作。马塔米介绍说:"在帕拉博拉,整个地区的经济都与矿山密切相关,矿山的经营状况直接关系到每个家庭的兴衰。力拓公司撤走时,我们以为自己的生路要断了,没想到河钢集团来了,我的儿子又重新获得了工作,生活有了保障。我希望他干得更好,能尽快提升为业务主管。"

2016年10月14日,正是深秋时节,河钢集团董事长于勇带领相关部门负责人乘坐国航班机,飞往河钢南非矿业公司,调研指导工作。

一踏上这片土地,于勇一行人就感受到了当地人的友好与热情。于勇听取了经营管理团队的有关工作汇报,并与他们一起制定了下一步发展计划。他到现场进行实地考察,对公司取得的进步给予了高度的评价。

从子公司的角度来说,河钢南非矿业公司通过努力,成为一个有盈利能力的集团下属海外公司,为河钢集团全球布局和南非当地的经济发展作出了很大贡献。

从集团层面考虑,河钢集团的发展战略目标是:让河钢成为全球性的跨国公司。这是企业的经营行为,也是企业自身发展的需要。

近年来,河钢集团不断加快海外布局,推进海外发展战略。现在,河钢集团的投资拓展到全球70多个国家和地区,海外资产超过百亿美元。

河钢集团拥有成熟的海外投资管理经验,对海外不同地区的企业和文化有比较全面的了解,能够针对海外公司所处的不同国家,采取不同的管理方式。

河钢集团遵循的指导原则是"效益本地化"和"用人本地化",形成投资者、经营管理者、本地员工以及本地政府的合力,最终实现共赢。河钢集团的海外布局都是在这个指导原则下进行的。河钢南非矿业公司的发展,正是得益于这一指导原则。

通过河钢南非矿业公司的发展变化,河钢集团也增强了海外战略布局的信心。2017年，河钢南非矿业公司实现的利润超过10亿元，被业界视为"人、矿山和自然环境和谐相处"的典型案例，也成为国家"一带一路"海外建设海外投资的成功典范。

控股瑞士德高公司，获得全球最大的钢铁营销平台

德高公司总部大楼坐落在风景秀丽的瑞士卢加诺湖畔，这里到处都是绿茵茵的草地、美丽的花园小景、精巧的艺术雕像以及成排的游艇。这里风光旖旎，环境和谐，是一个让人流连忘返的乐园。

瑞士德高公司总部

1979年，鲍尔夫与其他两个合伙人一起创建了德高公司。经过几十年的发展，德高成为世界第一大钢铁贸易商。截至2010年12月底，德高在全球设有76个办事处、25个加工配送中心和12个生产单位，拥有331家供应商和4.3万家客户，其业务涵盖了原材料、钢铁产品、银行融资、信贷保险、风险管控、船务物流、加工配送等各个方面，销售网络遍及全球。

德高公司与河钢集团的第一次合作是在2009年秋天。当时，河钢集团下属企业唐钢出色地完成了德高公司为南美洲某个家电企业

订购的5000吨超薄镀锌板，从而赢得了该公司高层的信任。

对唐钢而言，当时只是接了一个普通的国际订单而已。然而，对德高公司而言，这笔订单很不简单。因为这笔订单的货品数量少、难度大，很多企业不愿意接。他们没有想到，自己竟然能够在唐钢意外获得一份满意的答卷。唐钢这种负责任的态度给德高公司高层留下了深刻的印象，赢得了他们的信任。

正是基于这种信任，双方拉开了继续合作的帷幕。为了感谢唐钢的诚意，德高公司追加了2.6万吨普通镀锌产品的订单。此后，双方的合作开始了"加速度"。2010年，双方合作出现第一次高潮。2010年3月，德高公司与唐钢签订了每年不低于30万吨冷轧产品的供货协议。这是当时德高公司在中国的最大一笔订单。

如此良好的合作，深深地打动了德高公司的高层领导，他们也萌生了前来唐钢考察的强烈愿望。

2010年11月，河北正处于冰天雪地的寒冬时节，尽管天气寒冷，但唐钢的迎客大厅里面却温暖如春。时任唐钢总经理的于勇，将一块刻有"最佳海外合作企业"的金色牌匾交到德高公司总裁摩根的手里。双方商定，要进一步把唐钢品牌推向世界。

2010年，唐钢出口冷轧产品达60万吨，占全国同类产品出口总量的10%。由唐钢生产、德高公司负责销售的产品源源不断地供应到了全球40多个国家和地区。

2011年4月，唐钢接到德高公司发来的一个只有5000吨的小额彩涂板订单。这个订单与以往不同，因为客户需要的产品存在各种不同的规格，光产品需要的颜色就有8种，数量最小的绿色板材只有区区100吨。在这个特殊的订单中，其中一家客户要求"冷弯"指标达到"2T"标准，而行业标准一般为"3T"。为此，唐钢专门使用了价格更高、质量更好的专用漆料来满足客户的需求。另一家客户为了提高单张钢板销售利润，要求镀锌产品的涂层厚度公差达到-0.05微米，而行业标准一般为-0.02微米。为此，唐钢克服种种困难，严格按照客户的要求，完成了产品的生产和出口。

有记者问道："德高公司为何对唐钢情有独钟？"德高公司

高层这样回答:"在规格散、品种多、交货时间紧的情况下,在唐钢的全力配合下,我们才能及时拿到货品,按时交给客户。正因为这样,我们愿意把后续的订单都给唐钢。"

与唐钢的成功合作感动了一位年过七旬的老人,这个人就是瑞士德高公司的董事长鲍尔夫。从2009年始,唐钢与德高公司开始接触。为了进一步扩大合作,于勇这一年先后两次带领团队,前去德高公司考察。于勇受到董事长鲍尔夫、总裁摩根、副总裁米奇里尼等人的热情接待。

在于勇的第二次到访中,在一片祥和的气氛下,双方就未来的深度合作达成了的一致意见。于勇向鲍尔夫先生发出了热情邀请,希望他能到唐钢来看一看。这个邀请正中鲍尔夫先生的下怀。唐钢到底是一个什么样的企业?鲍尔夫先生想要亲自解开这个谜团。

2011年10月19日,正是秋高气爽的时节,鲍尔夫先生带领摩根、米奇里尼等人,不远万里来到了中国。他们此行的目的只有一个,就是走访唐钢。

当鲍尔夫等人走进唐钢会客大厅,早早等候在那里的于勇一见到他们,就与他们紧紧地拥抱在一起。

瑞士德高公司董事长布鲍尔夫与唐钢董事长于勇并肩走进会客大厅

鲍尔夫先生一落座，就关切地询问道："最近一段时间，中国的钢铁企业在国际市场上遇到了一些困难，唐钢还好吧？"于勇动情地说道："您的来访就是一场及时雨，您选择了双方共同应对市场危机的最佳时机！"听到于勇幽默的回答，大家都笑了。

于勇带着鲍尔夫等人一起参观了唐钢厂区。作为世界上最大的钢铁贸易公司的董事长，鲍尔夫先生去过的钢铁企业不计其数，但唐钢却让他眼前一亮。在唐钢，过去那种车来人往的情形不见了，偌大的厂区见不到一个人，取而代之的是一种让人感到惬意的宁静；过去那种杂乱的情形不见了，取而代之的是干净、整洁的道路，连成一片的草坪，花团锦簇的广场……

他们走进现代化高炉车间，看不到锈迹斑斑的设备和满地的铁屑，取而代之的是平整的水泥地面和锃亮的高大炉体。鲍尔夫先生称赞道："我参观过世界上很多地方的高炉，这里是最干净、最整洁的，如果没有极高的管理水平，绝不可能有如此整洁的生产车间。"

接着，他们参观了冷轧厂生产线。于勇告诉鲍尔夫先生："贵公司给我们的第一个国际订单里的产品，就是在这里生产出来的！"鲍尔夫先生听后，觉得不可思议。他一边关注着，一边不停地询问着。看得出来，他是一个非常注重细节的人。

次日上午，唐钢与德高公司的商务会谈在北京举行。在唐钢近百家销售客户中，德高公司是最理想、最重要的合作伙伴；在与德高公司合作的一百多家企业里，没有一家企业能像唐钢这样，把德高公司放在如此重要的位置上。鲍尔夫先生考察之后发现，唐钢是一家开放的积极进取的现代化钢铁企业。

这次会见后，双方的合作进一步升级。他们一致决定：要从单一的产品合作扩大到国际金融合作；要联合建设新厂，扩大业务范围。

2011年，唐钢的冷轧产品出口量达到了116万吨，占中国冷轧产品出口总量的12%。产品远销全球50多个国家和地区，并且平均每吨钢的出口价格要比国内同类产品的价格高出10美元。

2012年，德高公司总裁摩根先生再次来到唐钢，双方签订了一个涵盖从冶炼到轧制各环节的全面技术合作协议。因此，双方的合作业务再次扩大，唐钢的生产技术得到显著提高。

一转眼就到了2013年。虽然双方已经合作两年多了，但这种合作仍然是传统的"各自为战"的方式。2013年2月，唐钢出资7800万美元，参股德高旗下的瑞士德高国际贸易公司，成为该公司的第二大股东。这个举措把双方绑在了一起，开启了中国钢铁生产企业入股世界钢铁贸易企业之先河。

对此，业界出现一些质疑之声：

"作为一个钢铁生产企业，应该把目光投向铁矿石等原材料，为何要入股德高这样的贸易公司呢？"

"唐钢公司对德高公司太过依赖，难道没有潜在的风险吗？"

"这种合作容易产生'排他性'，就不怕影响唐钢与其他企业的合作吗？"

……

其实，唐钢入股德高，对双方都有好处。对德高而言，不用再花钱去建钢厂，却拥有唐钢这样的生产平台；对唐钢来说，不用再派出几百人，花费大量时间去布局全球销售网点。通过参股这一方式，唐钢就拥有了德高公司拥有的一切市场资源。这种资源配置对两个企业都是有利的，是真正意义上的"双赢"。

2013年3月，唐钢入股德高国际贸易公司的签字仪式在北京举行。此时，唐钢向世界银行贷款，得到了12亿美元的巨额资金，利息仅为3%，远远低于国内企业的贷款利息。

这种融资方式异乎寻常。在资金严重短缺的严峻形势下，这样的融资模式是世界银行对唐钢强有力的支持，而德高公司正是这次融资的担保方。这笔巨款要靠钢铁产品出口销售来偿还。如果因销售不利而导致贷款无法偿还，德高公司也要和唐钢一起承担责任。

风险共担，利益共享，效果显而易见。唐钢利用德高公司的原材料采购平台，每年可节省费用600万元人民币。产品出口时，唐钢采用国际通行的FCR（Forwards Certificate of Receipt）交单模式，可以减少现金流，并缩短一个月的回款时间，每年可节省财务费用2000多万元人民币。

跨国企业不仅要配置好自身拥有的资源,更要学会配置国际资源。唐钢与德高公司从单一的国际订单合作到参股形式的合作,从单一产品的合作扩大到技术、管理、融资等多领域的合作,通往世界的道路越走越宽。

2013年12月,于勇担任河钢集团董事长。他把唐钢与德高公司的合作模式拓展到了整个河钢集团。此时,唐钢已经成为河钢集团下属的一家子公司,河钢集团有好几家像唐钢这样的大型国有钢铁企业。

作为河钢集团的"一把手",于勇如何带动其他下属企业一起发展呢?一个战略构想呼之欲出,那就是河钢集团对德高公司进行控股。经过多次谈判协商,双方最后在2015年达成一致意见:河钢集团收购德高公司,成立河钢德高公司,简称"河钢德高"。根据协议,河钢集团占有51.4%的股份,德高占有48.6%的股份。这一举措不仅是中国钢铁企业,也是世界其他任何一个钢铁企业从未有过的超前战略。然而,质疑之声扑面而来:

"德高公司不是一家钢铁企业,而是一家钢铁营销企业,我们要为什么要花那么多钱收购它?"

"德高公司对河钢集团真的有那么重要吗?"

……

经过改革开放30多年的历程,河钢集团成为中国特大型钢铁集团之一,但却面临一大瓶颈:没有相应的全球营销渠道。如果单凭河钢集团自身的力量,组织几千人去构建像德高这样的全球化营销平台,在短时间内是不可能做到的。

在与德高公司的多年合作过程中,于勇敏锐地发现,德高公司就是一个最佳的营销平台。河钢集团控股德高公司,就等于拥有了世界上最大的钢铁产品销售网络,拥有全球化的路径和渠道,就可以使河钢集团由一个地方企业变成一个全球性的国际企业。

那么,具有悠久历史的瑞士德高公司,为何心甘情愿地让出控股权呢?鲍尔夫先生道出了自己的心声:"我作为德高公司的创始人之一，不会因为失去企业的控股权而感到难过。德高公司从1979年成立到现在，已经成为世界上最大的钢铁贸易商。几十年来，德高公司的商业模式一直建立在'与强大的钢铁生产商联合'的基础上。这些强大的合作伙伴为德高公司的发展提供了强有力的支持。现在，德高公司与河钢集团合作，为德高公司今后的发展提供了更多的机会。我相信，通过这次合作，德高公司必定会发展到一个新的高度。我们深知，德高公司拥有河钢集团这样一个强大的合作伙伴，对国际业务的拓展至关重要。河钢集团拥有德高公司，对企业继续发展壮大，不断扩大国际影响力，同样至关重要！此次股权合作，对双方而言，都是面向未来的'理想配方'。"

"理想配方"，这是一个多么形象的比喻啊！

摩根先生深情地回顾了双方的合作历程："能成为河钢集团大家庭的一员，我感到无比荣幸！河钢集团的产品远销世界100多个国家和地区，无论是非洲的桥梁建设，欧洲的汽车制造，还是拉丁美洲的房屋建造，都离不开河钢集团的产品。在此过程中，德高公司也尽了自己的一份力。我们要让全世界看到，世界上最大的钢铁贸易公司和中国最大的钢铁生产商的联合，是能够战胜各种挑战的！在过去20多年里，全球钢铁工业经历过数次危机，德高公司和河钢集团创新求变，经受住了重重考验，在挑战中不断发展壮大。当前的市场危机，也是企业提高自身竞争力的机遇。现在，我们有了河钢德高这个新平台，放眼全球市场，我们不会慌张，更不会举手投降。我们正满怀信心地走向更加美好的未来！"

更耐人寻味的事情在于河钢德高新董事会的组建。按照中国国有企业现代化管理制度，一旦企业被控股，就要由控股方的代表来担任董事长，统揽企业大权。然而，河钢德高并没有沿用这种模式。作为公司控股方的河钢集团，只派于勇敢担任董事，出席每年年底举行的股东会议，听取总裁的工作报告并做出决议，参与制订公司年度财务决算方案和利润分配方案，而鲍尔夫先生仍然担任公司的董事长。公司仍然聘请摩根先生作为新公司的总裁，负责企业的正常经营活动。

河钢集团的这一做法，让很多人感到不解。于勇的确具有超常的智慧。他说："德高是全球最大的钢铁营销公司，已经形成了一整套成熟的运营管理模式。我们控股的目的不是要获得企业的领导权，而是要掌握这种适应全世界的营销模式，获得全球化的营销平台！"

这是我国钢铁生产企业首次收购国际成熟的商业营销网络，标志着河钢集团实现了"三个拥有"——"拥有全球资源，拥有全球市场，拥有全球客户"。这"三个拥有"标志着河钢集团向国际市场迈出了历史性的步伐。从此，河钢集团的旗帜在风景如画的瑞士卢加诺湖畔上空迎风飘扬……

国际化程度最高的中国钢铁企业

河钢集团最大的步伐，就是走出国门，走向世界，打造"世界河钢"，这是关乎河钢集团未来发展的一步重要棋局。海外布局会加快河钢集团的发展速度，使之成为真正意义上具有国际竞争力的企业。

河钢集团的海外公司分布在世界各地，已经形成了500万吨钢铁的生产能力。河钢集团继续谋划全球战略布局，密切关注投资动向，实施切合实际的海外合作战略，力争在海外形成1000万吨钢铁的生产能力，打造一个全球性的钢铁生产平台。

在马其顿首都斯科普里市东北部，有河钢德高公司马其顿分公司，公司产能超过120万吨，拥有800多名员工。

在南非开普敦的萨达尔尼亚港湾，有河钢德高公司南非开普敦分公司，拥有65万吨热轧卷或酸洗卷的生产能力，具备12万吨冷轧卷的生产能力，还拥有32万吨镀锌卷的加工能力，共有300多名员工。

在美国的伊利诺伊州，有河钢德高克拉赫分公司，拥有8800多万美元的总资产，具备45万吨钢产品的综合加工能力，拥有170多名员工，产品主要应用于汽车、石油和天然气等行业，是世界知名企业卡特彼勒公司的特约供应商。

河钢集团直接或间接参股、控股的境外公司有70多家，投资遍及世界30多个国家和地区，控制运营的海外资产超过100亿美元，海外员工超过1300人。

河钢集团的崛起引起了亚洲其他钢铁巨头的极大关注。2014年11月，在北京举行的"第三届中韩际跨国公司领袖圆桌会议"上，河钢集团是唯一一家应邀参会的中国钢铁企业。时任第十一届全国政协副主席、中国国际跨国公司促进会会长的郑万通先生出席了会议并致辞，韩国前任国务总理、韩国贸易协会会长韩惠洙出席了会议，中国工商银行董事长姜建清和韩国锦湖韩亚集团董事长朴三求作为会议主席，共同主持了这次会议。来自中、韩两国涉及金融、钢铁、运输、汽车、电子、旅游、文化等领域的20余家跨国公司的领导人出席了会议。

韩国浦项制铁公司董事长权五俊在发言时对河钢集团的环保工作给予了大力赞赏："浦项制铁在过去的几年中被人们认为是全球最具竞争力钢铁企业，其实这种竞争力相当一部分来自清洁的工厂。现在，河钢集团一直坚持做好此项工作，在全球钢铁领域中将会有出更大的竞争力。河钢集团与浦项制铁有很大的合作空间，我们期待双方在更大的领域里开展更加密切的合作。"

2016年10月10日，河钢集团荣获世界钢铁工业协会颁发的年度"可持续发展卓越奖"。中国钢铁企业第一次获此殊荣，这充分肯定了近年来河钢集团在节能减排、环境友好、促进钢铁行业可持续发展等方面所作的贡献。

2016年10月20日，第七届国际资本峰会在北京万达索菲特大酒店隆重举行。来自中国的200多名知名企业家和世界商界知名人士共同出席了本次会议。河钢集团董事长于勇应邀参会，并作为特约讲演嘉宾发表了重要讲话。在这次峰会上，河钢集团被业界授予了

"国际企业合作特别贡献奖"。当于勇从英国卡文迪什国际集团首席执行官马修·艾斯蒂尔手中接过金光闪闪的奖杯时,全场掌声雷动,响彻了整个会场。

河钢集团在新的起跑线上,正由"中国第一大钢铁企业"向"世界一流钢铁企业"的宏伟目标迈进。

河钢集团在愈演愈烈的全球金融危机中逆势崛起,成功收购南非矿业公司,控股瑞士德高公司,下了重要的两步棋。至此,河钢集团不仅是中国最大的钢铁集团,也是跻身世界的国际化大型钢铁集团。

这只是个开始。

寻找欧洲的落脚点

河钢集团要实现产业国际化,必须有实实在在的落脚点。塞尔维亚政府希望河钢集团收购斯梅代雷沃钢厂,保留5000多名员工的就业岗位,这个意愿与河钢集团的国际化发展战略是一致的。

河钢集团编制过一份名为《中长期海外发展战略纲要》的文件,提出要用3—5年的时间,把企业打造成与其规模相匹配,实现"拥有全球资源,拥有全球市场,拥有全球客户"的战略目标,把企业打造成世界最具竞争力的全球性钢铁企业。

塞尔维亚是西欧、中欧、东欧的"交叉路口",辐射面广,是巴尔干地区具有重要影响力的国家,也是河钢集团在中国"一带一路"倡议下加快"走出去"步伐,打造"世界河钢"的战略重点。

在河钢集团总部采访时,于勇告诉我们:"事实上,我们在实施海外布局的过程中,中东欧一直是我们关注的战略合作的重点地区,因为欧洲是钢铁工业的发祥地,并且已经有了成熟的经营管理模式。那里拥有高素质的员工队伍,具备良好的法律环境。河钢集团虽是一个地方企业,但经过30多年的改革和发展,取得了骄人的业绩，已成为中国最大的钢铁企业集团之一。我们收购了南非矿业，控股了瑞士德高，使河钢成为全球化的特大型钢铁企业集团，具备了加快'走出去'步伐的技术力量和资本的力量。我们的战略目标是打造'世界河钢'，收购斯梅代雷沃钢厂可以成为我们在中东欧地区的第一个落脚点。"

有了上述铺垫，河钢集团收购斯梅代雷沃钢厂已是顺理成章的事情了。

第9章

诊断开方：找到症结，突破企业发展瓶颈

亟待复兴的斯梅代雷沃钢厂

宋嗣海的艰巨使命

2016年1月，正值严冬时节，河钢集团派出一支精干的队伍，搭乘中国国航班机，飞往斯梅代雷沃钢厂。

飞机在万里高空翱翔，向中东欧方向飞去。机舱里坐着四位承担着独特使命的人，他们是来自唐钢的宋嗣海、李文忠、王连玺和白景雪。他们此行的目的，是为收购斯梅代雷沃钢厂做前期调研工作的。河钢集团收购这家钢厂后，将成立"河钢集团塞尔维亚分公司"，也就是河钢塞钢。

河钢集团之所以选派他们前往塞尔维亚，是有特殊考虑的。未来的河钢塞钢是一家海外公司，河钢集团全权委托唐钢对其进行经营管理。唐钢副总经理宋嗣海将担任河钢塞钢执行董事，兼任首席执行官。

1965年1月6日，宋嗣海出生在河北省唐山市丰润区韩城镇。1986年，他从河北机电学院毕业后就来到唐钢，一干就是30年。期间，他还参加了北京科技大学研究生班的学习。2000年7月，唐钢从外国引进了第一条规格为1870毫米的热轧薄板生产线，他在第一时间就被安排进来参与该项目，负责与外国公司的技术谈判。在他和其他同事的共同努力下，该生产线在2003年成功投产。2003年10月，唐钢筹建了第二条规格为1700毫米的热轧薄板生产线，他又是该项目的负责人。2006年2月，唐钢成立热轧部第一轧厂，他任副厂长。2009年7月，他调到唐钢发展规划处任副处长一职。2011年10月，他被调到新事业公司任经理一职，全面主持工作。

新事业公司就是一个"大集体"，是个令人生畏的"老大难"单位。这里的大部分人是员工的家属，还有部分残疾人员，人员结构非常复杂，员工思想不统一，情绪波动大，不好管理。然而，他来到这里却干得十分红火，不仅得到了大家的认可，还提高了公司的盈利水平，公司形象大为改观。

2013年3月，他又被调回热轧部第一轧厂工作，担任厂长。2015年5月，他再次被提拔，成为唐钢的副总经理。

命运的转折发生在2015年"五一"国际劳动节那天。那天上午，他和爱人一起回老家看望父母，就在快要到家门口的时候，手机铃声响起来了。他把车停下来，打开手机一看，是唐钢党委书记、董事长王兰玉打来的电话。他接通电话，王兰玉告诉他一个非常意外的消息："现在中国政府和塞尔维亚政府都在积极推进河钢集团收购斯梅代雷沃钢厂的工作，河钢集团已经决定收购这家钢厂，并把经营管理的重任交给了我们唐钢。公司已经研究过了，执行董事、首席执行官由你来担任。"这可是宋嗣海从来没遇到过的巨大挑战！他一放下手机，心情就变得沉重起来了。

节后一上班，王兰玉就把斯梅代雷沃钢厂的相关材料交给了宋嗣海，让他了解其中的详细情况。他要告别朝夕相处的家人，告别一起工作多年的工友，前往塞尔维亚，为正式接管斯梅代雷沃钢厂做前期准备工作。

河钢塞钢执行董事、首席执行官宋嗣海

一家可以送进历史博物馆的钢厂

临行前,于勇特别交代了三件事情:第一,一定要把斯梅代雷沃钢厂的底牌摸清楚,做到"问题大起底,风险全覆盖";第二,一定要弄清楚美钢联撤离钢厂的真正原因;第三,一定要弄清楚河钢集团收购斯梅代雷沃钢厂后,到底有没有能力让这家企业起死回生。

飞机抵达贝尔格莱德后,他们首先与塞尔维亚经济部取得了联系。

一切都是陌生的。

宋嗣海他们一行人要在贝尔格莱德住上一个月左右的时间,不仅要了解当地的相关法律、政府部门的诉求和意见,还要弄清楚欧盟对塞尔维亚钢材产品出口的相关规定。他们要乘车前往斯梅代雷沃钢厂进行广泛而深入的考察,了解斯梅代雷沃钢厂的生产经营状况和员工的生活状况,分析收购这家钢厂存在的潜在风险。

斯梅代雷沃钢厂留给宋嗣海的第一印象至今难忘:"我们一到工厂就感到非常震惊,这里到处都是锈迹斑斑、破破烂烂的。我们走进车间,看到里面的设备实在太陈旧了。这些设备还是20世纪七八十年代留下来的,全部都是手工操作。在国内,乡镇企业都没有那么陈旧的设备。我们当时去了十几个人,年轻人比较多,他们都没有见过这样的'老物件'。当时,斯梅代雷沃钢厂的员工生活状态非常不好,政府管了三四年,但工厂一直处于半停产状态,员工们经常拿不到工资,情绪十分低落。我对他们的印象,概括起来就是八个字——曾经自豪,现在忧伤。"

自豪是因为钢厂曾有一段段辉煌的历史。

唐钢创办于1943年,而斯梅代雷沃钢厂创办于1913年,恰好比唐钢早了整整30年。

这是一座具有光荣传统的"英雄钢厂"。在"一战"期间,塞尔维亚人民战胜了入侵的奥斯曼土耳其帝国;在"二战"期间,他们战胜了入侵的德国法西斯;在南联邦时期,他们助力国家经济复兴,南联邦由一个贫穷落后的农业国,一跃成为具有中等水平的现代化工业强国。在这三个重大的历史阶段，具有丰富的生产经验和成熟的运营管理经验的钢厂员工们，为这个国家的建设与发展作出了巨大贡献，立下了不朽功勋。人们把斯梅代雷沃钢厂称为"翱翔在多瑙河上空的钢铁雄鹰"。

令人忧伤的是，这只钢铁雄鹰命运多舛。

宋嗣海这样描绘钢厂当时的落魄景象："钢厂设备老旧，车间里满地都是油污，根本就插不进脚，员工们情绪低落，心灰意冷，整个钢厂就像一个生命垂危的老人，等待着死神的召唤……"这只钢铁雄鹰折断了翅膀，再也飞不起来了。

这里的情况与唐钢形成了鲜明的对比：从工作气氛上讲，唐钢火热沸腾，而这里却死气沉沉；从技术装备上讲，唐钢的设备比较先进，而这里设备陈旧，管理落后；从厂区环境上讲，唐钢是"世界上最清洁的钢厂"，而这里粉尘漂浮，浓烟弥漫。

概括起来，这里存在三大问题：

第一，产能低下，亏损严重。由于受到全球金融危机的影响，企业管理不善，原材料供应不足，钢厂陷入困境，实际产能不到60万吨，低得可怜。此外，钢厂产品单一，产品的附加值低。钢厂每月的亏损额就高达1000万欧元，一年至少亏损1.2亿欧元，更不用说给国家缴纳税款了。

第二，员工太多，负担沉重。在中国，一个产能只有60万吨的钢厂，有2000名员工就足够了，而斯梅代雷沃钢厂却多达5000多人，连工资发放都十分困难。塞尔维亚政府的财政本来就不宽裕，为了不让斯梅代雷沃钢厂再次破产，政府不得不向钢厂提供巨额补贴，但钢厂仍然连年亏损，窟窿越来越大，成了填不满的坑。

第三，设备陈旧，污染严重。在唐钢，在炼铁高炉和炼钢转炉里排出来的煤气早已回收并用于轧钢了；而在这里，钢厂一方面不惜重金从国外购买天然气用于炼钢，另一方面却让本来可以回收利用的煤气在天空中四处飘散。

这三大问题如同三座大山，压在这只钢铁雄鹰身上，让它无法喘息。

"两端在外"：被折断的两只翅膀

到底是什么原因使这只曾让塞尔维亚人民引以为豪的钢铁雄鹰落到了如今这般田地呢？宋嗣海一行人经过广泛而深入的调研，终于摸清了造成这家钢厂长期亏损的真正原因，其中之一就是"两端在外"。

所谓"两端在外"，是指原材料供应在外，产品销售市场在外。钢铁企业是包括高炉炼铁、转炉炼钢和热轧、冷轧生产线在内的连续性工业大生产。上游是生产，必须要有丰富的铁矿石和焦炭资源；下游是产品销售，必须具备相应的市场来销售钢材产品。

下面，我们将唐钢与斯梅代雷沃钢厂进行对比。

唐钢是"两端在内"。

一端是上游，原材料供应充足。

唐钢地处冀东地区，其中燕山山脉蕴藏着丰富的铁矿石资源。冀东地区是除了东北鞍山和本溪、西南攀枝花和西昌之外的中国第三大铁矿石产区。唐钢矿业公司就位于长城脚下、燕山深处。遵化石人沟矿区与唐钢的距离只有一百多公里，火车可以将开采出来的铁矿石源源不断地运到唐钢厂区。

在20世纪80年代，单凭本地的铁矿石资源，唐钢就可以满足自身炼铁的需要。进入21世纪，由于国内铁矿石资源逐渐枯竭，唐钢开始购买澳大利亚、巴西等国含铁量较高的铁矿石进行生产。

2004年，在距离唐钢仅有百余公里的曹妃甸，有两个大型码头，从澳大利亚、巴西等国开来的超大型货轮可以直接停靠，载重汽车可将货轮上的铁矿石运到厂区。

斯梅代雷沃钢厂的情况却大不相同。在原材料供应这一端，钢厂没有任何优势可言。

在南联邦时期，铁矿石资源和焦炭供应都可以通过计划来调拨，统筹分配。然而，塞尔维亚成为独立的内陆国之后，整个国家没有一个出海口，这种优势就不复存在了。

塞尔维亚没有焦化厂，需要从邻国进口焦炭；塞尔维亚没有铁矿石资源，需要从乌克兰和俄罗斯进口铁矿石，利用驳船通过多瑙河这一国际航运通道将铁矿石运到新港码头，然后利用陆路交通运输工具将其转运至厂区。

多瑙河一旦遭遇特大封冻或干旱，就会造成航运中断，高炉断炊。加上动荡的国际局势，乌克兰在东部边境经常发生武装冲突，铁矿石供应难以保证。

另一端是下游，即钢材产品的销售市场。

中国不仅是钢材生产大国，也是钢材消费大国。改革开放以后，特别是进入20世纪90年代，高速公路、机场、桥梁、汽车、港口以及"西气东输""南水北调"等一系列重大项目陆续上马，国内建设急需大批钢材。

然而，斯梅代雷沃钢厂的市场环境就大不相同了。在南联邦时期，全国就是一个很大的市场，国家实行统购统销，该厂的钢材产品直接用于支持国家重点建设项目。然而，在南联邦解体后，开始由计划经济向市场经济转型，钢厂只能自产自销。

塞尔维亚独立后，情况也不大理想。塞尔维亚是个小国，该厂的产品在国内的销量只占总量的15%，而85%的钢材产品需要在国外市场上销售。

在唐钢、邯钢等多家大型钢铁企业基础上组建的河钢集团，已经不是一个地方性企业，而是一个全球性的"世界河钢"。在原材料供应方面，河钢的国际贸易公司具有在全球采购铁矿石的优势，在乌克兰铁矿石资源"断炊"的情况下，河钢集团可以通过国际调运，解决燃眉之急，保证企业正常生产。在钢材产品销售方面，河钢集团拥有全球最大的钢铁营销平台——河钢德高。经过多年的发展，河钢德高在全球110多个国家设有170多个营业网点，在全球70多个国家设有办事处和22个海外加工中心。拥有以上两大优势，唐钢就有能力给这只坠落的钢铁雄鹰重新插上一双矫健的翅膀。

然而，光给斯梅代雷沃钢厂这只断翼的雄鹰重新插上一双矫健的翅膀，并不能使它马上翱翔蓝天，这是因为它还存在"断脊"的问题。这里所说的"断脊"，是指这座钢厂的生产链存在严重不足。

宋嗣海一行人经过广泛、深入的调研，终于了解到造成这家钢厂长期亏损的第二个原因：钢厂实际上"只有一个生产车间"。

尽管这座钢厂在20世纪七八十年代进行过两次生产设备改造和技术升级，不仅拥有当时比较先进的炼铁、炼钢设备，而且拥有当时非常先进的2250毫米规格的热轧薄板生产线，代表了当时世界钢铁工业的先进水平。然而，由于这条生产线年久失修，之后再也没有进行过改造和升级，所以到了现在，这套生产设备就显得非常落后了。比如，国内同类生产线已完全采用自动化控制系统，而这座钢厂仍然依靠传统的手工操作方式；国内同类生产线早已实现激光切割，而这家钢厂还在采用人工切割的方式。

如果对现有的生产设备进行改造和升级，那就可以利用这条生产线生产出高质量的产品，参与国际市场竞争，破解这一历史性的难题。

是"推倒重来"，还是"小步快跑"？

最大的问题是如何破解这家钢厂的生产瓶颈。

要让这家钢厂起死回生，就必须对其进行大规模的设备改造和技术升级，因此需要投入大量资金。然而，就投入的成本而言，与其花这么多的钱进行大规模的设备改造和技术升级，还不如另建一个新厂，因为这样做花钱更少。所以，经过几次摸底之后，包括炼铁、炼钢、轧钢、工辅等各个环节在内的中方专业技术人员都有一个比较一致的看法：推倒重建。于是，他们在详细调研分析的基础上，做了一个重建方案。

然而，这个方案上报到河钢集团总部后，并未得到批准。于勇当时强调了两点："欧洲有很多钢铁企业，它们的钢铁生产设备不是多么先进，但仍然能生产出世界一流的钢材产品，我们要学习和借鉴它们的经验，这是其一；其二，如果我们一接手就把原来的钢厂推倒重建，这么大的工程，又是在国外，光建设工期就要高出国内好几倍,恐怕在这三年时间里钢厂都不能投入生产。"因此,钢厂不能"推倒重来"。

这个思路来自于勇多年前一次在欧洲考察时得到的启发。他说:"很多年前,我去过一家相当不错的钢厂考察。这家钢厂不大,厂区却很干净,看不到成堆的备件和检修的部件,产品的生产周期很短,资金周转率很高。我很羡慕!这家钢厂就是德国的巴登钢厂。"

中国有些钢铁企业一说到提升竞争力,首先想到两条:一是抛弃原有的陈旧落后的生产设备,引进先进、高端的生产设备;二是放弃生产线材和棒材这种只能用于建筑市场的低端产品,转而生产附加值高的板材产品。仿佛有了这两条,无论遭遇怎样的市场风浪,企业都能立于不败之地。

巴登钢厂的做法恰恰相反。这个位于德国巴登州科尔市一个并不引人注目的家族企业,具有以下三大特点:

其一,面积小。钢厂就建在莱茵河的一个小岛上,整个厂区仅有20多万平方米,钢厂的全部生产活动都在这个范围内进行,从原材料进炉到产品入库,全部生产流程只需221分钟。

其二,员工少。当时全厂只有760名员工,员工数量相对较少。

其三,设备老。当时钢厂的生产设备比较落后,相当于中国20世纪60年代后期使用的设备。

20世纪80年代初期,全世界的钢铁市场处于低迷状态。上帝并没有伸出仁慈之手来关照一下巴登钢厂,它也曾因为产品严重滞销而走到破产的边缘。

巴登钢厂的高管们痛定思痛,最后得出这样一个结论:外部条件越不好,越要提升企业自身的核心竞争力。于是,他们花重金派人前往日本新日铁公司学习先进的管理经验,并结合钢厂自身的特点,进行了设备改造和技术升级,之后钢厂"逆势飞扬"。

首先,产能逐年攀升。钢厂于1968年建立,产能只有区区40万吨。到20世纪80年代,钢厂的产能也只有80多万吨。1994年,钢厂的产能提升到100万吨以上。从1995年开始，他们又把产能提升到了140万吨。2002年，巴登钢厂的产能高达185万吨。2005年，更大的奇迹诞生了。一个小小的巴登钢厂，产钢量突破了200万吨，销售收入高达8亿欧元。

在生产建筑钢材领域，巴登钢厂的平均人工劳动效率一直比较高。经过大规模的设备改造和技术升级，巴登钢厂创造出了奇迹，成为世界钢铁企业的标杆。

在唐钢任总经理时，于勇就把巴登钢厂的经验应用到唐钢的改革上。于勇深刻感受到，包括唐钢在内的很多中国钢铁企业，其主体装备明显优于一些国外知名的钢铁企业，但在市场竞争中却处于下风。他强烈意识到，装备虽然重要，却是一把双刃剑，一旦不能发挥优势，巨额投资就会成为一个沉重的企业负担。这一理念在唐钢的发展中得到了充分验证。2009年，也就是全球金融危机爆发的第二年，唐钢没有引进新设备，而是依靠挖掘企业内部潜能，使企业收益增加了30多亿元人民币。

基于以上经验，就斯梅代雷沃钢厂的问题，于勇在高管会议上提出了合理的发展战略——"小步快跑"。这一战略的基本思想是：先不进行大的资金投入，而是改造原来的生产设备，进行技术升级，解决生产瓶颈，抓紧时间释放潜能，使钢厂尽快投入生产。这个发展战略为加快斯梅代雷沃钢厂的复兴指明了方向。

那么，仅仅依靠原有的陈旧设备就能使"断脊"的钢铁雄鹰重新起飞吗？当然不能。

对此，河钢集团具备强有力的应对措施。

在20世纪七八十年代，斯梅代雷沃钢厂的生产设备要比唐钢改造之前的设备先进得多。当时，斯梅代雷沃钢厂就有2250毫米规格热轧薄板生产线。唐钢曾经也是一个设备陈旧的老厂，当时生产的只是一些适应建筑工程用的线材和棒材产品，远远跟不上国家现代化建设的需要。到了20世纪90年代，在改革开放浪潮的推动下，国内钢铁企业的生产设备的更新速度明显加快，比如：炼铁高炉越来越大型化，炼钢转炉越来越现代化，热轧和冷轧越来越国际化，控制系统越来越智能化……这些因素使钢铁企业的产能迅速攀升。

然而，斯梅代雷沃钢厂却接连遭遇困境，失去了很多次设备改造和技术升级的机会。唐钢后来居上。唐钢的改革给自身的转型升级提供了技术力量和资本力量。改革后的唐钢不仅有充足的资金进行设备改造，还能把现代化的管理经验植入钢厂，使其技术改造更加科学合理，经营理念更加先进。经过改革，唐钢焕发出了新的活力。

如果"断脊"的问题解决了，那么钢铁雄鹰就可以展翅高飞了。

相伴而生的一个问题，就是节能减排和绿色发展。唐钢曾经也是一个环境污染相当严重的钢铁生产企业，但在"循环经济"的发展理念指导下，唐钢把炼铁和炼钢时产生的煤气进行回收，用于轧钢，实现"二次利用"。通过全面改造，唐钢成为一个清洁、美丽的钢厂，一个充满诗情画意的钢厂，一个具有浪漫气息的钢厂。

如果借鉴唐钢的经验，把炼铁和炼钢时产生的煤气进行回收利用，每年就能节省6000多万元人民币。如果像唐钢那样对废水、废气、废渣这"三废"进行改造和利用，能源环保水平和能耗水平都能同步提升，就可以把锈迹斑斑、乌烟瘴气的斯梅代雷沃钢厂打造成一个空气清新、环境优美的绿色钢铁企业。

最大的难点在于，要保留钢厂的5000多名员工。有人认为，这是一个巨大的包袱，而宋嗣海他们却不这么认为，因为这里的员工给他们带来了惊喜。这个惊喜就是这里的员工素质很高，而且技艺精湛。

宋嗣海他们一行人走进冷轧车间，无意间看到一个老员工在老旧的冷轧生产线上工作。在这个老员工的指导下，冷轧车间成功轧制出厚度为0.12毫米的现代化冷轧薄板，而这个厚度即使用目前最先进的设备进行生产，薄板的厚度也不过如此。这个情景把宋嗣海深深地吸引住了。他走过去询问才得知，这位老员工一家三代人都在这个钢厂从事这项工作。人才是企业发展的决定因素。厂子不好，但员工的素质和技术却非常好，这正是钢厂复兴的最大希望。

欧洲是世界钢铁工业的发祥地，从19世纪第一次工业革命开始，那里就诞生了第一批钢铁生产队伍。这里钢铁工业发展的历史非常悠久，沉淀下来一些很好的钢铁生产技术和商业模式。

破解了所有的难题后，河钢集团正式收购斯梅代雷沃钢厂就被提到议事日程上来了。可行性报告编制完成后，严峻的抉择摆在了河钢集团决策者的面前。因为这毕竟是中国企业第一次收购海外全流程钢厂，河钢集团非常慎重，不能有半点儿马虎。最后，经过有关人员和专家的充分论证，河钢集团认为自身有能力控制好确实存在的经营风险。

"塞尔维亚政府高度重视此次合作……"

收购海外企业，必须是"你有情，我有意"。塞尔维亚政府存在疑虑：河钢集团到底有没有能力救活斯梅代雷沃钢厂？为了打消疑虑，加强互信，河钢集团在考察斯梅代雷沃钢厂后，也邀请塞方人员到唐钢进行考察和访问。

2015年9月28日，塞尔维亚共和国财政部秘书内纳德·米亚伊洛维奇带领一行人前来唐钢参观访问。唐钢董事长王兰玉在会客大厅心接待了这些远方的客人。客人们观看了公司专题片《精品唐钢》，参观了唐钢的钢铁主业沙盘，还去了生产车间、水处理中心、炼铁部四号高炉、冷轧部三号镀锌生产线等地方进行了实地考察，之后双方在非常友好的气氛中举行了会谈。

2015年10月29日，塞尔维亚共和国驻华大使米兰·巴切维奇率塞尔维亚代表团来到河钢集团总部参观访问。此次来访的人员还包括：塞尔维亚共和国财政部秘书内纳德·米亚伊洛维奇，经济部部长助理米卢恩·特里武纳茨，驻华公使衔参赞博扬·茨韦特科维奇。于勇代表河钢集团对他们表示了热烈的欢迎。

米兰·巴切维奇代表来访人员对河钢集团的热情接待表示感谢，并表达了与中方通力合作的强烈愿望。他说："塞尔维亚政府与中国河北省政府建立了非常友好的关系，这为塞尔维亚与河钢集团的合作奠定了坚实的基础。我们去唐钢进行了考察，唐钢美好的环境和现代化的装备给我们留下了非常深刻的印象。河钢集团是一个非常了不起的企业，塞尔维亚政府高度重视此次合作，希望与河钢集团进行全方位的合作！"

第*10*章

超常决策：在非议中完成收购

色彩鲜明的河钢塞钢公司标牌

"救救我们的钢厂，救救我们的员工……"

2015年11月26日，寒风呼啸，雪花飘飘，但人民大会堂里的气氛却非常热烈，春意浓浓。武契奇总理特意从贝尔格莱德赶来，出席了有关斯梅代雷沃钢厂的框架合作协议签字仪式。

作为塞尔维亚一国之总理，为了帮助钢厂员工早日摆脱困境，武契奇所做的一切都让于勇非常感动。在他心里，武契奇是塞尔维亚人民值得托付的好总理。如果说收购斯梅代雷沃钢厂只是河钢集团的企业行为，那么现在这里面就多了一份塞尔维亚政府和人民的重托。

双方在协议上签字之后，彼此就成为一个命运共同体了。根据协议，河钢集团与塞尔维亚政府长期合作，通过资产重组、技术改造、市场整合、生产工艺改造、产品结构调整等途径与方式，逐步将斯梅代雷沃钢厂建设成欧洲极具竞争力的钢铁企业。

河钢集团表示，要利用先进的生产技术优势、成熟的运营管理模式以及强大的国际市场掌控能力，将斯梅代雷沃钢厂打造成中、塞双方合作的新亮点。

这次收购斯梅代雷沃钢厂的价格为4600万欧元，约3.8亿元人民币。

尽管在2015年，斯梅代雷沃钢厂的产钢量仅有87.5万吨，不到河钢集团同期产量的2%，尽管该厂有5000多名员工，并且面临巨额亏损，但河钢集团在签字仪式上给出了庄严的承诺：保留钢厂全部员工，并投资建设一条全新的镀锌生产线；在两年内将产能提高到176万吨，在四年内将产能提高到210万吨。

"今天是个特别重大的日子！"

2016年4月18日，正是多瑙河最美丽的初夏时节。当天上午，河钢集团与塞尔维亚政府就收购斯梅代雷沃钢厂的签约仪式在斯梅代雷沃钢厂隆重举行。

签约仪式空前热烈。偌大的厂区被激情澎湃的热浪所激荡、所托起,整个场面如同沸腾的海洋,欢呼声越过高炉,飞向高空,飞过绿草如茵、野花盛开的多瑙河畔……

塞方对这次收购仪式非常重视,规格非常高。参加签字仪式的塞方人员主要有:时任塞尔维亚总理的武契奇,塞尔维亚第一副总理兼外长达契奇,塞尔维亚副总理兼建设、交通和基础设施部部长米哈伊洛维奇,塞尔维亚经济部长泽利科·塞尔蒂奇,斯梅代雷沃市市长亚斯娜·阿夫拉莫维奇等。此外,钢厂负责人、工会及商会代表等都出席了这次签字仪式。

河钢集团董事长于勇与塞尔维亚经济部长泽利科·塞尔蒂奇共同展示签字文本

参加签字仪式的中方代表主要有:中国驻塞尔维亚大使李满长,中国驻塞尔维亚大使馆经济参赞卢山,河钢集团董事长于勇,河钢集团副董事长李贵阳,此外还有河钢唐钢、河钢国际、河钢德高等分公司的相关负责人。

武契奇总理主持了签约仪式,没有人比他更激动。过去,他多次来到这家钢厂,迎接他的都是员工们伤心的泪水;今天,这里却是数不尽的笑脸。压在他心头的那块巨石终于落地了!

武契奇总理首先发表了激情澎湃的演讲，他的声音如同寒冬里的春雷，回荡在这个历经多次磨难的古老钢厂上空：

对塞尔维亚共和国和斯梅代雷沃钢厂来说，今天是一个特别重大的日子！斯梅代雷沃钢厂的全体员工们，你们的辛苦没有白费，你们的等待是值得的。我们为中国河钢集团的到来感到无比欣喜，我们因斯梅代雷沃钢厂重获新生而感到无比高兴，我们对5000多名钢厂员工的美好未来充满希望！斯梅代雷沃钢厂曾经处于非常艰难的时期，当我走进这个钢厂，走近这里的员工，与他们一起交谈，我看到他们的目光里充满了期待，听到了他们对政府提出的各种诉求。那时我就想，一定要为他们做点儿什么。对他们而言，最重要的不是钱，而是未来。我们必须努力奋斗，永不放弃！令人感到欣慰的是，在中国政府的友好帮助下，在中国河钢集团的大力支持下，在塞尔维亚政府和斯梅代雷沃钢厂全体员工的共同努力下，我们成功了！塞、中双方在美丽的多瑙河畔共同搭建了一座无比坚实的友谊之桥！

接着，于勇代表河钢集团发表了热情洋溢的致辞：

河钢是中国第一、世界第二的钢铁企业集团，境外拥有70多家公司，业务遍及世界100多个国家和地区。河钢集团具有世界上最先进的钢铁生产设备，掌握了行业领先的冶炼技术和管理方法，具有全行业最清洁、最"绿色"的钢铁制造工艺和生产环境。斯梅代雷沃钢厂是塞尔维亚具有百年历史的冶金支柱性企业，其经营状况和发展前景对整个塞尔维亚的钢铁行业具有重要影响。河钢集团有信心、有能力向斯梅代雷沃钢厂的全体员工提供就业机会，并为这个钢厂提供技术投资。通过必要的技术改造，发挥先进的生产技术优势、运营管理优势以及强大的国际市场掌控能力，我们要将斯梅代雷沃钢厂打造成装备档次显著提高、产品质量更加精良、厂区环境更加美好的现代化钢铁联合企业，成为中国和中东欧国家国际产能合作的样板工程，成为欧洲极具竞争力的钢铁企业。我相信，在中、塞两国政府的大力支持下，在我们的共同努力下，我们一定能够竭诚合作、携手共进，将斯梅代雷沃钢厂建设成为多瑙河畔一颗璀璨的明珠!

斯梅代雷沃市市长亚斯娜·阿夫拉莫维奇女士发表了深切感言:"今天的签约仪式,开启了斯梅代雷沃钢厂的新里程。感谢来自中国的投资者——河钢集团,你们为斯梅代雷沃钢厂和这座城市注入了新鲜血液,带来了新的活力!我们会为河钢集团在这里开展工作提供最大力度的支持。最后,我祝河钢集团一切顺利,愿斯梅代雷沃钢厂的未来更加辉煌!"

最激动的要属斯梅代雷沃钢厂员工了。员工代表发言了:"感谢河钢集团为我们全体员工保留了劳动岗位,为我们的生活带来了新的希望,我们一定会以专业的技能和饱满的热情向河钢集团证明,你们的选择是正确的!"

这是斯梅代雷沃钢厂继2003年美钢联收购后的由海外钢铁公司进行的第二次收购,也是2012年美钢联撤离后塞尔维亚政府经历三次国际招标失败后的正式收购。

尽管斯梅代雷沃钢厂具有长达一个世纪的发展历史,但由中国人来接手这家钢厂,这绝对是一件开天辟地的大事。

持续多年的全球金融危机暴风雪,给这个钢厂带来了毁灭性的打击,钢厂员工每天都过着没有未来的日子。他们经历了多少次希望,又经历了多少次失望,才迎来了这个非常值得纪念的日子……

只有经历濒临破产、生活没有着落的斯梅代雷沃钢厂的全体员工才能深切地感受到,河钢集团的到来对他们每个人都非常重要。从此,中国唐山的陡河与流经斯梅代雷沃的多瑙河在他们心中交汇在了一起,成为一条心灵之河、命运之河!

欢呼吧,喝彩吧!斯梅代雷沃钢厂的历史性转变从此开始了!

印象深刻的中国之旅

2016年5月12日至15日,应河钢集团的邀请,斯梅代雷沃钢厂

CEO皮特·卡马斯率领管理团队不远万里，从碧波荡漾的多瑙河来到了陡河岸边的唐钢。他们在人力资源管理、财务管理、能源管理、运行管理等方面与唐钢员工进行了业务交流。

初夏的5月，在唐钢这座十里钢城里，整洁的厂区，宽敞的道路，清新的空气，绿海衬映下色调鲜明的厂房，在微风细雨中显得格外美丽。皮特·卡马斯一行人产生了强烈震撼：这里美得像一幅画啊！

他们一行人来到华北最大的水处理中心——唐钢污水处理中心时，斯梅代雷沃钢厂的总工程师马塞尔·内梅特的目光里闪动着奇异的光彩。他忍不住感叹道："目前，钢厂的环境污染问题已成为世界性难题，而这里的污水处理做得实在是太好了！我们希望河钢集团也能够把先进的节能环保技术植入到斯梅代雷沃钢厂。我们相信，通过技术升级和管理革新，一定能将我们的钢厂打造得更加美好！"

在冷轧车间，冷轧部副部长周国平向他们介绍，高强汽车板生产线已经生产出高品质的汽车双相钢、高等级面板等高端产品，唐钢正在积极推进与比亚迪、菲亚特、吉利等知名汽车企业的合作。斯梅代雷沃钢厂首席财务官帕沃尔感叹不已："我们从未见过如此高水平的生产线！"

斯梅代雷沃钢厂的技术总监德拉·加娜倍加赞赏道："如果我们能够拥有如此强大的自动化系统，将会对产品的研发和生产带来巨大的帮助！"

唐钢的现代化高炉

他们还特意去了渤海湾深处的曹妃甸考察。他们从高处眺望，看到一艘巨轮正迎风击浪，向码头方向驶来。皮特·卡马斯情不自禁地欢呼起来："这里实在太壮观了！河钢集团真是了不起！能成为河钢集团大家庭中的一员,我们感到无比骄傲和自豪!我们要把'打造欧洲极具竞争力的钢铁企业'的强大信心和决心带回到斯梅代雷沃钢厂,传递给全体员工!"

之后,河钢集团陆续安排钢厂数百名员工分批来到唐钢和河北经贸大学进行业务培训。每一批来中国培训的员工完成培训任务后,河钢集团会特意安排他们到北京参观故宫,游览八达岭长城,还会带他们去古代丝绸之路起点的长安——如今的西安,参观兵马俑,让他们了解中华民族优秀的传统文化。来中国培训的数百名员工都接受了扎实的业务培训,同时也被博大精深的中国文化折服。

第11章

风云激荡:艰难的"入欧"之路

位于比利时布鲁塞尔的欧盟总部大楼一角

反补贴与反倾销：
"入欧"前必须面对的两项调查

塞尔维亚是申请加入欧盟的候选国，但"入欧"之路却十分艰难。

欧盟起源于1952年成立的欧洲煤钢共同体。1967年，欧洲煤钢共同体与欧洲经济共同体、欧洲原子能共同体合并，成立了欧洲共同体，简称"欧共体"。

1993年，欧共体改名为"欧洲联盟"，也就是人们常说的"欧盟"。欧盟现有奥地利、比利时、保加利亚、塞浦路斯、克罗地亚、捷克、丹麦、爱沙尼亚、芬兰、法国、德国、希腊、匈牙利、爱尔兰、意大利、拉脱维亚、立陶宛、卢森堡、马耳他、荷兰、波兰、葡萄牙、西班牙、瑞典等成员国，是当今世界上经济实力最强、一体化程度最高的国家经济联合体。

加入欧盟的好处在于：能够获得广阔的欧洲市场，产品出口可以免税，原材料进口能得到优惠，贷款会更加方便。

然而，加入欧盟是有严格限制条件的。

一是必须面对反补贴调查。这是因为欧盟的成员国几乎都属于资本主义国家，这些国家的企业大部分是私人企业，产品的销售完全是市场化的。尽管随着苏联解体、东欧剧变和南联邦解体，原来的社会主义国家变成了资本主义国家，但这些国家原有的国有企业的性质并没有改变，想要推进这些国有企业的私有化改革并不容易：一方面，因为涉及的国有企业数量较多，这些企业要找到合适的买家需要花很长时间；另一方面，在实现私有化之前，为了维持这些企业的正常运转，政府不得不提供一定的补贴，这显然不符合"入欧"的条件。所以，按照欧盟的要求，凡是申请加入欧盟的国家，必须将原来的国有企业私有化。一旦违反这一原则，就会受到起诉，同时会受到严格的处罚。

二是必须面对反倾销调查。这是因为欧盟实行的是市场配额制。欧洲是钢铁工业的发祥地，也是世界上钢铁企业最多的地区。在19世纪，以蒸汽机为标志的第一次工业革命，催生了一大批老牌钢铁企业。其中，最具代表性的是西欧地区，光德国就拥有克虏伯等十几家世界知名的钢铁企业。然而，这种发展并不平衡。在中东欧地区，钢铁的生产能力相对薄弱。如果从单方面提高钢铁产量，扩大市场，就会造成无序竞争。为了保持欧洲市场的总体平衡，欧盟对每个"入欧"国家的产品实行计划性的市场配额制。企业若违反这种原则，就会受到起诉，同时会受到严格的处罚。

塞尔维亚政府在积极推进"国有企业私有化"的进程中就面临着这两种调查。河钢集团对斯梅代雷沃钢厂的收购，也面临着这两种调查。

钢厂不再需要国家补贴

塞尔维亚一直在努力申请加入欧盟，因为加入欧盟可以使本国的产品进入欧洲市场，有利于本国发展经济，加快"再工业化"的步伐。

2008年4月，塞尔维亚政府与欧盟委员会共同签署了《稳定联系协议》，为该国加入欧盟迈出了关键性的一步。2012年3月，塞尔维亚获得了欧盟候选国资格。2014年1月，塞尔维亚政府与欧盟正式启动了"入欧"谈判。

然而，塞尔维亚的"入欧"之路十分艰难。因为在塞尔维亚政府与欧盟委员会签署的"入欧"协议中，有非常重要的一条，就是在2015年2月以后，塞尔维亚政府不能对包括斯梅代雷沃钢厂在内的所有国有企业提供补贴。这是加入欧盟的一个硬性指标。

塞尔维亚政府面临的严峻现实是：在积极申请加入欧盟的同时，又不得不竭尽全力保护本国企业。为此，政府每年都要花费巨额资金向包括斯梅代雷沃钢厂在内的一大批国有企业提供补贴。

斯梅代雷沃钢厂是塞尔维亚唯一的国有钢铁企业。2012年，塞尔维亚政府从美钢联购回该厂，之后该厂一直依靠国家补贴来维持简单的再生产，这显然不符合"入欧"的条件。

事实上，为了遵守"入欧"协议，塞尔维亚政府一直努力使这些国有企业与政府脱钩，推行私有化改革。已同意私有化的国有企业，由政府设置的私有化局进行管理。

塞尔维亚经济部部长泽利科·塞尔蒂奇说，私有化局接管了这些国有企业后，为了创收，减少失业，政府不得不暂停出售另外几十家还未被私有化局接管的国有企业。

对推行"再工业化"战略的塞尔维亚政府来说，"国有企业私有化"改革之路十分痛苦。根据塞尔维亚议会批准的2015财年的预算案，私有化局承担了国有企业破产的高额成本。

"国有企业私有化"也是国际货币基金组织相关协议的一部分。根据国际货币基金组织的要求，"国有企业私有化"后，其中一半的收入将直接投到基础设施项目中，而其余收入则用来偿还企业贷款。

根据塞尔维亚政府与国际货币基金组织之间的协议，塞尔维亚政府在2017年之前要节省13亿欧元的开支，以限制其债务增长。这一数字相当于塞尔维亚2014年国内生产总值的70%。

2015年1月30日是一个关键性的时间节点，因为这是塞尔维亚政府和欧盟委员会达成"入欧"协议的最后期限。也就是说，2015年1月30日以后，塞尔维亚政府不能再给国有企业提供补贴。这对包括斯梅代雷沃钢厂在内的一大批国有企业来说，实际上就是一条死路。

然而，天无绝人之路。河钢集团对斯梅代雷沃钢厂的收购，把死路变成了活路。收购后的斯梅代雷沃钢厂，也就是河钢塞钢，已经不是塞尔维亚政府所属的国有企业，这不仅成功排除了塞尔维亚加入欧盟进程中的"反补贴"障碍，而且解决了欧盟对塞尔维亚热轧卷产品的"反倾销"问题，还能够保留原来的5000多名员工，减少失业率，继续发展生产，促进国家经济发展。

正是在这个关键点上，河钢集团的收购一下就解除了长期困扰塞尔维亚政府的"国家之痛"。

"不是中国钢材产品的中转站"

2016年9月，也就是河钢塞钢成立后的第二个月，炼钢、冷轧和热轧全线复产，在形势积极向好的时候，一股寒流迎面扑来：

"河钢塞钢生产的热轧卷产品，实际上是中国国内的产品，只不过是他们拿到这里来包装一下，然后卖到欧盟市场！"

"河钢塞钢是中国钢材产品的中转站！"

……

人们纷纷议论，一时传言四起。

这些传言引起了欧盟的注意。欧盟宣布，要对塞尔维亚的热轧卷产品进行反倾销调查。因为河钢塞钢是塞尔维亚唯一一家钢铁企业，这种反倾销调查实际针对的就是河钢塞钢。

对欧盟的反倾销调查，于勇心态坦然。于勇说道："好啊！我们欢迎欧盟的反倾销调查。河钢塞钢的整个生产过程都在欧洲，生产出来的产品也属于欧洲当地的。河钢集团是一个负责任的企业，是一个懂规则的企业，是一个完全可以融入欧盟市场的企业。河钢集团接手后，始终按照欧洲的标准进行经营管理，始终按照欧洲的市场规则和标准进行生产。河钢塞钢不仅要成为欧洲极具竞争力的钢铁企业，还要成为欧洲最守规则的钢铁企业，成为模范执行欧盟规则和标准的企业。可以这样说，河钢塞钢是塞尔维亚的一家地方性钢铁企业，所有的产品都是在当地生产的，根本不存在'将中国国内过剩的产能转移转移到塞尔维亚'的问题，我们相信欧盟会作出正确的裁决。事实的真相一旦弄清楚了，我们就赢了！"

一些塞尔维亚当地的客户也安慰道:"不用怕!你们的产品是在我们当地生产的,不是从中国转移过来的,这是事实,如果欧盟来调查,我们可以出面证明。"

河钢德高的风控总监罗杰休斯在第一时间为应对反倾销调查提供了建议,并推荐了资深的律师团队,全面协助河钢塞钢处理欧盟反倾销调查事宜。该公司的法律顾问、市场总监等多次奔赴塞尔维亚,举行听证会,进行官方游说,搜集市场反馈信息……

河钢集团的领导心里有底,这是因为河钢塞钢成立后,钢厂的法人代表发生了变化,企业设在欧洲本地,资源、产品生产和销售都在欧洲本地,既不存在"中国国内钢铁过剩产能向境外转移"的问题,也不存在"通过收购,廉价的中国钢铁经由塞尔维亚转销至欧盟"的问题。

欧盟经过严格审核,最终确认:由河钢塞钢生产的塞尔维亚热轧卷产品属于欧洲当地企业生产的产品,不在"双反"之列。欧盟随即取消了对该产品的反倾销调查。

河钢塞钢大获全胜。

第12章

大国心声:"这就是我们的承诺!"

热气腾腾的钢厂生产车间

"今天，这里是塞尔维亚最重要的地方！"

2016年6月19日，是习近平主席访问河钢塞钢的日子。当天早晨，太阳刚刚升起，美丽的霞光映入大地，钢厂5000多名员工如潮水般涌入厂区，他们手持鲜花和中、塞两国国旗，等待着习近平主席的到来。

在欢迎队伍中，有两名塞籍员工格外引人注目，他们一起举着亲手制作的牌匾，上面用中文写着"热烈欢迎习主席"。

在河钢塞钢，我们采访了这两位塞籍员工。一个名叫萨斯坦科维奇，1969年10月出生在斯梅代雷沃，1985年11月入厂。他的夫人是斯梅代雷沃中学的高中教师。另一个名叫戈兰贝洛，1963年3月出生在塞尔维亚北部的一座城市，1985年12月入厂。他的夫人也是斯梅代雷沃中学的高中教师。萨斯坦科维奇和戈兰贝洛几乎是在同一时间入厂的，在钢厂工作的时间超过了30年，都在钢厂负责图景制作工作。

在钢厂生死存亡的关头，不仅河钢集团拯救了身处绝境的钢厂，而且中国国家主席习近平也从万里之外的中国，专程来到钢厂访问，看望他们这些普通员工。这可是钢厂百年历史上开天辟地的大事啊！这种东方大国元首对一个弱小国家员工的尊重，像春雷一样震撼了整个塞尔维亚，也震碎了他们内心的坚冰。

习近平主席是在2016年6月17日下午来到贝尔格莱德的。这是32年来中国国家元首第一次对塞尔维亚进行的国事访问，也是"一带一路"倡议提出三年后，中国国家元首第一次对中东欧国家进行的国事访问。时任塞尔维亚总统的尼科利奇非常重视习近平主席的这次访问，并以最高的礼仪来迎接他的到来。

2016年6月18日，习近平主席前往位于萨瓦河西岸樱花大街的中国驻南联盟使馆旧址，凭吊在使馆被炸事件中英勇牺牲的邵云环、许杏虎和朱颖等烈士。接着，习近平主席参观了位于市中心的卡莱梅格丹城堡，之后中、塞两国元首举行了会谈，共同签署了

《中华人民共和国与塞尔维亚共和国关于建立全面战略伙伴关系的联合声明》。

2016年6月19日上午，习近平主席乘坐的轿车缓缓地停在斯梅代雷沃钢厂的厂区门口，在此迎候的尼科利奇总统和武契奇总理激动地迎了上去，与习近平主席紧紧握手，互致问候，然后一起走上特设的主席台，向全体员工挥手致意。欢呼声如疾风暴雨般响起来了，像多瑙河的波涛一样汹涌澎湃。

习近平主席走上讲台，发表了热情洋溢的讲话：

在中国改革开放之初，塞尔维亚人民的成功实践和丰富经验，曾经为中国的发展提供了难得的借鉴。今天，中、塞企业携手合作，开启了两国产能合作的新篇章，这既是两国传统友谊的延续，也体现了双方深化改革、实现互利共赢的发展决心。中国企业一定会与塞方同行精诚合作。我相信，在双方密切合作下，斯梅代雷沃钢厂必将重现活力，为增加当地就业、提高人民生活水平、促进塞尔维亚经济发展发挥出积极的作用。

习近平主席强调，中国人民走的既是一条独立自主、和平发展之路，也是一条互利共赢、共同繁荣之路。中方期待与塞方继续打造更多合作大项目，使中塞合作更好地造福两国人民。

接着，尼科利奇总统发表了重要讲话：

今天是一个盛大的节日，特别是对钢厂5000多名员工及其家庭来说，更是一个值得永远纪念的日子。因为从今天起，你们的生活有了保障，并且日子会越来越好。斯梅代雷沃钢厂曾经是塞尔维亚的骄傲，中国河钢的到来，让我们重新拥有这种引以为荣的骄傲。今天，掌管钢厂命运的，是我们值得信赖的中国合作伙伴河钢集团，还有我们5000多名塞尔维亚员工。我们有理由相信，在河钢集团的管理下，通过全体员工的共同努力，钢厂一定会重振昔日的雄风，重新成为引领塞尔维亚工业发展的龙头企业！

中华人民共和国主席习近平对钢厂这次历史性的访问，标志着我们两国的关系进入新时代，两国人民的友谊更加牢固，中国永远是塞尔维亚最可靠的朋友！塞尔维亚拥有巨大的发展潜力，拥有聪明、勤劳的人民，拥有优越的地理环境，完全可以成为中国企业进入欧洲市场的"桥头堡"。塞尔维亚是中东欧地区第一个与中国建立全面战略伙伴关系的国家。对塞尔维亚来说，这不仅意味着我们两国拥有巨大的发展机遇，还象征着我们两国人民的友谊经受了历史的考验，也象征着中国对塞尔维亚的充分信任！

最动情的要数武契奇总理了，他大声说道：

今天，这里是塞尔维亚最重要的地方！我们曾怀着无限的希望来拯救斯梅代雷沃钢厂，但是一次次的希望变成了一次次的失望。最后，我们把希望寄托在了中国的合作伙伴身上，感谢中国政府对这个项目的重视与支持，感谢河钢集团给我们钢厂5000多名员工带来了希望！斯梅代雷沃钢厂的复兴，对这一地区人民乃至全国人民的生活水平的改善，都将起到十分重要的作用！我深信，在河钢集团的带领下，在全体员工的共同努力下，钢厂很快就会恢复正常生产，为这座百年钢厂的发展开启历史新篇章。我们将以这座钢厂为起点，进一步扩大与中国企业的合作。我深信，在双方的共同努力下，塞尔维亚的经济一定会振兴，人民一定会富强！

随后，习近平主席在大家的陪同下走进了热气腾腾的2250毫米规格的热轧薄板生产车间，与车间员工们一一握手。习近平主席登上铁梯，首先来到主控室，接着来到2250毫米规格的热轧卷区。此时，一块烧红的厚厚钢板正随着滚动的滑轮徐徐向前，进入压轧口，然后变成了薄薄的热轧卷。热轧卷如同舞动的红色飘带，把偌大的车间照得格外明亮。

习近平主席向于勇详细询问了产品的品种、质量以及当前欧洲市场的情况，于勇一一作了详细回答。于勇接着介绍道："这条生产线投产于20世纪70年代末，代表了当时世界钢铁工业的先进水平。咱们国家的钢铁企业后来居上，已经具备了与世界钢铁企业同步竞争的条件。我们对这条生产线进行改造，完全能够生产出高质量、高档次的产品，参与国际市场竞争。"

习近平主席特意叮嘱，员工们很辛苦，要多关心他们的生活，为他们做好后勤保障工作，中方人员要尊重当地的文化习俗，努力发挥河钢集团的优势，把企业经营好，造福所有员工，造福塞尔维亚人民。

河钢塞钢正式成立

习近平主席的到来，为双方的交割进程提供了强大的助推力。整整十个昼夜，中方团队不眠不休，先后完成了400多份合同的评审及重大业务合同的谈判与签订工作，并对能源介质、备品配件、产品服务等方面的合作进行了洽谈。

2016年6月30日，河钢集团的代表宋嗣海与塞尔维亚经济部长塞尔蒂克共同签署了资产转让协议。该协议的签署标志着双方完成交割，河钢集团正式成为斯梅代雷沃钢厂的资产所有者和运营管理方。斯梅代雷沃钢厂正式更名为"河钢集团塞尔维亚有限公司"，简称"河钢塞钢"。从那一刻开始，河钢集团的旗帜在多瑙河上空迎风飘扬……

第13章

碰撞与融合：复兴钢厂，开启新里程

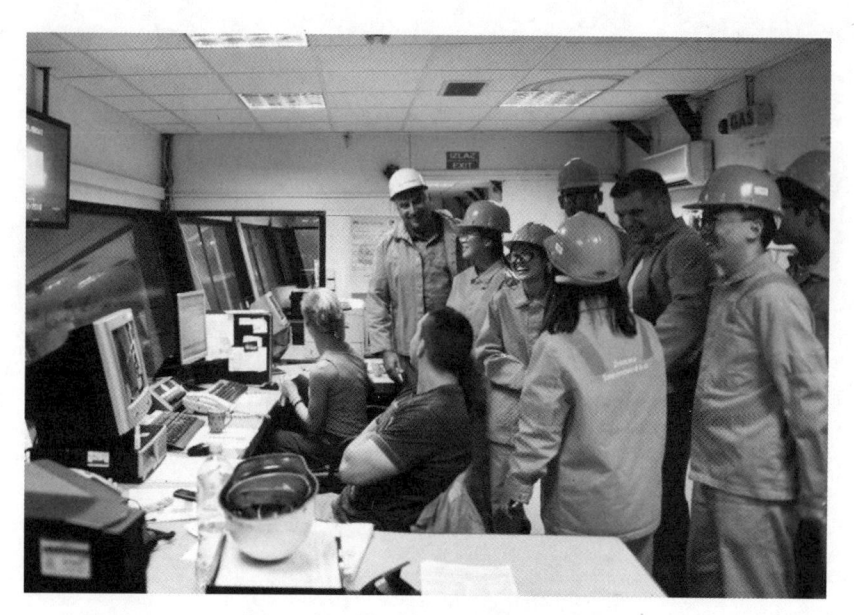

中塞员工在热轧车间主控室进行技术交流

河钢塞钢的背后是强大的河钢集团

向河钢塞钢选派优秀的经营管理团队的重任,落在了唐钢党委书记、董事长兼河钢塞钢董事长王兰玉的肩上。

1965年5月,王兰玉出生在河北省平山县。1986年7月,他从河北工学院化工系毕业后,满怀崇高的理想走进了唐钢的大门,历任技术科科员、副科长、厂长助理兼生产技术科副科长、副厂长、代理厂长、厂长、唐钢副总经理、总经理等职务。他在陡河岸边的十里钢城工作了30多年,由一个朝气蓬勃的小伙子变成了鬓角微白的中老年人。他从基层做起,努力拼搏,最终成为唐钢的"一把手"。

河钢唐钢党委书记兼董事长、河钢塞钢董事长王兰玉

王兰玉在工作上扎实稳健、考虑周密、处事公正,数十年的磨砺使他具备了很强的创新意识和开拓精神,他的这些优秀品质也都影响着整个员工队伍。

2008年全球金融危机爆发以后,他带领干部职工,解放思想,转变观念,提高标准,扎实工作,在节能减排、设备管理、信息化建设、发展非钢业务等方面做出了不凡业绩,为唐钢实现跨越式发展作出了重要贡献。

王兰玉亲身经历了唐钢的巨变和河钢集团的崛起,亲身经历了传统型钢铁企业向国际化钢铁企业的转变,积累了丰富的工作经验。

在唐钢人的努力下,一个具有70多年历史的老钢厂变成了一个绿色的现代化钢铁企业,被业界誉为"世界上最清洁的钢厂",被国家工信部、财政部、科技部等列入第一批"资源节约型、环境友好型"企业的试点单位。国外知名的钢铁企业多次派人来唐钢参观学习,唐钢的发展改变了人们对钢铁行业的认识,引领了整个钢铁行业的生态变迁。

唐钢是一个积极参与全球竞争的国际化企业。2014年,企业有30%的产品销到了国外。唐钢与浦项制铁、西门子、奥钢联、哈斯科、威立雅等国际一流企业都有合作。唐钢积极谋划在非洲、东南亚、中东欧等地的钢铁项目,这些项目建成后,会大力提升唐钢的国际竞争力。

收购斯梅代雷沃钢厂后,经营管理问题提上了议事日程。是从各个子公司里面抽调精兵强将组成经营管理团队,还是全权委托某个子公司全面负责运营管理?这成为河钢集团高层领导迫切需要解决的问题。事实上,在收购斯梅代雷沃钢厂的问题上,河钢集团与塞尔维亚政府接触之初,于勇代表河钢集团,把这个重任交给了唐钢。

随着河钢集团向"打造国际一流钢铁企业"目标的推进,培养与之相适应的国际化人才队伍的问题也凸现出来。更重要的是,经过全球金融危机的考验,河钢集团逆流而上,培养出了一大批具有崭新理念和实践经验的经营管理人才,成为打造"世界河钢"的中坚力量。

收购斯梅代雷沃钢厂,就是要把该厂变成"练兵场",变成一所国际学校,为河钢集团走向世界,培养出更多的能挑大梁的人才。

河钢集团把经营管理河钢塞钢的重任交给了唐钢,这是一种极大的信任,也是一份沉甸甸的责任。王兰玉明确表示:"唐钢的每一个部门都是河钢塞钢强有力的支持者,我们一定会选派优秀的经营管理团队,确保收购和经营管理都能取得成功。"

王兰玉一言九鼎,亲自选派精兵强将,为河钢塞钢的发展选好"领头羊"。

河钢董事长"亲点的将"

赵军于1970年5月出生在河北唐山，1992年7月从北京科技大学毕业后，就分配到了唐钢炼铁厂，在炼铁高炉生产一线工作了20多年。他先后担任过技术员、操炉工、作业长、车间副主任、车间主任、厂长助理、副厂长、厂长。他主导的十几项科研项目，多次在河北省和全国冶金系统获奖，是难得的科技型拔尖人才。2013年3月，赵军开始担任唐钢炼铁部部长职务，成为唐钢炼铁专业的首席专家。

2016年6月19日，习近平主席访问斯梅代雷沃钢厂并发表重要讲话，这个特大的喜讯震撼了所有河钢人。当时赵军正在唐钢的办公室，从电视里看到这一激动人心的盛大场面，心情十分激动，内心感到无比自豪！

那时，唐钢要在位于渤海湾的京唐港兴建一个大型的精品钢材基地，公司领导本来打算派他到那里去担任领导职务，没过多久，一件意想不到的事情发生了……

赵军清楚地记得，那是一个周日的下午，他回老家探望父母后回到厂里，就接到王兰玉打来的电话。王兰玉告诉他，担任河钢塞钢总经理的李宝忠要调回唐钢，必须有合适的人来接替李宝忠，公司决定改派他担此重任，同时兼任党支部书记。

赵军深感意外。王兰玉还特意告诉他："你是于勇董事长亲自点的将！"赵军对于勇董事长非常熟悉，因为他大学一毕业就在于勇任厂长的唐钢炼铁厂工作，所以于勇在听取王兰玉关于河钢塞钢总经理人选变动的意见时，当场就表示同意。

赵军和李宝忠是大学同学，李宝忠去河钢塞钢任总经理时，他正任炼铁厂厂长一职。当李宝忠提出希望炼铁厂选派优秀的烧结专家对河钢塞钢提供技术支持时，赵军就选派了炼铁厂最优秀的烧结专家高永利前往塞尔维亚。现在，轮到他接替李保忠时，他深感责任重大。

"什么时候动身？"赵军问道。

"时间十分紧迫,你最好明天就走!"王兰玉回应道。

一放下电话,他的内心就不再平静。

临危受命,责任重大。临行前,于勇董事长还特意叮嘱他:"收购斯梅代雷沃钢厂,是河钢集团实现海外布局的一件大事。你一直在炼铁厂工作,对业务非常熟悉。你性格柔和,能够与客户进行有效沟通,这是你的优势。你出去锻炼几年,一方面是为河钢集团'走出去'积累经验,另一方面也是河钢集团培养国际化人才的迫切需要。"

赵军肩负着崇高的使命,带着一种重新走向战场的激动心情,飞越万里高空,于2016年7月25日来到了塞尔维亚。能够置身于习近平主席倡导的"一带一路"建设最前线,把个人的命运融入国家的发展战略中,他感到无比骄傲。

第一项工作就是交接。因为赵军初来乍到,人生地不熟,为了帮助他熟悉企业环境,李宝忠特意多停留了一个月的时间。

在唐钢炼铁厂当厂长的时候,赵军主要负责炼铁工程,整天考虑的是如何炼好铁水,工作比较单一。然而,他到河钢塞钢就完全不同了,需要全面主持工作。赵军来到河钢塞钢才发现,中国的钢铁企业与欧洲的钢铁企业在经营管理上存在着巨大的差异。赵军尽量尊重塞方原有的管理模式。

先拿炼铁和炼钢相互衔接的问题来说吧!高炉炼铁和转炉炼钢是钢厂密切相关的两大工艺流程,河钢塞钢的员工们能够按照规程熟练操作。要让这座千疮百孔的老厂运转起来,首先要对高炉和转炉的设备进行检修。按照他在唐钢炼铁厂的工作经验,炼铁高炉和炼钢转炉的检修时间应该是一一对应的:炼钢转炉的检修时间是72小时,那么炼铁高炉的检修时间也应该是72小时。然而在这里,炼铁高炉的检修时间却是64小时。

赵军有些疑惑,就找到有关部门询问:"为什么两者的检修时间不一样呢?"对方回答:"因为72小时与64小时差别不大,我们的规程就是这样,多年来我们一直都是这样执行的!"

于勇董事长事先提醒过大家:"我们只负责经营管理,不在具体的生产细节上发生碰撞。"所以在这个问题上,赵军没有修改,而是尊重对方,仍然维持原来的64小时。

我们再拿块矿来说吧!块矿是一种天然的炼铁原材料,一定程度上可替代高品质的生产原料,降低生产成本。中国过去几十年的钢铁生产,选用块矿已是国内通行的做法。没想到的是,塞籍管理人员不想采纳这个建议。

赵军没有贸然下令,而是找到初加工区域总经理瓦拉丹,画图展示改进流程,又把配比的方程写出来,并进行详细解析。此后,他们选择最佳时段开展生产。实验结果证明,新的工艺流程在降低成本的同时,也保证了质量,提高了产能,增加了效益。

赵军与初加工区域总经理瓦拉丹讨论配比方程

再如,与中国国内普遍建设的2000立方米的大型炼铁高炉相比,河钢塞钢现有的两座高炉只有1000多立方米,属于小高炉。因为年久失修,高炉的热风炉设备不能使用,需要进行大规模改造和技术升级。从2016年9月开始,河钢塞钢就开始向塞尔维亚政府有关部门申报高炉的热风炉改造项目。按照河钢塞钢的计划,这个预算投资6亿多元人民币的特大技改项目,原定计划在2017年年初动工,到2018年4月全部完成。国内的习惯是边设计边施工,而在塞尔维亚,项目审批手续要比国内严格得多,必须等到安全生产、环境保护等手续全部办下来才能开始施工。他们尊重当地政府的审批程序,使开工日期比原定计划的时间晚了一年多。

我们再举个例子。在中国国内的钢铁企业曾经普遍存在相互拖欠的"三角债"现象。然而，在塞尔维亚，信誉第一，到了期限就必须给客户付款，完全按合同约定办理，不然客户可以按照法律规定，申请查封账户。赵军他们都"入乡随俗"，完全按照当地的规定和习惯办事。

"大总管"王连玺

王连玺是在1969年3月份出生的，也是河北唐山人。

1992年7月，王连玺从长春光学精密机械学院毕业后，分配到了唐山自行车厂。1993年，该厂被唐钢收购，他开始从事销售工作。1999年，他通过公开招聘，应聘到了中美考伯斯公司，负责焦油深加工项目。2002年，唐钢与全球最大的钢渣处理服务商哈斯科公司合作，成立了新公司。就在这一年，王连玺在新公司负责钢渣处理项目，并在2008年至2016年担任该公司的总经理。

正是因为王连玺具备丰富的外企工作经验，所以他一眼就被王兰玉选中。2016年3月的一天，王兰玉特意给他打电话："你在外资企业和合资企业工作多年，具备与老外打交道的丰富经验。当地员工都是塞尔维亚人，你又懂塞语，我们需要你去那边当副总经理。"

消息来得太突然，王连玺完全没有思想准备。"请让我想想！"他回答。

这一夜，他失眠了。他躺在床上辗转反侧，越想越激动……

"一带一路"倡议是习近平主席提出来的，河钢集团收购斯梅代雷沃钢厂，要让这个项目成为中国与中东欧大项目合作的示范项目，必然会引起全世界同行业的关注。他为自己能有这样一个机会而感到无比自豪。

他把这个消息告诉了在唐山市妇幼保健院工作的爱人，并得到了她的全力支持。第二天一早，王连玺就给王兰玉回了话："我服从领导安排！"王兰玉特别交代："你去了以后，主要分管人力、工会、法务、宣传、后勤、保卫、消防等工作。"

2016年5月20日，王连玺依依不舍地告别了亲人，与宋嗣海等人一起飞往塞尔维亚。在飞机上，宋嗣海叮嘱王连玺："我是搞生产的，天天与设备打交道，我的主要精力就是抓生产，其他方面你上！"这是信任，也是重托。

然而，从陡河岸边的钢城来到多瑙河岸边的钢城，绝不仅仅是工作岗位的转换，而是一个新的开始，面临着诸多意想不到的严峻挑战。

尽管王连玺在外资企业和中外合资企业工作多年，但他管理的员工多数是中国人。现在要管理5000多名外国员工，他还是感到前所未有的压力，这种压力主要来自以下三个方面：

其一，语言上存在差异。

王连玺懂塞语，能够用塞语与当地人交流。他利用自己到斯梅代雷沃市菜市场买菜的机会，与老板主动交流；他利用业余时间，与当地员工一起喝咖啡，一起聊天，了解他们的真实想法；他在贝尔格莱德的书店买了《塞尔维亚历史》《一战中的塞尔维亚》等书籍，深入了解塞尔维亚的历史文化和民族性格；为了弄明白当地的法律，他通读了塞尔维亚政府颁布的《劳动法》《公司法》《外汇管理法》等，弄清了河钢塞钢必须遵守的法律和规则。

其二，工会组织存在差异。

在中国的国有企业，工会是企业的一部分；而在这里，工会属于在企业之外的社会组织。一个拥有5000多名员工的钢厂，居然有8个由员工自发组建的工会。如果一个工会的成员超过企业总人数的15%，那么它就属于"代表性工会"，可以代表劳方与资方就员工的工资、福利等问题进行谈判。

河钢塞钢成立后，王连玺与钢厂的三个"代表性工会"进行了长达43天的谈判，确立了经营管理层与工会的新型关系，明确了工会新职责。

为了进一步促进沟通和交流,他们还创办了一本杂志,介绍河钢集团的发展,刊登河钢塞钢发生的大事以及员工们的工作和生活感受。杂志免费发到各个车间,成为管理层与广大员工沟通的平台和桥梁。由于前期功课做得足,河钢塞钢中方经营管理团队大大缩短了与广大塞籍员工的心理距离。

河钢塞钢副总经理王连玺(右二)与人力资源部主任范世宇(左一)、办公室主任杜达(右一)和总经理助理白丽娜(左二)进行工作交流

然而,钢厂员工的年龄结构不同,家庭情况不同,心理素质不同,健康状况不同,情况非常复杂,必须在"严""治""宽"三方面下功夫。

这里所说的"严",就是对有违法乱纪行为的员工进行严肃处理。比如,2017年河钢塞钢接到举报,钢厂一个采购人员在招标会召开前,向供货商泄露了标底。钢厂展开调查,确认举报内容的真实性。两天后,这名员工只能无奈地辞职了。再如,2018年河钢塞钢又接到举报,钢厂一个采购科长收了供货商的好处。钢厂展开调查,掌握了确实的证据,公司做出了将其开除的决定。

这里所说的"治",就是根据不同情况,奖勤罚懒。比如,钢厂有些车间需要员工登高作业,因为这是个重体力活,有的员工就不想干,但依然要享受同等待遇。那该如何处理呢?王连玺想出了一个办法,就是增设一个"预备车间",让那些不想登高作业的员工去做厂区绿化、清扫等相对轻松的工作,这些员工只能享受相对较低的工资待遇。这个办法得到工会认可并传达下去后,有些员工很快就找过来了,向王连玺请求道:"我可以继续登高作业,不想去预备车间。"

这里说的"宽",就是关心员工们的切身利益。比如,按照塞尔维亚的法律规定,年龄在65周岁同时工龄满40年的员工,就可以办理退休手续。65周岁是一条"硬线"。如果员工在65周岁之前退休,就要按工作时间的长短对退休金进行扣减,最多可以扣减20%。河钢塞钢通过中国驻塞尔维亚大使馆向塞尔维亚政府提出建议:"该厂员工在65岁之前申请退休的,如果工龄未满40年,退休金可以适当扣减;员工在65岁之后申请退休的,工龄未满40年,退休金就不要扣减了。"塞尔维亚政府采纳了这个建议。

其三,在人力资源管理方面存在差异。

2002年,企业面临破产,一部分年富力强的员工离开了钢厂,到外地谋生去了。2012年,美钢联撤离时,还把200多名技术骨干带到斯洛伐克的科希策钢厂去了。现在全厂员工的平均年龄接近50岁,年龄结构偏大,年轻的员工补充不足,企业缺乏活力。为了补充新鲜血液,河钢塞钢采取了两项措施:

第一项措施就是社会招聘。为了补充新鲜血液,钢厂一改过去一直采用内部调剂的保守做法,通过社会竞聘,广纳人才。试用期过后,符合要求者,可留在钢厂继续工作。

有一个女孩,全家人都在塞尔维亚。因为科索沃战争爆发,北约对南联盟进行轰炸,女孩一家人都去美国生活了十几年。后来,她跟随家人又回到了家乡,并到河钢塞钢应聘。她在大学里学的是水电管理专业,以前从事过酒店管理工作。王连玺与宋嗣海商量,决定让她负责员工食堂的管理工作。

这个女孩不仅作风泼辣,敢管肯干,没过多久就把一个死气沉沉的员工食堂搞得有声有色。食堂的饭菜质量上来了,服务意识明显加强,员工们给予了很高的评价。这个女孩还敢于与不良现象作斗争。她发现某些员工有盗窃行为，就向上举报。她还把一个30多岁的小伙子破格提升为食堂运输部负责人，这个朝气蓬勃的小伙子很敬业，对原来的运输路线进行了调整，大大节约了运输成本。

第二项措施就是加强培训。从社会上招聘进来的员工，能力和素质都不一样。针对技术人员严重不足的现实问题，钢厂决定加强员工培训工作。钢厂与贝尔格莱德大学冶金学院签署协议，欢迎在校大学生来钢厂实习。实习期间，钢厂会对实习生进行考核，优秀的实习生可以与钢厂提前签订劳动合同，但劳动合同签订后，他们就要在钢厂连续工作三年。

与此同时，钢厂还与斯梅代雷沃市技术学校签署了合作协议，安排老员工到学校授课。这些老员工具有电动、机械、自动化等专业技术和实战经验，备受学生欢迎。钢厂则采用"师傅带徒弟"的方式，从学校招纳一批实习生，实习生毕业后可留在钢厂工作。

在中方经营管理团队中，王连玺分管的工作面最宽，情况也是最复杂的，所以有一次于勇董事长前往河钢塞钢听取他的工作汇报时，幽默地称赞他道："你就是这里的大总管啊！"

运营大咖魏东明

1970年9月，魏东明出生在河北省唐山市。1993年7月，他从沈阳航空学院机械系毕业后就分配到了唐钢，已经在这里工作20多年了。2015年5月，他第一次来到斯梅代雷沃钢厂，为河钢集团的收购开展前期调研工作；2016年1月，他第二次来到斯梅代雷沃钢厂，开展清产核资工作；2016年6月，他第三次来到钢厂，参与对钢厂的正式收购。从签署收购协议的那天起，他就分管生产、设备、能源、运输、安全、采购等业务。

河钢塞钢首席运营官魏东明

"运营"是一个非常沉重的词语。这家钢厂历史虽然悠久,却错过了设备改造和技术升级的机会。一般情况下,生产设备每过八年左右就要进行一次改造和升级,而钢厂只在20世纪七八十年代对生产设备改造过。

美钢联经营钢厂期间,为了提高经济效益,一开始也投入一部分资金用于设备改造,但在2008年全球金融危机爆发后,企业开始出现亏损,在这种情况下对落后的生产设备进行大规模的改造,资金投入太大,不太划算,所以他们就不再投资了。

河钢集团接手后,面临的第一大任务就是如何尽快恢复生产。由于生产设备年久失修,生产方式落后,对设备进行改造和升级是一道绕不过去的坎。

企业要恢复生产,首先要保证设备能够安全运营。炼铁、炼钢和轧钢都是"一条龙"。设备陈旧,年久失修,肯定不安全,一旦出现危险,后果不堪设想。在任何一个环节上"掉链子",都会造成整个生产线瘫痪。要全面恢复生产,不但要修复各个"器官",而且要对落后的生产设备进行大规模的改造和技术升级。

要进行全面的设备改造和技术升级,必然面临两种艰难的选择:

一种是采取"休克疗法",从高炉炼铁、转炉炼钢到热轧冷轧全线停产,进行彻底大修。然而,钢厂已经连续七年都处于亏损状态,一旦采取"休克疗法",生产就会停滞。钢厂的烟筒不冒烟了,全厂员工只能放假回家,这就会对塞尔维亚的经济发展和社会安定造成巨大的影响。

另一种是"抓关键,抓重点",从最要紧的问题入手,对影响企业生产的关键设备进行分阶段、有针对性的改造和升级,一步一个脚印,做到生产和检修两不误。

生产设备进行大修,就要有配件。由于钢厂的生产设备还是20世纪七八十年代的,非常陈旧,国外的生产厂商早就不生产这样的配件了。

值得庆幸的是,魏东明在唐钢工作的20多年时间里,在烧结、炼铁、炼钢、轧钢、连铸等系统的生产设备改造项目中都干过,并且积累了丰富的实战经验。

他山之石,可以攻玉。2016年7月至8月,经过对炼铁高炉生产设备改造和技术升级,陷入半停产状态的钢厂开始全面恢复生产。2016年9月,技术人员对炼钢转炉系统进行了检修。到了10月份,技术人员又对2250毫米规格的热轧薄板生产线进行了检修。

2016年11月,正是多瑙河的寒冷时节,呼啸的寒风像一头饥饿的野兽,在中东欧大地上狂奔。然而,在河钢塞钢生产车间里,却是一片热气腾腾的景象,钢铁产量创历史新高。

想要不断提高企业的经济效益,不仅要关注钢铁生产的流程,还要关注细微之处,挖掘潜力。但在这方面,魏东明与原来的塞籍管理人员之间存在着理念上的差异。

他刚来钢厂的时候,发现厂区里面堆满了高炉炼铁、转炉炼钢过程中产生的大量废渣和除尘灰,这里一堆,那里一堆,如同连绵起伏的小山。魏东明一问才知道,他们把这些东西都当成了废弃物,正等着花钱处理。

废渣和除尘灰里面含铁,回收利用后可以替代部分矿粉,这在中国的钢铁企业里早就循环利用了。于是,魏东明在生产协调会上提出了"变废为宝"的意见,这使钢厂塞籍管理人员感到十分不解。他们的脑袋摇得像个拨浪鼓:

"No,no,no……"

"Why?"

……

魏东明见他们的思想工作一时难以做通,就不再争论,决定通过实验来证明给他们看。他按照国内的成熟做法,先在纸上计算出除尘灰中的有用成分,然后按相应的比例制成成品,再运到转炉炼钢生产车间进行冶炼。事实证明,适量添加一些"废弃物",不仅不会影响产品的质量,而且降低了生产成本,可谓一举两得。

百闻不如一见。当塞籍管理人员怀着好奇的目光,看到这些建厂以来一直当废品处理的"垃圾"成为重新捡回来的"宝贝"时,一个个心悦诚服,连连点头称赞:

"Yes,yes,yes!"

"Very good!"

……

魏东明是个性格沉稳的北方汉子。他还是个热情洋溢、内心充满柔情与浪漫的文学爱好者,在上高中和大学的时候就酷爱写诗。他进入铁水奔流、钢花怒放的世界里,内心充满了诗意……

我问他:"你现在还写诗吗?"他苦笑一声,回应道:"早就不写了,太忙啦,没时间写。"

我认为他还是一个"诗人",只是他那别具一格的壮丽诗篇不是写在稿纸上或电脑上,而是写在了多瑙河岸边这座火热的钢厂里,每一个声响就是一个字符,每一道光就是一行迷人的诗句……

"技术大牛"赵凯星

首席技术官赵凯星是"技术大牛",也是河钢塞钢中方经营管理团队里比较年轻的一名成员。

1977年8月,赵凯星出生在河北唐县。1998年,他考上河北理工大学冶金系,开始学习轧钢技术。大学毕业后,他来到唐钢第一冷轧厂从事技术工作。

唐钢第一冷轧厂于2002年成立，赵凯星满怀激情与梦想，把所有的精力都投入到工作中。工作期间，他参加了项目建设、工程调度、达产等一个个阶段性战役。2013年，唐钢第二冷轧厂成立，他又有幸参与了该厂从筹划、设计、调试到生产的全过程，积累了丰富的实战经验。

2015年10月，正是遍地金黄的秋天，赵凯星作为河钢集团收购斯梅代雷沃钢厂的前期团队成员，第一次来到万里之遥的塞尔维亚，为清产核资做前期准备工作。2015年12月，正是严冬时节，他第二次来到塞尔维亚，对斯梅代雷沃钢厂的生产运营情况进行考察。2016年6月，他第三次来到塞尔维亚，参加了河钢与塞尔维亚政府签署收购协议的仪式。隆重而热烈的场面，给他留下了深刻的印象。2016年7月1日，河钢塞钢正式成立，他被任命为首席技术官。

本书作者与赵凯星合影

一个仅有9人组成的中方经营管理团队，负责一家拥有5000多名员工的百年钢厂，这在国内也是绝无仅有的。每个团队成员都要负责一大堆事儿，都感觉压力非常大。

随着工作不断深入，赵凯星慢慢了解到这家钢厂的"前世今生"。他从钢厂员工的介绍中得知，这家百年钢厂的经历非常曲折，光钢厂的名字就改过好几次。他发现，钢厂虽然有些老，但老有老的好处，拥有一整套生产运营机制。

赵凯星是搞技术的,所以他在技术方面的关注也是最多的。

无论是炼铁高炉、炼钢转炉,还是冷轧、热轧生产线,都是连续性的大生产,钢厂恰似一个巨大的设备王国。技术工人操作这些设备需要一定的技术,才能使钢厂正常运转。

钢厂如同一个巨人,上面是头颅,下面是双脚,中间是腰窝。一旦腰窝塌了,整个人也就站不起来了。赵凯星面对的就是"塌陷的腰窝"。

在过去,斯梅代雷沃钢厂作为南联邦最大的钢铁联合企业,拥有两个高炉、一个炼钢厂、一个2250毫米规格的热轧薄板生产厂和一个冷轧厂,这些设备构成了连续性钢铁大生产的完整生产链条。然而,钢厂后来经历了国家解体、联合国的经济制裁、北约的狂轰滥炸等不幸事件,最后差点儿关门。钢厂没有资金对生产设备进行改造和技术升级。它就像一辆破旧的老爷车,每个地方都是锈迹斑斑的,每个零件都在"吱呀"作响,随时都有散架的危险。要复兴这家奄奄一息的钢厂,就必须对陈旧的设备进行大规模改造。这不仅是企业发展的需要,也是重建信心的需要。

事不迟疑,说干就干。2016年7月,就在河钢塞钢成立不久,中方经营管理团队就启动了炼钢系统加热炉和粗轧机的大修工程,以便尽快清除钢铁生产过程中存在的障碍。为了推进设备改造项目进程,当时河钢塞钢光用于购买零配件和备件的费用就高达400万美元。

从2017年10月1日开始,河钢塞钢又用了45天的时间,对热轧车间的生产线进行了大修。当年11月底,钢厂的产钢量突破17万吨,创历史新高。

到了2018年,钢厂就不再担心因为设备问题而影响生产了。为了给钢厂一个可持续的未来,河钢塞钢制订了未来五年的投资规划。

2018年,河钢塞钢对烧结机、加热炉和2250毫米规格的热轧薄板生产线的精轧机等生产设备进行了改造,之后又对转炉炼钢系统进行了改造。

钢厂的复兴,在当地引起了极大的轰动,新闻媒体几乎每天都在报道,他们派人来到热气腾腾、机车轰鸣的生产线车间里进行实地考察。赵凯星会指着关键设备对媒体朋友们进行介绍:"你们看,这是经过我们大修过的粗轧机底座,现在完全能够正常工作。热轧产品的不合格率由原来的0.14%下降到0.03%。钢厂规模不大,但意义却非常大,因为这是中国在中东欧地区最大的钢铁产能合作项目。钢厂要是搞不好,我们也就没法交代了……"

"腰窝"挺起来了,钢厂员工站起来了!百年老厂焕然一新,拥有了新的活力。

"神算子"唐娟

唐娟是河钢塞钢中方经营管理团队中一名雷厉风行的老大姐,拥有"神算子"的美称。

1968年1月,唐娟出生在冰天雪地的黑龙江省伊春市。1989年7月,她从东北工学院(东北大学的前身)毕业后,带着所学的会计专业知识从大东北来到冀东平原,来到唐钢财务部工作,这一干就是30多年。

唐娟先是在唐钢财务部会计科工作,之后被上级调到财务部基建科,负责工程资产管理工作。唐娟工作踏实,性格坚毅,作风干练,很快就在工作岗位上脱颖而出。2001年,唐娟在唐钢会计知识竞赛中获得了第一名的好成绩。

2008年5月,她被调往省会石家庄担任河钢集团财务部任会计室处长一职,一直与省国资委、财政厅等部门打交道,连续多年被评为先进工作者。2009年12月,唐娟调回唐钢财务部会计科工作。两年后,她又调到唐钢财务部基建科,负责工程资产管理工作。

2018年春节前,唐钢总会计师赵丽树特意把唐娟叫到了办公室。赵丽树对她说:"因为河钢塞钢原来的财务总监另有任用,需要回国。

我们已经研究过了,决定派你去接替他的工作。你有什么困难吗?"

这个消息实在出人意料。唐娟有点儿担心:"我的岁数大了点儿,英语还是在大学里学的,二三十年没用了……我能胜任吗?"

赵丽树引导她:"河钢集团把经营管理河钢塞钢的任务交给了我们唐钢,这是一项光荣而艰巨的任务。我们需要更多的人走出国门,承担使命。我们之所以选中你,主要考虑你出色的业务能力。你为人热情,容易与当地员工相处。你有很强的开拓精神,容易打开局面。"

"行,我去!"她的回答干脆利落,铿锵有力。

人生当中的一个重大决定就这样敲定了。

她走出办公室,心情无比激动。她仰望着蓝天下飞翔的鸟儿,内心也有一种展翅飞翔的渴望和冲动……

2018年5月28日,唐娟动身前往万里之遥的塞尔维亚,开始了远在异国他乡的崭新生活。

河钢塞钢财务总监唐娟

初来乍到,唐娟首先要解决的是沟通问题。唐娟在到达河钢塞钢的第二天就到财务部了解情况。财务部是个大单位,总共有130多人,平均年龄51岁,全是塞尔维亚人,个个都是陌生的"欧洲面孔"。

唐娟一有空就跟当地的财务人员沟通交流。只用了一周时间,唐娟就跟他们混熟了,他们很快见识到这位女总监不一样的作风,感受到了她带来的朝气和干劲。

她还抓紧学习英语,每天早晨五点钟起床,听一个小时的《英语天天听》,努力把多年不用的英语重新捡起来。

然而,想要做好钢厂的财务工作,并不是一件容易的事情。唐娟首先要面对的就是业务差异:尽管都是财会业务,但河钢塞钢的情况与国内大不相同。在国内,主要是人民币兑美元的国际业务,而河钢塞钢直接面对的却是第纳尔、欧元和美元的多重交叉业务。

第一，蒂纳尔与美元之间的兑换。

她来到河钢塞钢不到一个月的时间，正赶上月底报账和结算。她敏锐地发现了一个在国内企业都不曾遇到过的"国际问题"：财务报表一直使用的是蒂纳尔，而结算时使用的却是美元，两者之间的差距特别大。

塞籍财会员工不以为然："我们一直都是这样报账。"

她提醒道："这不行！"

对方愣住了，一脸茫然。

她解释道："因为蒂纳尔是塞尔维亚国内的货币单位，汇率一般是不变的，但美元的国际汇率每时每刻都在变化。如果美元的国际汇率变动幅度小，我们就不容易发现其中的差别；如果美元的国际汇率变动幅度大，那差别就大了。比如说，你在1号这天购进一批货，到30号结算，财务报表上是1万元第纳尔，按美元来结算，表面上看是同等的，其实不然，因为美元的国际汇率就可能会发生新的变化，如果还按美元结算就会出问题。"唐娟点石成金，对方茅塞顿开。

在唐娟的建议下，从2018年7月底开始，河钢塞钢财务就把塞尔维亚国内结算的货币单位改成蒂纳尔，不再使用美元了。

第二，欧元与美元之间的兑换。

河钢塞钢的钢材产品大部分出口到欧洲市场，收到的货币多为欧元；而从中国香港、澳大利亚和巴西等地购进铁矿石原材料使用的却是美元，付款时就得把欧元兑换成美元，两者差异明显。河钢塞钢是进口铁矿石的大户，一年需要花费上千万欧元。因为欧元兑美元的国际汇率变动的幅度时起时伏，一旦遇到欧元走弱、美元强势时，河钢塞钢就会吃很大的亏。为了破解这个难题，唐娟经过仔细研究，最后找到了一个"控制汇率风险"的有效办法：当欧元对美元汇率走高时，钢厂及时出手，把部分欧元兑换成美元。于是，从2018年9月份她果断决定，把原来一直沿用的"以美元来结算"全部改成了"以欧元来结算"。由于改变了结算方式，钢厂遇到的美元国际汇率风险就被控制住了。

还有一件事,让财务部的同事们刮目相看。付给河钢中国香港公司的大额款项业务要到贝尔格莱德银行办理。因为中国香港不在欧元结算范围内,所以河钢中国香港公司就不能使用欧元来结算,而要使用国际通用货币——美元。这里面的"名堂"大了去了。为此,唐娟专门去了一趟贝尔格莱德,对当地的两家银行进行了比较,最后选择了其中一家银行。她及时掌握国际汇率的变化情况,抓住利率最高点,选择最佳时机出手,仅此一项,2018年她就为河钢塞钢节省了30多万美元的开支。

一花引来百花开。原来只有她一个人关注汇率,现在变成了河钢塞钢全体财务人员共同的行动,他们每天都和她一起盯着汇率曲线图,时刻关注汇率变化。在欧元强势走高时,他们就不失时机地兑换美元,这样做不但能减少企业的损失,而且能为企业增加效益。

第三,成本核算。

河钢塞钢成立后,各种新建项目陆续上马,但在这之前,企业财务部只管结账,从来不参与合同的制定工作。为了改变这一现状,唐娟安排了一个财务人员分管这项业务,可对方却频频摇头:"这不是我管的事啊!"

她态度坚定:"不行,合同必须有专人负责!"

在她的主持下,财务部不仅参与了合同的制定工作,而且专门制定了付款制度。沿袭已久的常规被打破,新的财务制度逐渐被钢厂财会人员接受。

凸显"双峰效应"

2017年12月,天气寒冷,多瑙河的河面已经结冰。有两个年轻的唐钢人被选派到河钢塞钢,负责产品的销售工作。一个名叫张建峰,是河钢塞钢销售部新客户开发和新产品销售经理。另一个名叫高峰,是河钢塞钢市场开发部经理。

河钢塞钢销售部新客户开发和新产品销售经理张建峰

河钢塞钢市场开发部经理高峰

张建峰大学毕业后就应聘到唐钢。2012年，他被选派到河钢德高公司进行培训，在风景秀丽的卢加诺学习了五年。回国后，他先后在市场部出口管理科和汽车板营销中心工作。2017年6月，正当张建峰负责的国内某个汽车主机厂认证取得阶段性成果时，他意外地接到了通知，前往河钢塞钢，任新客户开发和新产品销售经理一职。他当时毫无准备，但还是答应了下来。完成工作交接后，他动身前往塞尔维亚。

高峰是一个朝气蓬勃的"80后"，在大学毕业后就应聘到了唐钢。2017年12月，他被选派到河钢塞钢，任钢厂市场开发部经理一职。

产品销售是企业最终赢得效益的关键所在。在他们到来之前，河钢塞钢虽然设有销售部，但一直没有中方的营销负责人。钢厂生产什么就卖什么，大部分产品卖给"二道贩子"——钢铁加工贸易商。钢厂缺乏终端客户，成为钢厂发展的薄弱环节。为此，河钢塞钢决定增加销售部的力量，以市场开发来带动产品结构的调整，从而提高产品的竞争力和市场占有率。

两个朝气蓬勃的年轻人一到河钢塞钢，就走上工作岗位，开始了如火如荼的营销工作。因为两个人工作表现非常出色，而且他们的名字中都有一个"峰"字，所以他们到钢厂没多久就显示出了"双峰效应"。

唐钢的新市场开发的"主战场"主要是在中国国内，而在河钢塞钢直接面对的是国际客户，营销难度更大。他们从两方面开始了行动：

首先是在内部潜能挖掘方面。

废钢处理就是一个典型的例子。在美钢联经营管理的年代，生产过程中剪切下的板头和板尾，都被当成废钢处理。他们提出，要对这些废钢进行"二次销售"，但塞籍管理人员却提出种种质疑：

"这些废钢也能卖钱？"

"会有人要？不可能吧！"

"我们十几年都是这么过来的，这些废钢值得卖吗？"

"美钢联都没有把它卖出去，你们凭什么可以做到？"

……

为了说服大家，他们一连几个月对钢厂周边市场进行走访、调研，最后拿出了切实可行的营销方案，让"废料"进入市场，增加了钢厂的收益。

所谓"精细化管理"，就是把任何一个细节都尽量做到极致，这是河钢唐钢企业管理的一种崭新理念。废钢处理就是"精细化管理"的体现。这种"变废为宝"的崭新做法，增加了钢厂的销售收入，降低了生产成本，提高了经营效益，员工的工资和奖金也跟着涨。塞籍管理人员看到这些变化，对他们竖起了大拇指。

其次是在开发大客户方面。

在过去,钢厂市场部对开发大客户并不敏感。2017年,钢厂生产了100多万吨钢材,有的员工就开始担心起来:"过去我们生产四五十万吨钢材都卖不出去,现在生产了这么多的产品,能卖出去吗?"

耳听为虚,眼见为实。张建峰和高峰的做法解除了员工们的担忧。张建峰负责优质客户的开发工作,积极参加各个产品展会,热情走访大客户。他用一年多的时间就接洽了200余家企业,其中新开发的客户就有20多个,并与十几个优质大客户达成合作协议。他每开发一个新客户,都会保持积极高效的沟通,以促成合作项目尽快落地。

高峰负责市场信息的收集和产品的成本核算工作,供领导决策。他用一年多的时间就建立了之前没有的成本核算体系。从2017年1月开始,他前往匈牙利、奥地利等国走访客户,进行市场调研。

河钢塞钢的钢材销售渠道,不仅依靠河钢德高公司,还积极开发欧洲的新客户,尤其是新的大客户。

格兰尼亚公司是欧洲三大家电商之一,是引人注目的大客户。

在过去,因为钢厂的产品质量不过关、成本过高,交货时间没有保证,所以格兰尼亚公司从来不订购钢厂的产品。高峰决定攻下这个堡垒。

格兰尼亚公司很谨慎,2018年,只是尝试性地订购了二三百吨钢材产品。2019年,因为河钢塞钢的产品质量好,交货及时,格兰尼亚公司将采购量提升了39.5%。

2018年,河钢塞钢还与欧洲四家最大的镀锡产品客户成功签订了年度销售协议,其中汽车用钢被罗马尼亚的达契亚公司采购,家电用钢被高端家电生产商古洛尼集团采购,每年的采购量就达5000吨。

古洛尼集团成立于1950年,是斯洛文尼亚戈兰亚股份公司旗下的家电品牌,是欧洲四大家电品牌之一。经过几十年的发展,该品牌成为德国彩电行业的第一品牌。河钢塞钢的产品能够挤进如此高端的家电市场,是一个历史性的突破。

由于"双峰效应"持续扩大,河钢塞钢不仅拓展了当地市场,而且有80%的产品销往了欧盟国家和北美地区。

第14章

异国生活:"家"是不可碰触的字眼

斯梅代雷沃，一个风光旖旎的欧洲小城

初来乍到的日子

河钢塞钢中方经营管理团队的9名高管,全部来自陡河岸边的唐钢,都曾为唐钢的发展作出过很大的贡献。如今上级领导一声令下,他们背负着河钢集团的重托来到异国他乡,为复兴钢厂走在了一起。从他们的双脚站立在塞尔维亚的那一刻起,他们就面临着八个"全新":全新的国度,全新的社会环境,全新的员工队伍,全新的语言,全新的工作,全新的法律法规,全新的文化习俗,全新的生活。他们需要尽快克服人地两生、水土不服导致的不适感,融入当地。

第一,饮食关。

唐山位于渤海岸边,生活在那里的人吃惯了海鲜,而斯梅代雷沃没有海,他们能吃上多瑙河的鱼就不错了。按照中国人的饮食习惯,人们不仅爱吃肉,还爱吃蔬菜,而塞尔维亚人吃西餐,特别爱吃肉。他们几乎顿顿都有肉,三天不吃肉就觉得浑身没劲儿。这可难坏了初来乍到的河钢塞钢中方经营管理团队的成员们。一开始,他们只能入乡随俗,与当地员工一起吃肉,吃一两顿没事儿,天天吃,顿顿吃,那就成了一种折磨。

这样下去也不是办法啊!为了能够吃上蔬菜,他们利用闲暇时间,在租住的房屋旁边开辟出了一个小菜园,种上黄瓜、豆角、青椒、西红柿、胡萝卜等蔬菜。他们一起浇水、施肥,蔬菜长势很好,五颜六色,琳琅满目……

最有意思的是做"伙饭"。大家对做饭都有兴趣,所以下班回来后,大家一起搭伙,会做饭的就露一手,不会做饭的也想学一学。不管菜是咸还是淡,大家自得其乐,都吃得津津有味。有时候,他们还会进行厨艺比赛,看谁做得最好吃。

每次回国休完探亲假,他们总要带一些调料和龙须面。虽然在塞尔维亚也有中国人开的超市,但他们总觉得异国超市里买的东西没有家乡的好。

王连玺给我们讲了一个十分有趣的故事。他刚到斯梅代雷沃的时候，因为时差没调整过来，常常是在后半夜就醒了。这个时候出去散步，太早；再睡吧，却怎么也睡不着了。如何熬过天亮前的这段时光呢？他思来想去，终于想出了一个办法，就是走进厨房，备好面板和擀面杖，按照唐山老家的习惯做手擀面，提前给大家准备早餐。

第二，语言关。

按照河钢集团的规定，凡是派到境外公司的经营管理人员，都不能配专职翻译，语言关要靠自己克服，这实际上就是逼着他们去学习外语了。英语是世界通用语言，河钢塞钢中方经营管理团队的成员都有一定的英语基础，但这远远不够。

河钢集团向境外公司派去的经营管理人员都必须具备一个硬性条件，那就是有本科以上学历，还要有英语基础。但在塞尔维亚，当地人常用的语言是塞语，河钢塞钢中方经营管理团队中只有王连玺懂塞语，其他人想要与全厂员工进行沟通与交流，就必须学习和掌握塞语。

为了突破这个难关，河钢塞钢中方经营管理团队利用业余时间，聘请学过汉语的白莉娜女士给他们教授塞语。两年后，他们不仅能熟练地用英语进行业务交流，而且能用塞语与当地员工进行日常交流。通过学习塞语，他们与当地员工打成一片，彼此更加熟悉和信任。

第三，生活关。

在中国，唐山属于中等城市，娱乐生活比较丰富。唐钢坐落在唐山市区，唐钢人白天在钢厂里上班，晚上可以带着家人去逛逛超市，看看电影，品尝美食……在斯梅代雷沃，情况就大不相同了。人们就像上了发条一样，白天拼命工作。下班后，人们坐上通勤车回到家，累得都不想说话了。

河钢塞钢中方经营管理团队成员都是在斯梅代雷沃市区租房子住，他们本想回到市里放松一下，但市里并不像唐山市区那样热闹、繁华。这里人员流动小，娱乐设施少。

在塞尔维亚，斯梅代雷沃是一个不小的城市，人口也有十多万。但在中国，一个十多万人口的城市只能算是一个小县城了。生活在这里的人一般会去多瑙河岸边转一转。有一次，他们在斯梅代雷沃市区大街上遛弯，走到一个两层小楼前边，偶然听到楼上有几个小孩玩耍时传出来的欢笑声，感觉特别美好。他们情不自禁地收住脚步，凝神倾听。这个不经意的小小瞬间，构成了一道独具魅力的日常生活风景。

不做高高在上的老板

在河钢塞钢成立后，执行董事宋嗣海就对其他中方经营管理团队成员说过这样一句耐人寻味的话："虽然我们收购了斯梅代雷沃钢厂，在员工们眼里我们是老板，但我们绝不能做高高在上的老板，不能做指手画脚的老板，不能做发号施令的老板，而要做不像老板的老板，把全体员工当成心贴心、肩并肩的一家人，共同努力，尽快把企业效益搞上去，让大家过上好日子！"

斯梅代雷沃的市民能够在多瑙河岸边一下子见到这么多的中国人，可谓头一回。对他们来说，中国是一个遥远的国度，是一个陌生的地方。他们做梦也不会想到，自己的钢厂会被中国企业收购，由中国人来管理经营。钢厂原本是塞尔维亚的国有企业，如今成了中国的企业，自己成了中国企业的员工。

因为这是斯梅代雷沃钢厂继美钢联之后第二次被别人收购，所以从中国人来到钢厂的那一天起，员工们就会拿他们与之前的美钢联管理团队相进行比较，观察他们的一举一动，并提出各种质疑：

"这些中国人到底怎么样？"

"他们是不是真心为我们做事啊？"

"他们到底有没有能力让钢厂起死回生？"

"他们不会也是过来捞钱的吧？"

……

为了打消他们心中的疑虑，河钢塞钢中方经营管理团队努力做到以下四点：

第一，不配专车、保镖和秘书。

美钢联经营管理团队在这里的时候，每个人都配有专车、保镖和秘书。河钢塞钢中方经营管理团队成员一到钢厂，塞籍管理人员也主动提出要给他们配专车、保镖和秘书，但这个建议被他们婉言谢绝了。河钢塞钢执行董事、首席执行官宋嗣海和总经理赵军也跟当地员工一样，一起乘坐通勤车上班，一起打卡入厂，和大家一起在员工食堂吃饭。工会代表瓦拉丹这样说："在美钢联经营管理的年代，我们塞籍管理人员一般都是把车停在厂区外的停车场，然后踏步进入厂区内的办公楼。然而，美国人并不这样做，他们直接把车开到厂区内的办公楼下。我们发现，中国人与美国人不同，他们和普通员工是一样的。他们没有专车，都是乘坐通勤车来上班，即使是身为河钢塞钢执行董事、首席执行官的宋嗣海和总经理赵军也不例外。这是中方经营管理团队对我们这些普通员工的尊重，我们感到很温暖！"

第二，租住房屋。

美钢联的高管们都住在首都贝尔格莱德的高级酒店里，每天都有高级轿车接送。河钢塞钢中方经营管理团队初来乍到，塞籍管理人员也想把他们安排在首都贝尔格莱德的高级酒店里，因为那里交通条件好，档次高，服务周到，娱乐设施齐全。然而，这一建议也被中方经营管理团队婉言谢绝了。他们没有选择贝尔格莱德的高级酒店，而是在离钢厂最近的斯梅代雷沃市区租住房屋。塞籍管理人员有些不理解，就问道："你们为什么要拒绝呢？"他们的回复很简单："我们想离钢厂近一些，和员工们在一起，这样做，我们心里才会更踏实！"

第三，尊重当地人的工作和生活习惯。

当地员工有不同的工作和生活习惯：其一，这里的员工按照当地相关法律规定，每天只工作8个小时。在8个小时以外，员工是不允许加班的。他们上班到点就来，下班到点就走。其二，他们特别注重休假。在休假之前，他们会把自己手头上的工作处理好。其三，他们习惯用电子邮件处理各种文件，领导的批复也都是在网上进行。此外，他们的动物保护意识非常强。人们来到厂区，就会看到路边上有鸽子觅食，草地上有狗儿撒欢，某个角落里有小猫出没。这里的小动物不会被人驱赶，还有人经常过来给它们投食。钢厂中方经营管理团队成员十分尊重当地人的工作和生活习惯，入乡随俗，与他们融为一体。

第四，为当地员工着想，多做实事。

为了能够倾听到员工更多的心声，钢厂管理层在各个车间专门安放了员工信箱，员工有什么意见和建议，可以与他们进行沟通和交流；他们对工厂食堂、卫生间等进行了全面翻修，购进了现代化的餐饮设备；他们积极改善和提高通勤班车的服务质量，为员工提供方便；他们非常关心员工的家庭生活，每逢节假日，他们都会到退休员工的家里去看一看，做一次充满温馨的"家访"；对那些身体不太好或因工负伤的员工，他们会及时慰问，给予帮助……塞籍员工忍不住发出感叹：

"不一样！"

"确实不一样！"

"真的不一样！"

……

这些曾经在陡河岸边的"操琴手"，满心想的都是一件事情：如何在万里之遥的塞尔维亚，在人生地不熟的异国他乡，尽快修复这台已经破损的"钢琴"，弹奏出令人心潮澎湃的中塞合作协奏曲。复兴这座百年老厂的伟大战斗，就在这暖春般的气氛中开始了。

"家"是不可触碰的字眼

随着"一带一路"倡议的影响不断扩大,中国企业加快了"走出去"的步伐,越来越多的中国员工开始在海外工作和生活。一个绕不开的话题就是"两地分居",从一开始不适应到逐步适应,再到完全适应,这是一种对感情的考验,也是一种心灵的成长。

在海外工作和生活,最大的痛苦莫过于远离亲人,感受孤独。河钢集团领导层对收购和控股的海外企业中的中方成员给予了特别的关心,明文规定:海外高管的家人一年当中有两次机会去海外探亲,每次可以停留3个月;在海外工作的员工,每3个月可以享受一次为期8天的回国探亲假,一年共有32天的探亲假。

尽管如此,夫妻可以在异国他乡团聚,但年迈的父母和幼小的孩子却不方便出国与他们团聚,只能待在中国。由此,在这些海外员工的身上,演绎出一幕幕动人的故事。

宋嗣海心里最牵挂的是他那身患糖尿病并发症的老母亲。2016年7月10日,也就是河钢塞钢成立后的第10天,他意外收到母亲病逝的噩耗。一听到这个不幸的消息,他肝胆欲裂,痛不欲生,于是他匆忙赶往贝尔格莱德国际机场,踏上回国之路。当他赶到家里时,葬礼已经结束了,母亲的灵魂已经升入了天国……

他走进母亲生前居住的房间,长时间不肯出来。睹物思人,他内心悲痛不已,因为没有见到母亲的最后一面而深感愧疚。他前往母亲的墓地,叩首祭拜。他回想母亲含辛茹苦地把他抚养成人,泪水忍不住流下来。

因为河钢塞钢刚刚起步,作为执行董事、首席执行官,许多事情要他亲自去处理,于是他在家只待了短短的五天时间,就告别了年迈多病的父亲,重返塞尔维亚。

置身于这座亟待复兴的钢厂,人们每天就像陀螺一样急速地旋转着。只有到了夜幕降临时分,人们才有时间想自己的家事。宋嗣海漫步在多瑙河岸边,借着满天闪烁的星斗,遥望万里之遥的故乡，寄托着心里那份对母亲的哀思……

在2018年7月的一天，赵军意外接到父亲病危的消息。当时，父亲已经74岁了。他的父亲是位老军人，1959年参军并前往旅顺，1978年从部队转业，来到唐山市开平区工作，退休前为开平区统战部部长。赵军的母亲当了一辈子教师，与父亲同庚。两位老人到了古稀之年，生活上都需要家人照顾。赵军原本还有一个大他三岁的姐姐，但她因病去世了，所以他成了父母唯一的依靠。

2016年6月5日，赵军怀着忐忑不安的心情，把公司派他去河钢塞钢工作的决定告诉父亲，父亲大手一挥："让你去塞尔维亚，是组织对你的信任！这是国家的大事，是好事，一般人想去还去不成呢！我和你妈的身体都挺好的，你放心去吧！"

父亲患的是心脑血管疾病，之前安了3个支架，这让赵军每时每刻都在担心父亲的身体。然而，赵军担心的事情还是发生了。在工作最紧张的时候，他收到父亲病危的消息。他赶紧购买了回国的机票。当他返回唐山家中的时候，迎接他的却是挂着黑纱的父亲遗像。其实，医院早就给父亲下了病危通知书，只是父亲不让家人告诉他，以免影响他的工作。

在太平间里，他见了父亲最后一面，可这位全力支持他到河钢塞钢工作的老人却再也听不到他的呼唤了。他跪在父亲的遗体面前，捶胸顿足，悲痛欲绝……

他料理完父亲的后事，准备赶回塞尔维亚，却又心疼年迈的母亲。他紧紧握住老人那双干枯的手，久久不肯松开。母亲宽慰他："你去吧！家里也没什么事儿了，你爸当初支持你去塞尔维亚，现在也不会怪你。好好工作，不用惦记我！"听到母亲的话，他喉头哽咽，泪如雨下……

河钢塞钢财务总监唐娟原本有一个幸福的家庭。她的丈夫是在1966年出生的，比她大两岁。两个人不仅是大学同窗，而且都来到唐钢财务处工作。他们朝夕相处，恩爱有加。婚后，他们生了一个可爱的女儿。然而，天有不测风云。丈夫在一次检查中发现，自己得了癌症。当时，唐娟在河钢集团财务部工作。为了照顾患病的丈夫，她请求调回唐钢财务处。

唐娟先陪伴丈夫做完手术，接着帮他定期化疗，照顾他的生活起居。原本希望能够起死回生，但她却无力回天。丈夫病逝时，年仅45周岁。唐娟含着泪安葬完丈夫，开始了与女儿相依为命的艰难生活。

在照顾丈夫的那段时间里，正是女儿上中学的时候，唐娟没有时间照顾女儿，只能安排她住校。女儿喜欢学化学，并在2012年考取了厦门大学化学系。

"毕业后回唐钢吧，咱俩有个伴！"她噙着眼泪提醒女儿。女儿很听话。2016年一毕业，她就来到唐钢技术中心的化验室工作。女儿很努力，在河钢集团内部的化验比赛中荣获冠军。

然而，就在母女一起生活不到两年的时间，唐娟听从上级安排，远赴塞尔维亚工作。母女俩相隔万里，但心连着心。她时刻都惦记着女儿，女儿也时刻惦记着她。网络视频成了她们俩面对面的情感热线。

有一天，女儿在视频里激动地对她说："妈妈，我决定报考研究生了！"她鼓励女儿："妈妈相信你，你是最棒的，一定会考出好成绩！不过，你别那么拼，妈妈不在你身边，你要好好照顾自己！"女儿很懂事，安慰她道："妈妈，您不用担心我！我都是大人了，完全可以照顾好自己！您一个人在国外，一定要注意身体，别累着！女儿盼望您健康归来！"

如今，女儿已是北京航空航天大学的一名硕士研究生了。

1989年4月，范世宇出生在辽宁省鞍山市。2012年7月，范世宇从沈阳建筑大学毕业后，满怀激情和梦想，来到了唐钢。因为从小就在鞍钢生活，所以他很快就融入了唐钢，没觉得有什么不适应的地方。他先是在唐钢生活保障部工作，后被调到唐钢人力资源部数据中心。

2016年4月,河钢集团准备收购斯梅代雷沃钢厂。为了培养一支国际化的新生力量,河钢集团特意选派了一批朝气蓬勃的年轻人前往北京外国语大学接受为期半年的培训,范世宇有幸成为其中一员。

好事接连不断。2016年8月6日,范世宇订婚了,未婚妻是他的高中同学,属于"同桌的你"。她从吉林财经大学毕业后就来到鞍钢下属的一家公司从事财务工作。

他们打算在订婚的第二天去中国香港和泰国,开始时髦的"旅行结婚",并打算在8月28日登记领证。然而就在当天,范世宇意外地接到了单位的通知,要在8月底前往河钢塞钢工作。

这一下就打乱了他的生活节奏,不仅"旅行结婚"的计划被迫取消,而且马上就要面临与未婚妻长时间的"两地分居"生活。他担心未婚妻一时难以接受,就在8月7日那天找了个合适的时间把这个消息告诉了她。没想到未婚妻非常通情达理,不但没有丝毫的抱怨,还把领证的时间提到了8月8日,等他回国休假的时候补办婚礼。就这样,他们原本准备好的"旅行结婚"用的旅行包变成了一个人出差远行的行李箱。

2016年8月15日,范世宇依依不舍地告别了妻子,告别了父母,来到了遥远的多瑙河畔。塞尔维亚人对中国人非常热情、友善,这让他很快有了一种其乐融融的感觉。

河钢塞钢员工玛莉亚(中)给范世宇(右)背诵唐诗,请他指点迷津

与车水马龙、热闹非凡的鞍山和唐山的两个城市相比,斯梅代雷沃完全是另一个世界。这里非常宁静,街道是宁静的,丘陵是宁静的,河流也是宁静的。置身其中,仿佛有一种从繁华闹市进入深山古刹的感觉。

钢厂的员工与超市的员工的作息时间是同步的:你上班时他开门,你下班时他关门。即使是在首都贝尔格莱德,情况也是这样,生活节奏特别缓慢。

当地人在吃穿方面的要求并不高,但对精神层面的追求却非常高。钢厂的员工下午四点半下班,业余生活一般是找朋友到多瑙河岸边的小店里坐一坐,要上一杯咖啡或一杯葡萄酒,在一起聊聊天,彼此之间的交流也都是悄声细语的,很悠闲,很自在,很惬意……

在河钢塞钢,范世宇分管人力资源工作。尽管工作繁忙,但他时刻都在想念远在鞍钢的妻子。

2016年12月,他第一次回国休假,首要的任务就是赶回鞍山与爱人补办婚礼。他们的婚房都是父母布置的,定饭店、发请柬、请婚庆公司,都是爱人一手操办的,他回来只要参加一个仪式而已。

2017年12月,鞍山正处于雪花飘飘的冬季,爱人迎着雪花来到斯梅代雷沃探亲。吃过晚饭,他们两个人手牵着手行走在多瑙河岸边,仰望湛蓝的天空,呼吸清新的空气,尽情地享受着爱情的甜蜜……

范世宇总是感到很愧疚,因为他觉得自己欠家人的实在太多了!最让他感到愧疚的是,在爷爷离开人世时,他没有陪在爷爷身边。爷爷在鞍钢调度室工作了大半辈子。年过八旬的爷爷身体一直不好,因患直肠癌,一直卧病在床。

2017年春节,范世宇回国休假,第一件事就是去鞍钢看望爷爷。他坐在爷爷身边,拉着他那双干枯的手,久久不肯放开。

2017年1月31日,中国人都还沉醉在过年的气氛中,但范世宇不得不返回河钢塞钢继续工作。两个星期后,他意外收到父亲发来的信息:

世宇：

有件事我必须告诉你，爷爷在2017年2月6日就去世了，葬礼办得很好，给你爷爷送行的人有很多。

爸爸尽力了，但还是无法挽救爷爷的生命。

奶奶的身体现在还不错，精神状态还好。

你不要多想，不要分散精力，好好工作，安全第一。

他泪如泉涌，心里就像有一把尖刀划过，有一种撕心裂肺的疼痛……他愧对陪伴自己长大成人的爷爷，在爷爷生命的最后时刻，他没能看上最后一眼，这成了他内心挥之不去的痛。

他始终保留着父亲给他发来的这条信息，把它当作永久的纪念。

高峰被派往塞尔维亚时，他的大女儿有6岁，小女儿只有3岁。他想念她们时，就打开手机，看看手机里的照片。在不忙的时候，他会跟她们进行网络视频。这成了治愈他思念之苦的良药。

高峰觉得自己最对不住的人就是自己的妻子，

高峰想家的时候，就看一看手机里妻子和女儿的照片

因为自己在塞尔维亚，两个孩子都要靠她来照顾。他也觉得自己特别对不住孩子，因为大女儿上学他没送过一次。

同学们问她："你爸爸呢？"

她自豪地回答："我爸爸在塞尔维亚！"

"塞尔维亚在哪里？"同学们一脸茫然。

有的小朋友语言更尖刻："你是不是没有爸爸？"

大女儿气得直哭。大女儿只能把他每次回国给她买的巧克力作为有力的"证据"，理直气壮地说："这就是爸爸给我买的巧克力！"

直到2019年1月,他才第一次参加了大女儿的家长会。大女儿拉着他的手走上讲台,激动地说道:"老师们,同学们,这是我的爸爸,他的名字叫高峰!"

"我们已经在这里扎根啦!"

过节,是亲人们团聚的时刻。河钢塞钢的中国人在那里过节,既要过西方的圣诞节,也要过中国的传统节日。

过中秋节时,河钢塞钢的中方经营管理人员会热情地邀请塞籍员工一起品尝香甜美味的月饼;过春节时,在厂区大门口和道路两旁的树上都会挂上大红灯笼,格外醒目。大红灯笼的"红"与铁水、钢花的"红"交织在一起,成为多瑙河岸边一道独具特色的风景。

河钢塞钢中方经营管理团队是一个团结友爱的团队。尽管所有成员都来自唐钢,但他们之前并不在一个部门工作,他们来到塞尔维亚以后才相互认识的。即使这样,他们之间的关系依然很好,彼此都非常信任。

农历大年是河钢塞钢中方经营管理团队成员乡情最浓烈的时刻。除夕之夜,国内的亲人们都在贴春联、包饺子、放鞭炮、看春晚……华夏大地充满欢乐与祥和。在多瑙河岸边的斯梅代雷沃,河钢塞钢中方经营管理团队所有成员都会聚在一起包饺子、煮饺子、吃饺子,一样非常热闹。

大年初一,一大早就有人开始拜年了,他们的手机里不断传来祝福的信息。他们一一回复,并送上最衷心的祝福。因为时差关系,中国人走访亲戚朋友时正是大白天,而在塞尔维亚,这个时候还是夜晚。

2017年的新春佳节,是河钢塞钢中方经营管理团队成员第一次在斯梅代雷沃一起度过的节日。大家一起拉家常、包饺子、碰杯、表演节目……真是八仙过海，各显神通。

忽然，歌声响起来了：

我和我的祖国一刻也不能分割

无论我走到哪里都流出一首赞歌

我歌唱每一座山，我歌唱每一条河

……

先是独唱，接着所有人都情不自禁地打着拍子，开始了大合唱……

动情的歌曲之所以打动人心，是因为其中牵动着人们的神经。在海外侨胞进出的首都机场唱起《故乡的云》，在地震灾区汶川唱起《让世界充满爱》，在异国他乡的小镇里唱起《我和我的祖国》，人们的感受大不相同。它能击中心灵，让人心潮澎湃，所有的情感都会变成一个个跳动的音符，向外传递出去……

2018年12月底，我们到达塞尔维亚以后，宋嗣海、赵军和王连玺等人特意在斯梅代雷沃的餐厅为我们订了一顿丰盛的晚餐。这个餐厅就坐落在多瑙河的岸边，服务员端上来的都是当地的美食。其中，最美味的菜肴要属从多瑙河里打捞上来的鱼了。

宋嗣海说道："我们来到塞尔维亚已有两年多了，从一开始的不适应到现在的完全适应，经历了一段时间。刚来这里时，我们只觉得自己是中国人。现在这种界限完全没有了，我们已经完全融入了钢厂，融入了这座城市。钢厂是我们的钢厂，员工是我们的员工，城市是我们的城市。我们不仅负责钢厂的经营管理，还经常被当地政府邀请去参加各种重大的活动。比如，当地有个秋收节，当地政府请我们参加开幕仪式。每到圣诞节，我们不仅会慰问厂里退休的老工人，还会给每个员工准备一份礼物。这里的员工也不把我们当外人，孩子们结婚时还会邀请我们去参加他们的婚礼。我们走在大街上，无论是超市里的售货员还是菜市场的老大妈，他们都会热情地与我们打招呼。我们已经在这里扎根啦！"宋嗣海那朴实无华的语言，流露的是真情实感。

走出餐厅，我仰望多瑙河夜空中闪烁的星星，脑海里情不自禁地涌现出一首情真意切的短诗：

深邃的星空下
辉映着中塞两簇密集的灯火
我们的脚步已经走出国门
家的空间瞬间辽阔
不管是在陡河，还是在多瑙河
都是我们心中不落的星座
我们把深深的爱恋汇入同一条星河
那是一首响遍世界的歌
……

是的，两年多的时间，几百个日日夜夜，他们已经完全适应了异国他乡的生活，与全体塞籍员工同呼吸、共命运，心里没有那种古诗中所描写的"独在异乡为异客"的疏离感，只不过是转到了另一个分厂，来到了另一个远方的家。

第 15 章

践行承诺：让百年钢厂重现生机

河钢塞钢员工新貌

第一个承诺：保留所有员工

河钢塞钢兑现的第一个承诺，就是保留原有的5000多名员工。这是稳定人心的重要措施之一。

面对河钢集团的收购，斯梅代雷沃钢厂全体员工普遍存在这样一种矛盾心理：期待收购，却又害怕收购。之所以期待收购，是因为斯梅代雷沃钢厂在过去几年的时间里一直处于严重亏损状态，时刻面临倒闭的危险，5000多名员工随时都有可能失业，5000多个家庭将会面临重大的经济压力。

钢厂员工最擅长的就是炼铁炼钢，工厂就是他们的命，就是他们的家。这个家没有了，一切都没有了……

他们盼星星，盼月亮，现在终于盼来了河钢集团。河钢集团的出现，无异于雪中送炭，钢厂有了新的买家，员工们的工作岗位全都保住了。

他们之所以害怕收购，是因为世界上许多大型钢铁企业应对危机最常用的手段之一就是裁员，以牺牲员工的利益来减轻企业的经营压力。近几年，斯梅代雷沃钢厂屡遭停产，全厂员工面临着失业的危险，所以他们很担心。如果河钢集团也以裁员的方式来应对危机，那么在河钢集团收购之日，可能就是他们失业之时。

一波三折的国际招标谈判是漫长而艰难的。在国际招标谈判中，一个绕不开的问题就是，必须保留全厂员工。这不仅涉及全体员工的切身利益，而且关系到塞尔维亚政府的治理。于勇对此表示非常理解。这让他再次想起自己在唐钢炼铁厂当普通工人的日子，想起了那些在炼铁高炉平台上与工友们顶着上千度的高温出铁的岁月。正是因为有过这样一段难忘的经历，于勇当上唐钢总经理后，面对全球金融危机，喊出了"我们绝不能把危机转嫁给员工"的口号，并且做出了"不仅不裁员，而且要逆势涨薪"的决定。于勇担任河钢集团董事长后，也是把员工的利益放在首位，并带领全体员工共创辉煌。

河钢集团收购斯梅代雷沃钢厂后，没有把塞籍员工当包袱，而是把他们当成宝贵的财富,把他们当成企业发展的支柱和重要的技术力量。

收购完成后,新的疑问又缠绕在全厂员工的心头:"河钢塞钢成立后,中方经营管理团队能不能兑现承诺?"

说到就要做到。河钢塞钢成立以后,中方经营管理团队所做的第一件事就是与全厂员工签订劳动合同。这表明,所有员工都能回到劳动岗位,只要完成工作任务,大家都能拿到工资和奖金。

也许是因为朝不保夕的日子太长了,也许是因为员工们想改变命运的希望太迫切,当他们在劳动合同上签下自己的名字时,他们非常激动,喜极而泣……

第二个承诺:推行三个"本地化"

河钢塞钢兑现的第二个承诺,就是三个"本地化"——员工本地化,利益本地化,文化本地化。

河钢塞钢中方经营管理团队采取了三条措施:第一,尽量减少高管人数,做到"人不在多,而在精";第二,钢厂原有的中层管理人员不做变动,充分调动他们的积极性,便于沟通和交流;第三,中方其他员工不能顶替钢厂原有员工的岗位,保证塞籍员工都能得到安置。这三条措施作用非同小可。

一般情况下,中国企业到境外拓展业务,都会遇到一个绕不开的问题,那就是:中国企业管理者远赴异国他乡,人生地不熟,与当地管理者很难沟通,会出现"水土不服",一时难以适应。然而,河钢塞钢却是个例外。

按照三个"本地化"思路运营管理,钢厂延续了原有的较为成熟的管理体系。河钢集团只派出了由9个人组成的中方经营管理团队,并帮助他们快速熟悉业务,尽快适应塞方的工作模式。河钢塞钢从成立之日起就作为一家当地的企业,中方经营管理团队按照当地的法律法规及习惯来经营管理。钢厂所有的采购项目都面向本地，采取公开、透明的招标方式，与本地企业密切合作，实现"双赢"。

除了中方经营管理团队的9名成员，钢厂其余人员都是当地人，这为钢厂的平稳过渡和在短期内实现盈利提供了保障；同时，他们积极培养当地人才，当地员工感受到了中方经营管理团队的友善以及把钢厂建设好的信心和决心。

自河钢塞钢成立那天起，中塞员工就成为"你中有我，我中有你"的亲密战友，共同打造钢厂不一样的未来。在工作中，中方经营管理团队成员每天都要和塞籍员工进行沟通和交流。他们尊重当地的风俗和文化，按照当地的上班时间开展工作，妥善保留原有的经营体制和管理模式。他们与当地员工融为一体，合作顺畅，受到一致好评。在生产过程中遇到问题时，他们与塞籍员工及时沟通，集思广益，共同解决问题……

与此同时，河钢集团的品牌实力和文化魅力也深深地影响着钢厂全体员工。在日常生活中，河钢塞钢的中方经营管理团队成员"以真心换真诚"，赢得塞籍员工的尊重和支持。每逢圣诞节，他们都会给员工子女送上圣诞礼物，浓浓的节日氛围让寒冷的冬日变得温暖。他们还会组织各种活动和比赛，共同分享快乐和喜悦……

河钢塞钢工程部的员工特尔斐洛这样说道："我很喜欢跟中国人一起工作，我看到了美好的未来！毫无疑问，我的生活和我的家庭也会变得更加美好！"

第三个承诺：提供资金和技术支持

河钢塞钢兑现的第三个承诺，就是提供资金和技术支持。这是实现钢厂复兴的重要保障。

钢厂拥有2250毫米规格的热轧生产线，但这条生产线年久失修，设备闲置，需要投入巨额资金进行大规模改造。为此，唐钢先后派出技术团队多达11批次，人数多达200人，对钢厂的设备、技术、工艺等方面存在的问题进行全面诊断。他们投入了巨大的精力，完善钢厂的生产和服务体系。同时，他们还建立了全方位、多维度的内部保障体系，确保钢厂的生产更加顺畅，各项管理更加科学。

针对炼钢系统的改造问题，唐钢派出强有力的技术团队，以非常快的速度完成了加热炉、粗轧机、炉顶设备等大修工作，解决了生产流程中的大问题。他们引进河钢集团的先进技术，结合技改项目，扭转设备老化失修、技术落后等局面，努力实现经济效益。

唐钢热轧部轧钢分厂的厂长王瑞说："塞籍员工有很多优秀的品格，给我留下了非常深刻的印象。钢厂的生产设备虽然都是20世纪七八十年代的，但塞籍员工责任心非常强，做事一丝不苟。我们有理由相信，有我们先进的技术和丰富的管理经验，有塞籍员工的敬业精神，双方密切合作，一定能够帮助河钢塞钢扭转被动局面，早日实现既定的目标。"

针对设备老化，需要更新自动化系统这一问题，唐钢自动化公司总经理助理张春杰亲自带领由7人组成的技术团队从唐钢到河钢塞钢，对生产线进行了全面评估，并将唐钢的信息化管理理念和方法移植过来。

赵凯星直接负责钢厂设备的运营工作。他曾参与唐钢冷轧生产线、高强汽车板生产线的工程建设及生产管理工作，具有丰富的生产管理经验。他一到河钢塞钢，就与塞籍员工一起分析研究生产线上存在的问题及改造方案。

针对烧结工艺流程中存在的漏洞，来自唐钢的高永利一到钢厂就带领当地员工深入现场，先后解决了烧结机抽风系统漏风、混合机滚筒粘料等问题，并对污水泵、储料仓等设备进行了改造。烧结机迅速恢复生产，烧结矿产量每月从2.5万吨增加到了5.7万吨。

2016年5月，针对烧结能源二次利用方面存在的问题，唐钢总工办主任刘连继来到钢厂后，就与技术专家一起讨论，研究制定解决方案，目的是把钢厂的高炉煤气和转炉煤气全部回收利用，从而降低生产成本，保护当地环境。

通过以上项目实施后，河钢塞钢的生产设备得到全面改造和技术升级，提高了生产效率，保证了产品质量。

第四个承诺：
利用德高公司营销平台，实现市场创效

河钢塞钢的发展目标是将钢厂打造成欧洲最具竞争力的绿色钢铁企业。

在解决供应链和销售链长期脱节这一关键问题上，河钢集团恰好拥有世界其他钢铁企业不具备的强大优势。通过河钢德高这个全球最大的钢铁贸易平台，河钢集团拥有了国际化的金融贸易平台、资源配置平台和人才整合平台，拥有了世界上最前沿的风险控制、金融管理、商业网络和管理架构，还拥有世界级的品牌和良好的信誉，成为全球钢铁营销网络最发达的企业之一。

河钢塞钢完全可以利用河钢德高公司覆盖全球的高端用户网络和成熟的营销平台，全力为企业的生产和销售提供支持。有了这个强大的优势，钢厂不必担心铁矿石资源的供应问题。一旦出现"断炊"现象，河钢德高公司完全可以通过其他渠道来保证铁矿石的供应。

钢厂不再担心产品的销路，虽然钢材市场需求低迷，但河钢德高完全可以通过全世界100多个销售网点来实现"产销一体化"。

自正式接手以来，河钢集团为河钢塞钢的供应链和客户端发展提供了强有力的支撑，通过平台对接，把全球最好的铁矿石资源和欧洲地区最好的客户资源配置给了钢厂，使其在产业链上拥有竞争优势。河钢塞钢由一家区域性企业变成了一家全球性企业，极大地提升了企业的竞争力。

思路决定出路，理念引导"再造"。在短短的半年时间里，濒临倒闭的钢厂发生了三大可喜变化：

第一，钢厂员工重新点燃激情，对未来充满希望。在他们脸上，在他们的行动中，处处都体现着他们对这个钢厂的热爱。

第二，钢厂恢复了活力，变化巨大。特别是在供应链和产品结构方面，钢厂发生了巨大变化。河钢塞钢不再是一家地方性企业，而是一家拥有较强竞争力的全球性企业，重新成为塞尔维亚民族的骄傲。

第三，中塞员工加深了理解，增进了感情。当你走进塞尔维亚，走进河钢塞钢，你会切身感受到中、塞两国人民的深厚友谊。塞尔维亚有着得天独厚的人文环境，特别是适合企业经营的商业环境和健全的法律环境。塞尔维亚人民对中国人民、对河钢集团有充分的认可和尊重，这为钢厂搞好生产经营奠定了坚实的基础。

第16章

半年扭亏：走出长达七年的"冰冻期"

河钢塞钢中方经营管理团队成员召开经营形势分析会

复苏的5月:二号高炉艰难重启

"重启二号高炉!"这个异乎寻常的决定,如同一个从天边滚来的春雷,震撼了多瑙河边这座百年钢厂。

2016年5月,也就是河钢集团与塞尔维亚政府正式完成交割的前两个月,河钢集团的前期团队就投入钢厂复兴战斗中。第一个战役就是重启二号高炉。

在河钢集团收购之前,钢厂拥有两座高炉:一个是有效容积为1098立方米的一号高炉,另一个是有效容积为1620立方米的二号高炉。然而,由于钢厂长年亏损,他们只能维持一号高炉的生产。

二号高炉

业内人士都知道,钢铁生产是连续作业的大工业生产。在这里,工人们先把铁矿石加工成铁矿粉和球团,把它们送进高炉里进行冶炼,制成高达上千度的铁水;然后,工人们通过出铁口把铁水输送到鱼雷罐里,将铁水转运到炼钢车间,用吊车把鱼雷罐高高吊起,将铁水倒入三座转炉里,并加上废钢继续冶炼,最后将铁水冶炼成通红的钢水;接着,工人们通过连铸机将钢水制成钢坯,并把钢坯输送到热轧和冷轧生产线车间,轧制成各种型号的钢材产品,再把产品运到成品库房；最后，工人们通过吊车把产品吊到运载车上，将其运到多瑙河岸边的驳船上，驳船再把它们源源不断地运到远方的客户手中……

这是一套完整的生产和运输程序，牵一发而动全

河钢塞钢员工用吊车把冷轧薄板卷吊到驳船上

身，而炼铁高炉是生产的源头。炼铁跟不上，作为后道工序的炼钢和轧钢也就跟不上。

一个拥有5000多名员工的钢厂，每年只生产几十万吨钢，根本养活不了全厂员工。要复兴这座长期亏损的钢厂，就必须提高产量，所以当务之急就是恢复二号高炉的生产，实现"双炉生产"。这对河钢塞钢的经营管理团队来说，绝对是一个非常严峻的挑战。2016年4月，他们经过分析，认为欧洲钢材市场已经有了初步回暖的迹象，所以他们都主张恢复"双炉生产"。

到底要不要启动二号高炉？宋嗣海兴奋地回忆道："我当然非常支持啊！主要有以下三个好处：第一，在我们正式接手之前，抓紧时间检修设备，'开双炉'有利于调动员工们的生产积极性；第二，我们可以通过'开双炉'来验证一下原有设备是否能够正常运转；第三，如果'开双炉'进展顺利，这对我们来说，是一个很大的激励。在试运行的时候，虽然厂里几乎天天都会发生事故，起步非常艰难，但我们仍然坚持'开双炉'，主要基于以下三个因素：一是我们对钢厂在美钢联和塞尔维亚政府经营期间的情况做了深入调研，这个工作非常关键；二是通过对市场形势研究和分析后，我们得出结论，认为2016年欧洲经济有回升趋势；三是对钢厂的生产条件进行了细致分析，争取用最少的投入来恢复生产。经过计算，每个月的钢产量只要达到12万吨，企业就不会亏损。实践证明，'开双炉'的决定是正确的！"

二号高炉能否成功启动，成为人们关注的焦点。河钢集团的前期管理团队提前召开会议，进行研究和部署，组织员工队伍，进行仔细检修，确保按时点火。

在正式点火前的48小时里，所有人员对生产设备进行了最后一次检查，包括每一个螺丝、每一个接口、每一个原件，还有密密麻麻的各种管道。全厂上下一起行动，气氛紧张而热烈，不亚于参加一场大规模的战役。

经过大家共同努力，"点火日"终于在全体员工的期盼中到来了。这是历史性的一天，是再现生机的一天！

"点火！"随着指令下达，高炉开始进入点火程序。炉膛内的木料和焦炭被点燃，炉体内立刻出现一片耀眼的光芒。

经过一段时间的冶炼，炉内开始出铁水了。伴着轰鸣的马达声，开口机快速对准出铁口，一条色泽鲜亮的火龙蹿了出来。火龙沿着铁水沟奔涌向前，瞬间映红了宽大的炉台。

人们忍不住大喊："出铁水啦！出铁水啦！"所有人都为这沸腾的场面感到无比激动！

铁水奔流的生产车间

这是河钢集团在异国他乡第一次点燃的高炉，也是美钢联撤走后的第一次"开双炉"。这两个"第一次"，标志着钢厂复兴之路真正开始。

从这天起，高大的烟筒冒出了白色的烟柱，一直飘向蔚蓝的天宇。这是希望之烟啊！当地员工看到烟柱再次升起时，都情不自禁地发出感叹：

"两座高炉都冒烟啦！"

"厂子复活啦！"

"我们真的有救啦！"

……

这个特大的喜讯轰动了斯梅代雷沃，甚至轰动了整个塞尔维亚。

事实证明，这个决定是正确的，他们对市场的预测是准确的。"开双炉"之后，正赶上欧洲钢材市场回升，钢厂的收益也很可观。员工在当月就领到了奖金——这是他们第一次领到的奖金。整个钢厂热气腾腾，人们喜笑颜开，心情大好！员工的积极性一下就调动起来了，整个钢厂的精神面貌发生了巨大变化。

炽热的7月：全线复产

"钢材、钢坯、热轧等生产线一起上，全线复产！"这是河钢塞钢重启二号高炉后的另一个振奋人心的重大决定。

经过努力，钢材、钢坯和热轧等生产线也跟着运转起来了。长期压抑在钢厂上空的愁云一扫而光，取而代之的是钢厂一片生机勃勃的可喜景象。

现在，就让我们随着新华社记者内马尼亚·恰布里奇和黄晓兰共同撰写的《百年钢厂复兴记》，来了解一下钢厂当时的情况。

早上，我们从贝尔格莱德驱车前往东南方向约40公里外的小城斯梅代雷沃，去参观塞尔维亚最大的钢厂。下了高速公路，窗外掠过一大片果园和农田，一眼就能看到钢厂的烟囱、高炉和办公大楼。很快，外墙上巨大的标语"塞尔维亚的骄傲"便映入眼帘。钢厂大门前的停车场上，已经停了不少大客车，身穿橘色或蓝色工作服的工人们鱼贯而出，有说有笑地走进工厂。在远处的公路上，大客车还源源不断地驶来。厂内机器轰鸣，各类车辆往来穿梭，井然有序。我们刚踏进车间大门，就看见一块烧红的钢板从机器里"钻"了出来，一开始速度较慢，之后就像一条火龙随着传送带奔腾而去。火红的钢板在冷却设备里与水相遇，一片白色的气浪瞬间腾空而起……几个不同工种的生产车间都是一片热火朝天的景象。在高大宽敞的热轧车间里，机器轰鸣，热气蒸腾。生产线上，各种轧制出来的钢材就像一条条火龙……

　　这就是当时钢厂全线复产后的真实景象。

　　从2016年5月1日初至7月30日，虽然只有短短三个月时间，但这三个月却是钢厂百年历史上一个开天辟地的崭新阶段。

　　钢厂的发展就像这条多瑙河。它从来不是单一的走向，时而坦荡笔直，时而曲曲弯弯；它从来不是单一的色调，时而苍茫雄浑，时而流水潺潺；它从来不是一个声音，时而汹涌澎湃，飞溅的浪花拍打着堤岸，发出震天动地的吼声，又像少女在弹奏古筝，飞出拨动心弦的韵律……

　　这是一段激变的岁月！在钢厂发生的一切，让人们有了这样的切身感受：先是在掉进了黑暗的深渊里，人们痛苦地挣扎着，然后用尽了所有的力量，冲出了黑暗，看到了光明，眼前出现一片生意盎然的新景观，令人感到惊喜却又令人难以置信……

　　这个时候，你只要走进钢厂，就会听到员工们充满喜悦的声音：

　　"变了吗？"

　　"变了，真的变了！"

　　"没想到变得这么快！"

　　……

水流绝处是瀑布。这种激变恰似进入冰融期的多瑙河，融化的不仅仅是冰冻的多瑙河，更是心灵之河。

人们心潮澎湃，热血沸腾。复苏的春潮开始从高炉平台冲到整个炼钢、轧钢车间，汇成澎湃的激流，把整个钢厂都托举起来了。

河钢塞钢转炉炼钢车间

与此同时，市场也传来捷报。产品销售稳中向好，与预期目标完全一致。凭借河钢德高公司在全球的销售优势，钢厂实现了"产销两旺"，钢材产品源源不断地销售到意大利、德国等西欧市场，少量产品销售到了俄罗斯。

到2016年7月，也就是河钢塞钢成立后的第一个月，钢产量就达到了12.9万吨，钢厂开始减亏。

从2017年10月开始，为了保障钢厂持续稳定的生产，技术人员又用了45天时间，对热轧车间2250毫米规格的热轧薄板生产线进行了大修。2017年11月，正是冰天雪地的寒冷季节，增产的捷报却像钢花一样怒放，钢产量达到了17万吨，创历史新高。到2018年，河钢塞钢不用担心因设备问题而影响生产了。

飘红的12月：钢厂扭亏为盈

2016年12月，河钢塞钢正式运营已有半年时间，钢厂发生了历史性的巨变。钢厂出色地完成了"三年三步走"的第一个目标，走出了长达七年严重亏损的"冰冻期"，创造了扭亏为盈的奇迹。

喜报如同璀璨的朝霞，出现在多瑙河岸边。这里有四大变化令钢厂员工感到无比兴奋：一是产量剧增：在半年时间里，累计生产的铁、钢、材分别比上半年增长了56%、52%和55%。二是产品结构优化：产品质量大大提高，高附加值的冷轧卷产量比上半年增长了112%。三是销量创历史新高：2016年12月，产品销量达到历史新高。在这半年时间里，钢厂保住了每个员工的岗位，按月准时发放工资和奖金，工资水平还根据盈利的状况，逆势增长了10%。四是扩大了出口总量：河钢塞钢成为塞尔维亚第二大出口企业。

塞尔维亚政府财政部的数据显示，2016年下半年，河钢塞钢的铁、钢、材产量均比上半年增长了50%以上，产值比上半年增长了73%；高附加值产品比上半年增长了112%，产品出口到了西欧、中欧、东南欧等地区，钢厂成为塞尔维亚第二大出口企业，成为带动塞尔维亚经济复苏的重要引擎。

塞尔维亚钢铁产业协会会长丝洛波丹卡·苏萨这样表述："河钢集团的收购对整个塞尔维亚的钢铁行业有着巨大的影响。2016年，塞尔维亚的钢材产品进口增速为4.7%，大幅度下滑。国产钢在全国钢消费量的占比达到2012年以来的最高点。"

在扭亏为盈的同时，钢厂还承接了原来所有的供销合同，偿还了之前的债务。自20世纪80年代开始，塞尔维亚设备制造和安装公司米内尔尼姆公司就与斯梅代雷沃钢厂合作。该公司经理德加德杰·波加托维奇兴奋地说道："河钢集团刚来的时候，我们是非常担心的。因为美钢联来的时候，之前钢厂欠我们公司的债务他们没有偿还，我们担心河钢集团也这么做。然而，让我们感到意外的是，河钢集团偿还了钢厂所欠的全部债务。这是前所未有的事情！"

2016年12月14日，于勇董事长带领唐钢、河钢国际、河钢德高和河钢集团投资管理部的主要负责人，前来河钢塞钢检查、指导工作。他们会见了塞籍管理人员和中方经营管理团队成员，听取了他们的工作汇报。

大家带来的都是好消息。河钢塞钢在短短的半年时间里，各方面都发生了巨大的变化，企业自身的潜力得到了充分释放。钢厂在不断加大投资的情况下，依靠全厂的力量，摆脱了困境，为提升企业的竞争力赢得了时间，这是巨大的成就！同时，于勇董事长也真正感受到，钢厂的中方经营管理团队是一支经验丰富、业务扎实、技术过硬的队伍。

河钢塞钢是一家具有很好的区位优势、政策支持和商业环境的钢厂。虽然这家钢厂还面临着很多困难，取得的成绩还不足以完全改变当前的困境，但钢厂的员工已经有了新起点，有了更强的信心。大家都相信，在全厂员工的共同努力下，一定会使钢厂发生更大的转变，钢厂一定会有一个更加美好的未来。

对于河钢塞钢的未来投资计划，河钢集团已有考虑：一方面，并不是所有问题都需要用投资来解决；另一方面，在产品结构、工艺装备、节能环保等领域确实需要投资，这不仅涉及企业利益，还涉及企业的社会责任，必须认真研究，拿出合理的解决方案。因此，河钢集团需要抓住核心问题，控制好投资强度，投资的回报最终要体现在经济效益和企业的竞争力上。

河钢集团决定，集团拥有的全球资源要进一步向河钢塞钢倾斜，使钢厂在全球拥有极强的市场拓展能力和议价能力。对河钢塞钢来讲，最大的挑战在于销售系统，需要河钢集团源源不断地提供更加优质的客户资源，帮助钢厂开拓更加广阔的市场。

创造了"严冬里出现春天"的神话

2016年12月15日,河钢集团董事长于勇与武契奇总理在河钢塞钢会晤,并一同出席新闻发布会。中国驻塞尔维亚共和国大使李满长也出席了本次活动。

于勇董事长满怀激情地宣布:"河钢塞钢在本年度11月份实现税前盈利,并将在12月底实现全面盈利。河钢集团会继续动用最优质的资源,保证这家企业恢复竞争力,提升盈利能力。根据计划,到2017年12月,河钢塞钢的产值将达到8亿美元,利润将超过2000万美元。在不久的将来,我们要把钢厂打造成一个产能达到200万吨的企业,让钢厂重新成为塞尔维亚的骄傲!"

武契奇总理的讲话饱含深情:"在河钢集团收购斯梅代雷沃钢厂之前,这家国有企业多灾多难,甚至濒临倒闭,现在河钢集团已成功将其扭亏为盈。之前,我来过钢厂很多次,觉得自己就是这里的工人,但我从来没有像现在这样感到欣慰。我要再次感谢所有的员工,特别要对于勇董事长和中方经营管理团队表示感谢,感谢你们为这家钢厂付出的心血。钢厂计划,今后的产能要提高到200万吨,这个数字将会使整个塞尔维亚的GDP提升1%,甚至更多。希望钢厂能够获得更大的成功!我本人和塞尔维亚政府都会为河钢塞钢的发展提供大力支持,使中塞友谊不断升华!"

新闻发布会结束以后,于勇董事长和李满长大使陪同武契奇总理参观了河钢塞钢2250毫米规格的热轧薄板生产线。将近一公里长的热轧车间热气腾腾,员工们干得热火朝天。一条巨大无比的传送带推动着赤红的钢板缓缓向前,通过一个像压面机一样的牌坊,然后在弥漫的水雾中摇身一变,转眼间被碾压成像宽面条一样的薄板。热轧机如同一个魅力无穷的少女,舞动着鲜红的彩绸向客人们致意。

2017年元旦一到,新年的钟声就敲响了。这是一个普天同庆的伟大时刻,也是承前启后的崭新时刻。在这个时刻,各国首脑都会发表新年贺词,回顾过去的一年,展望更加美好的一年。无论你在世界哪个地方，无论你是黄皮肤、白皮肤，还是黑皮肤，无不为这神圣的时刻而欢呼。

尼科利奇总统在塞尔维亚国家电视台发表了新年贺词，满怀激情地回顾了过去一年塞尔维亚经济发展所取得的重要成就，强调GDP的进一步增长提升了国家实力，给新的一年带来了更大的希望。这个GDP的指标中，就有河钢塞钢的重要贡献。

2016年是全球金融危机爆发后的第八年，金融暴风雪席卷了整个世界。然而，河钢塞钢在欧洲市场上，创造了"严冬里出现春天"的神话。

还是那个锈迹斑斑的钢厂，还是那群饱经风霜的员工，还是那条冰冻的多瑙河，寒风依然凛冽，早春却悄然而至。美丽的春姑娘迈着轻盈的脚步来到多瑙河畔，黑夜已成为背影，温暖的朝阳从辽阔的大地上蓬勃升起，照耀着冰雪即将消融的多瑙河……

第 **17** 章

员工心声:"我们的生活从此有了希望!"

充满活力的河钢塞钢员工

从昨夜无眠到今夜无眠

　　夜晚，我们沿着彼得一世大道，走进了斯梅代雷沃市区。在这里，白天和夜晚是两道截然不同的风景。白天，这座多瑙河岸边的小城是空旷而清新的。虽然这里人口不多，路上行人很少，但我们走进市中心的城市广场，走进广场附近的博物馆、葡萄酒城、图书馆、乔治教堂、现代艺术馆和文化中心，发现里面有不少人。我们切身感受到这个城市的脉搏在跳动。一到夜幕时分，无边的黑幕就像一个巨大的斗篷落了下来。波光闪闪的多瑙河悄然隐退，淹没在漆黑的夜色中，取而代之的是点点灯火，与夜空中挂满的星星交相辉映，既温馨又美好……

　　斯梅代雷沃有十多万人口，钢厂的5000多名员工基本上都居住在这座城市里。按每个员工有两个孩子和四个老人计算，这些员工的家庭人口总数就有3万多人，约占整个城市总人口的25%。如果加上当地许多与钢铁产业相关的企业，那么，与钢铁产业相关的家庭人口数量就更多了。所以，斯梅代雷沃不仅是一座名副其实的钢铁之城，也是一座钢铁工人之城。

　　钢厂是这座城市的龙头企业，也是这座城市的经济命脉，钢厂的存亡决定着这座城市的兴衰。

　　失业率是反映一个国家或地区就业状况的主要指标。斯梅代雷沃市原来的失业率是18%，比塞尔维亚整体失业率还要高出3%，是全国失业率最高的城市。

　　斯梅代雷沃"一钢独大"，钢厂成了安排就业的主体。河钢塞钢成立后，因为保证了这5000多名员工的劳动岗位，带动了相关产业的发展，失业率由原来的18%降到了6%，成为塞尔维亚失业率降幅最大的城市，也是失业率最低的城市。

　　随着老员工陆续退休，新员工不断补充，这个城市的失业率还会降低。河钢塞钢给这个城市带来的变化非常大。这种变化影响着每一个员工甚至每一个家庭。

我们走在小区的路上,忽然听到附近一处房屋的窗户里传来熟悉的音乐。我们停住脚步,洗耳静听,原来是一首《今夜无人入眠》。这首举世闻名的乐曲是意大利作曲家贾科莫·普契尼根据童话剧改编的歌剧《图兰朵》中的一部分,歌词大意如下:

无人入睡,无人入睡,
你也一样啊,公主,
守在你那冷冷的闺房,
焦急地望着星空,
看那爱情和希望燃气的星光,
秘密蕴藏在我心里,
没有人知道我的真名。
不,不,
我要在你的嘴边细说:
当黎明散去的时候,
我要用亲吻打破沉默,
你将属于我。
消失吧,黑夜!
随着那流动的星星沉落下去,
破晓时我将取得胜利。
……

斯梅代雷沃经历了两种不同的"无人入眠之夜"。在过去,这里闪现着万家灯火,但在钢厂员工们看来,这些灯火是暗淡的、凄冷的,他们为自己的生活而担扰,为钢厂的未来而担忧,直到深夜也难以入眠;如今,同样是万家灯火,但他们觉得这些灯火格外明亮,因为他们为钢厂的复兴而高兴。白天,他们从四面八方赶往钢厂上班;傍晚,他们离开工厂,回到家中,与家人团聚,共同歌唱,共度幸福时光……

现在,就让我们一起走访钢厂的员工,聆听他们的心声吧!

- **伊万与米尔科维奇**

2018年5月，正当陡河岸边迎春花盛开的时候，我在河钢唐钢采访了正在这里参加业务培训的两个塞籍员工：一个是外表文质彬彬、性情温和的伊万，另一个是满脸胡子、非常健谈的米尔科维奇。他们都是家中的第三代"钢铁人"。

我们先说伊万。1978年9月，伊万出生在斯梅代雷沃市。他在大学里学的是工业管理专业，毕业后就来到斯梅代雷沃钢厂的热轧车间。他从基层做起，现在是一名科长。

他的祖父曾在这里搞过连铸，父亲在这里开天车，母亲在本市从事市场营销工作。伊万还有个哥哥，在斯梅代雷沃市附近的一个小城市当市长。

伊万的妻子在斯梅代雷沃市从事秘书工作。他们有三个孩子，大儿子12岁，小儿子7岁，女儿5岁。大儿子和小儿子都在上小学，女儿在幼儿园。

我们再来说米尔科维奇。米尔科维奇也出生在"钢铁之家"。祖父名叫波泽达，曾是这家钢厂的机械检修工。父亲名叫斯拉沃米尔，也在钢厂工作，一直干到退休。过去，父亲经常到多瑙河岸边钓鱼；现在，他在帮着照顾两个孙子。

1976年3月，米尔科维奇出生在斯梅代雷沃市。1999年，他考上了贝尔格莱德大学，学的是新闻专业。大学毕业后，他参军入伍，当了一年的义务兵，复员后就来到了钢厂。来钢厂不久，他认识了现在的妻子那达。那达比他大一岁，目前在钢厂的持续发展部工作。

米尔科维奇向我介绍了他们的经历："在铁托当政的南联邦时期，政府非常重视年轻员工的培训工作。从1970年到1980年这十年间，斯梅代雷沃市实行了一系列的奖学金制度，学生毕业后可以根据自己所学的专业直接到对口的单位工作，斯梅代雷沃钢厂就是这一系列奖学金的提供者。正是这项吸引人才的措施，许多人毕业后都愿意到钢厂工作。然而，南联邦解体，联合国经济制裁，北约轰炸，钢厂经营陷入困境……员工们最大的担心是钢厂能否继续生存下去，因为钢厂一旦关闭，员工们就会失业。让我们感到庆幸的是，河钢集团来了，把我们这个濒临破产的企业救活了，钢厂在很短时间内就发生了翻天覆地的变化。这不仅改变了钢厂的命运，也改变了我们全体员工的生活。河钢塞钢成立后，不止一次安排大家到河钢集团总部、河北经贸大学和唐钢接受技术培训。唐钢给我们的印象非常深刻，尤其是二次除尘和水处理中心，让我们大开眼界。我们最大的目标，就是希望把我们的钢厂也能打造成像唐钢一样的钢厂，成为中东欧最清洁的钢厂！"

米尔科维奇最后向我发出邀请，希望我能去一趟斯梅代雷沃，去看一看他们的钢厂，体验一下他们的市民生活，欣赏一下美丽的多瑙河。我接受了他的邀请。米尔科维奇紧紧握住我的手，说道："那好，我们在斯梅代雷沃见！"

● 伊格诺塔维奇

伊格诺塔维奇是一名在钢厂工作了30多年的电力工程师。他的感受尤为深刻："我们这些老员工始终把钢厂当成自己的家，视它为生命的一部分。在过去很长一段时间里，钢厂处于风雨飘摇的不稳定状态，员工们为钢厂的命运而担忧，也为自己的生活而担忧。美钢联在效益不好时会对钢厂进行大裁员，河钢集团却真心为我们员工着想。前几年，钢厂效益不好，我们总担心失业。在全球经济不景气的情况下，我们要是失业了，那就没办法生存了。现在，我们不用担心了，有河钢塞钢在，我们的工作就保住了！"

● 米哈伊洛维奇

米哈伊洛维奇，现在50多岁，也在钢厂工作了30多年。他谈起了河钢集团收购前的情况："2008年下半年，全球金融危机爆发后，厂子里的订单明显减少，我们的日子越来越难过。因为亏损严重，钢厂时刻面临倒闭的危险，当时钢厂只有一个高炉在运转，只能勉强维持生产。那时，为了维持钢厂运转，员工的工资降了好几次。我们感觉身上好像压了一块巨石，真的喘不过气来。我们的日子过得很艰难,大家都为生计感到焦虑,都不知道自己的未来在哪里,都不知道这种日子什么时候是个头!"

- **拉多萨沃耶维奇**

　　拉多萨沃耶维奇是热轧车间的一名女员工。她是本地人,大学一毕业就进了钢厂。她的工作就是在热轧车间内的控制室里进行机械控制。伴着机器的轰鸣声和升腾的热气,她隔着玻璃窗仔细观察着50米开外的各种钢材。在她的操控下,钢材就像一条条窜出的火龙,映红了整个车间。

　　谈到钢厂复兴,她的眼眶有些湿润:"我们这个车间共有两条生产线,但在过去很长时间里只有一条生产线能够正常运转,另外一条生产线一直处于关闭状态。河钢集团接手后,两条生产线都动起来了。我们鼓足了干劲,一天两班倒,轮着上班……在以前,我总是担心自己早晚有一天会失业;现在,我一点儿都不担心了,因为我的工作和生活都有了保障。"

- **诺瓦科维奇**

　　40多岁的诺瓦科维奇是河钢塞钢的首席运营官助理。谈及钢厂复兴,她一脸兴奋的表情:"我们感觉很好!高炉一旦重新启动,炼钢、轧钢等后面的工序也就跟着运转起来了。机器开动起来了,各种车辆也就动起来了。钢厂复活了,给整个城市都带来了生机和活力!河钢集团的到来,对我们来说意义特别重大。我们知道,河钢集团是一个规模很大的公司,不仅有雄厚的资金,还有成熟的管理经验。河钢塞钢成立后,一切都在发生变化,我们对这些变化感到非常满意。我们与中方管理人员交流没有什么障碍,他们对我们很好,和我们的家人一样!"

- **里斯蒂奇**

　　里斯蒂奇是钢厂的一名起重机女操作员,在钢厂工作了三年多。她的感触颇深:"我带着孩子一起生活,钢厂效益不太好,我们的日子也很难过。在全球经济都不景气的情况下，特别是钢材市场持续低迷，我们的收入就没办法保证了，甚至工作都保不住。要是工作没了，那就非常可怕了！前两年，我总担心自己会失业，现在放心了。我们的工作保住了，收入也增加了。"

- 约万诺维奇

　　约万诺维奇是一名在钢厂工作了30多年的老工人。对比钢厂前后的变化，他认真地告诉我："这个厂子就是我们的家，就是我们的命。在过去，厂子破产了，我们几天几夜都睡不着觉，只能蹲在多瑙河岸边抹眼泪。现在好了，河钢集团接手了，厂子又重新活起来了，我们的生活有着落了，老婆和孩子有饭吃了。感谢河钢集团，感谢中国！"

- 史多加迪诺维奇

　　史多加迪诺维奇是一位开朗健谈的老员工，经历过钢厂的沉浮，其中的滋味他最清楚。他说："我在这个工厂工作了30多年，从某种意义上讲，我就是这里的战士。美钢联撤离后，我们的日子过得非常艰难。后来，我们终于把河钢集团盼来了。以我30多年的经验来判断，我认为钢厂现在是真的走上正轨了。河钢集团不仅解决了钢厂资金短缺的问题，还准备在未来几年追加投资，要把我们的企业打造成欧洲最具竞争力的绿色钢厂。这一目标真是鼓舞人心！"

- 尼古拉

　　生产安全工程师尼古拉喜形于色："河钢集团在收购之初，不仅承诺保障全体员工就业，而且对我们承诺，要把我们的厂子打造成中国与中东欧国际产能合作的样板工程，成为欧洲极具竞争力的钢铁企业。我听了以后，高兴坏了！"

"我们的生活从此有了希望!"

对钢厂的员工们来说,每个月的1日和15日是比过节还开心的日子,因为这两天是钢厂财务部给员工们发工资的日子。

从2016年7月份开始,所有的员工不仅可以按时拿到工资,而且工资还涨了10%。员工们领到工资后,都非常高兴。有的员工还与朋友相约:

"明天超市见!"

"我们一起去看电影吧!"

"咱们一起去喝一杯!"

……

斯梅代雷沃市区的各个超市也瞄准了这两个日子,把每月发工资的第二天(也就是每个月的2号和16号)作为固定的促销日。

朋友啊,请你想象一下,这些脸上洋溢着笑容的员工们下班后纷纷离开沸腾的车间,换上新装,带着钞票,像潮水一样涌进斯梅代雷沃这座城市,这是一种怎样的情景啊!他们就像一股滔天大浪,涌进了汹涌的大海,顿时激起了巨大的浪花。

中年妇女会满怀喜悦地走进各大商场,选购她们之前买不起的家电产品;准备结婚的年轻人会手挽着手走进影楼拍结婚照,或者计划着旅行结婚的行程;年轻的妈妈们会领着孩子们走进麦当劳、肯德基等快餐店,购买他们喜爱的食物;正在热恋的年轻人会相拥着走进剧院或电影院,或坐在咖啡厅里,一起享受美好的时光……

一个名叫内博萨·米兰科维奇的老员工,在钢厂工作了30多年。面对钢厂的巨变,他激动地告诉我:"钢厂提高了产能和效益,增加了出口,不仅保住了员工们的饭碗,而且给我们每个人都涨了工资。"

伊万·马特科维奇是钢厂热轧车间的副主任,今年39岁。在谈到工资的变化时,他这样说道:"自从河钢集团来了以后,我从大家的表情和言语中感受到一种积极乐观的态度,因为我们的生活有保障了。我们的工资涨了,希望我们的工资会随着产量的增长继续增长！"

还有一位名叫亚丝娜的女管理员，在谈及现在的生活时喜不自胜："在河钢集团收购之前，我的工资很低，难以维持生计。现在，我的工作很稳定，而且工资涨了不少，我们的生活有了很大的改变！"

钢厂热轧车间的老员工沃拉德·拉夫科维奇更是感慨万千："四年前，我把儿子介绍到钢厂工作，之前他在一个加油站工作。河钢集团到来之前，儿子挣得少，还要靠我们接济；如今，他完全能够自己养活自己，还能存一些钱。"

"自从河钢集团收购斯梅代雷沃钢厂的那天起，我们就紧紧地连在了一起。我们既是同事，又是家人！"这是塞籍员工的心声。

这里有一个感人的故事。河钢塞钢采购部协调专员阿夫拉莫维奇在中方经营管理团队到来后，才与高嵩第一次见面。高嵩是唐钢派过去的中方技术员，比阿夫拉莫维奇要小一些。

双方握手后，就开始相互介绍自己。

"我叫阿夫拉莫维奇！"

"我叫科斯塔，这是我的塞文名字。我的中文名字叫高嵩。两个名字你随便叫。"

事后，阿夫拉莫维奇笑着说道："他明明叫高嵩，却有一个塞文名字，我当时觉得他非常有趣！"

阿夫拉莫维奇对这个中国小伙子有了好感。从那天起，他们几乎天天都在一起工作。在阿夫拉莫维奇的帮助下，高嵩很快适应了当地的生活。为了更好地了解中国以及中国的朋友，阿夫拉莫维奇也开始努力学习汉语。

钢厂有个工会，叫自由贸易联盟工会，简称"ACHC"。这个工会同样发挥着纽带作用。在河钢集团收购前，ACHC的主要职责是维护员工利益，监督企业安全生产；现在，这个工会的主要任务是为钢厂提供合理化建议，反映广大员工的呼声，协助企业解决员工问题。

河钢塞钢对员工的关怀细致入微。例如,一个名叫佐兰·帕维克的高炉维修主管做梦也不会想到,在自己53岁生日那天,河钢塞钢的中方经营管理人员会像亲人一样,特意为他送上生日蛋糕,点燃生日蜡烛。

看到钢厂有了新的变化,当地的居民感到格外高兴。当地居民柳比沙·斯托吉尔伊克维奇感叹道:"假如中国人没有收购这家钢厂,钢厂肯定要关门,那我们这儿就乱套了……要不是你们中国人,我不知道这些人怎么活下去……"

在市里经营餐馆的米西奇这样说道:"过去很多年,钢厂只有一个高炉的烟囱在冒烟。钢厂时开时关,效益不好,部分员工还领不到工资,我的生意也很惨淡。中国人来了之后,钢厂另一个高炉的烟囱开始冒烟了,我的生意也比以前好。有河钢集团在这里,我的生意肯定会越来越好!"

冷饮店主安琪卡·科基奇非常热情地接待了我这个中国来客。他给我端上一杯鲜榨橙汁,笑意盈盈地说道:"我的小女儿桑卓·科基奇今年26岁了,就在钢厂上班,是一名技术员。好多朋友都很羡慕我女儿能有这么好的工作。有许多像她一样的年轻人也希望到厂里工作呢!"

正在兴起的"中国热"

河钢塞钢的效益越来越好,影响越来越大。中、塞两国人民交流的机会越来越多,一股"中国热"的春风从斯梅代雷沃吹到了首都贝尔格莱德。

河钢塞钢始终不忘自己肩负的社会责任,在短短的两年时间里,已经做了很多有益的事情。为了改善钢厂周围居民的生活,河钢塞钢主动出资,为周围的村镇修建了道路,为一些还没有通上自来水的村庄供水,为没有经济来源的家庭提供救济……

宋嗣海和赵军为孩子们赠送节日大礼包和学习用品

河钢塞钢了解到斯梅代雷沃中学现代化教学设备不足，特意捐赠了一批电脑和投影设备。在每年开学的时候，钢厂会给当地员工家里的学童发放新书包，赠送学习用品。钢厂还为当地的残疾儿童购买了大量的书籍和玩具，希望这些孤苦的孩子同样能够拥有童年的快乐……

最具代表性的事件，就是贝尔格莱德孔子学院与斯梅代雷沃中学合作，开设了汉语课堂。

2016年11月25日，这一天特别冷，但斯梅代雷沃中学里面却非常热闹。斯梅代雷沃市市长亚斯娜·阿夫拉莫维奇女士，中国驻塞尔维亚大使馆政务参赞卢山，河钢塞钢总经理赵军等一起出席了开设孔子课堂的签字仪式。

阿夫拉莫维奇市长在致辞中表示："中国企业为斯梅代雷沃市注入了活力，也激发了市民们对中国文化的学习热情。感谢贝尔格莱德孔子学院，是你们为这座城市的孩子提供了学习汉语、了解中国文化的平台！"

卢山表示，中国驻塞尔维亚大使馆会全力支持汉语教学事业在斯梅代雷沃的发展，为双方的合作提供帮助。赵军表示，河钢塞钢将继续支持贝尔格莱德孔子学院在斯梅代雷沃的汉语推广工作，希望贝尔格莱德孔子学院能在塞尔维亚培养出更多的汉语人才。

贝尔格莱德孔子学院向斯梅代雷沃中学赠送了汉语教材、教学用具以及介绍中国文化和国情的书籍，希望学生们能够更好地了解中国，成为中、塞两国经济、文化交流的使者。

2017年9月，贝尔格莱德孔子学院在斯梅代雷沃中学正式设立了汉语教学点。由于学习汉语的人数较多，贝尔格莱德孔子学院向斯梅代雷沃中学提议，希望设立在线汉语课程。这个建议得到了校方、市政府和河钢集团的大力支持。不到一个月的时间，斯梅代雷沃中学就建成了设备先进、功能齐全的多功能汉语教室。学生们可以浏览中文网站，观看丰富多彩的中文视频，在线学习汉语，他们对中国以及中国文化充满了期待……

当地学生向中国"问好"

来自"多瑙河女儿"的盛赞

在我们到达斯梅代雷沃市的第三天下午，市长亚斯娜·阿夫拉莫维奇女士就热情地接待了我们。

当年轻的女翻译波亚娜带着我们走进市长办公室时，这位外表优雅、性格沉稳的女市长就走过来迎接我们。

阿夫拉莫维奇生在斯梅代雷沃，长在斯梅代雷沃，是这里的"土著"，是"多瑙河的女儿"。她从医科大学毕业，获得医学博士学位。她当过主治医生、医科主任、医院院长。她在医疗战线上工作了20多年，在当地有很大的影响力。2004年，她当选为斯梅代雷沃市市长。经历这些年，她已经由一个医学专业人士转型成为一个出色的政治家。

1985年，她来到北京，登上了雄伟的万里长城。那时，中国正值改革开放初期，这个古老的东方大国发生的巨大变化，给她留下了非常深刻的印象。虽然从那以后她再也没有去过中国，但中国经济快速发展的喜讯还是源源不断地传到了塞尔维亚，传到了她的耳朵里。她也想借鉴中国改革开放的成功经验，把斯梅代雷沃市建设好。

她让年轻的女秘书拿出一份名单来。原来，这里每年都会举办一次世界性的"斯梅代雷沃国际诗歌节"活动。这个活动自1970年开始举办，是欧洲最具影响力的国际文学奖评选活动之一。邹荻帆和赵丽宏这两名中国诗人在活动中荣获了"金钥匙奖"。

谈及河钢塞钢，阿夫拉莫维奇市长向我们讲述了一个耐人寻味的故事。那是2018年夏天的一个周日，本来是休息时间，阿夫拉莫维奇接到一个电话，反映钢厂周边的一户居民院内意外进水，情况十分危急。她马上打电话给河钢塞钢办公室主任杜达女士，请求帮助。

杜达女士马上给王连玺副总经理打了电话，报告了此事。王连玺一放下电话，就前往事发地点。到达现场以后，王连玺才发现，由于夏天雨水多，导致河水上涨。河里的泥沙和杂物越积越多，导致河床水位上升，由此出现水位倒灌现象。当时，河水已经漫进了那家居民的院子。主人养的几头猪为躲避洪水的威胁，也都退到了墙根。

想要解决水位上升的问题，就必须使用长臂工程机械车把河中的泥沙和杂物清理掉。然而，专程赶来的市政工程公司的负责人说，公司里没有这种长臂工程机械车。王连玺知道情况后，马上给河钢塞钢工程部打电话，要求他们迅速派车过来协助解决。工程部门火速行动，将长臂工程机械车开到了现场，经过几个小时的紧急救援，河水终于退去，居民转危为安。

这件事让这位女市长念念不忘。她激动地说道："在美钢联经营管理时期，我也是这里的市长，可他们与市政府一点儿关系都没有，更谈不上有任何合作，这个钢厂好像是'城市之外的钢厂'。河钢塞钢却大不相同，对我们的市民特别友好，有很强的社会责任感，经常帮助我们处理一些与公司业务没有任何关系的问题。作为市长，我对此感受颇深！"

当谈及斯梅代雷沃钢厂员工们的命运时，这触及了她内心的痛点。她缓缓地站起身，离开座位，低垂着目光，开始与我们交谈："斯梅代雷沃是一个钢铁之城，除了钢铁，几乎没有其他产业。钢厂有5000多名员工，每个员工家里有五六个人，这样加起来就有3万多人。如果把为钢厂提供服务的承包商、供应商等计算在内，就有4万多人围绕着钢厂。也就是说，在这座拥有10多万人口的城市里，每4个人当中，就有1个人与钢厂有直接或间接的联系。如果钢厂停工，整个城市的经济就会陷入瘫痪，不安定因素就会大大增加。美钢联撤离以后，钢厂处于半停产状态，濒临破产的危险境地，员工们面临着失业的危险，许多与钢厂有业务往来的小公司都关门了。在河钢集团收购之前，政府每年都要从国库里挤出1亿多美元来补贴钢厂。钢厂员工们的日子过得不好，也影响我的工作。作为市长，我的心情很沉重啊！"

说到这里，她话锋一转，眼里放出光芒："两年前，中国河钢集团接手钢厂，我感到心情特别舒畅，因为钢厂真的有救了。我不用为钢厂5000多名员工的就业问题而发愁了。河钢集团的到来，给我们的城市带来的变化是巨大的：过去，这里一片死气沉沉的样子；现在，这里处处充满生机。钢厂仅用半年时间就扭亏为盈，绝对出乎大家的意料。现在钢厂的生产稳定了，员工们每月都能领到比以前更多的工资，可以到菜市场买菜，到商场买衣服，到电影院看电影……老员工的生活得到了保障，年轻人通过招聘进了厂，我们这个城市的失业率大幅度下降。钢厂的复兴也提高了我们这座城市的出生率。过去，因为经济不景气，企业效益不好，有孩子的家庭想多生，却担心养不起，没结婚的年轻人没条件买房。现在，有孩子的家庭开始考虑再生一个，买房结婚的年轻人也越来越多。如今，全市的出生率不断上升，在整个塞尔维亚排第一位。"

她补充道："与此同时，钢厂的复兴也大幅度增加了本地的税收。过去，我市每年的财政收入只有200多万欧元，到了2017年，市政府的财政收入就有500多万欧元，是原来的两倍多。有了钱，我们就可以完善基础设施，改善生活环境，投资城市文化建设，开展更多的活动……这些都是非常重要的事情啊！"

接着，她表达了真诚的谢意："首先，我们要特别感谢习近平主席，他来钢厂看望员工，这是一件非常了不起的事！中国是一个古老的东方大国。习近平主席千里迢迢来到塞尔维亚，来到我们斯梅代雷沃这个小地方，给予了我们极大的尊重。他走进钢厂，与大家面对面进行交流，让所有人都很感动！其次，我要感谢河钢塞钢的中方经营管理团队，他们不仅是我的朋友，也是我们整个城市的朋友，我们非常喜欢他们。正是因为钢厂经营有方，钢厂的容光才能重新焕发。这是一个很大的贡献，我这么说，一点儿也不为过。这不仅体现在经济收入方面，也体现在精神方面。他们和我们一起组织文化活动，一起庆祝'城市日'，一起参加'诗歌之夜'，一起组织秋季展销会，彼此就像一家人。我再次感谢中国，感谢习近平主席和河钢集团！我们期待更多的中国公司来塞尔维亚，来斯梅代雷沃市，共同开展更多的更深入的合作！"

她自豪地向我们介绍这个城市："斯梅代雷沃是个古老的城市，也是多瑙河岸边风光最美的城市之一。我们这里有座古老的城堡，塞尔维亚的历史与这座古城堡密切相关。钢厂的中方经营管理团队来自中国唐山，我们努力与唐山缔结友好城市，欢迎更多的中国游客来我们这里旅游！"

最后，她叮嘱秘书，一定要送给我们每个人一套风格独特、装帧精美的礼物——"酒杯挂树"，因为再过几天就是圣诞节了。

我们从女市长手里接过这份珍贵的礼物，切实感受到这位多瑙河女儿的浓浓情意。

斯梅代雷沃市市长亚斯娜·阿夫拉莫维奇向本书作者赠送圣诞礼物

斯梅代雷沃每到秋收时节，都会举办隆重的"秋收节"活动。往年，在"秋收节"那一天，阿夫拉莫维奇市长会亲自宣布活动开始。2018年，她特地邀请宋嗣海作为嘉宾，由他来宣布"秋收节"活动开始。

灿烂的阳光照耀着整个城市，居民们倾巢出动，走上街头，观看表演。其中，两个青年用扁担抬着一大筐特别大的葡萄，成为一道亮丽的风景。人们兴高采烈，欢呼声不断，整个城市都沸腾起来了……

从市长到市民，他们脸上都洋溢着笑容。多瑙河岸边散步的老人热情地与我们打招呼："中国人，你们好！"

第*18*章

走访塞籍员工家庭:"我们不再担心未来……"

作者走访河钢塞钢保卫处处长米沙家

"钢铁世家"佩尔塔一家

2017年春节前,中央电视台《远方的家·"一带一路"》特别节目组,前往斯梅代雷沃钢厂进行采访,播出了一期题为"重现生机"的专题节目。在这个节目中,介绍了一个"钢铁世家"。

节目中被采访的塞籍小伙子名叫佩尔塔,是河钢塞钢的起运操作工。他每天的工作就是把生产出来的钢卷用吊车吊到货轮上,这些钢卷会被送到意大利、德国、俄罗斯等国的客户手中。

从祖父那一辈开始,这个家庭就与斯梅代雷沃钢厂结下了不解之缘。

南联邦时期是你追我赶、奋力拼搏的时期,是干劲十足、激情高涨的时期,也是锣鼓喧天、捷报频传的时期。所有人都怀着炙热的理想,把青春和热血都献给了炼铁高炉、炼钢转炉和轧钢生产线,把生产出来的钢材产品运到了全国各大建设工地,支援着国家的建设。

那时,佩尔塔的爷爷几乎天天与都在生产线上,陪伴机器的时间比陪伴家人的时间还要长。如今,佩尔塔的爷爷已经去世了,留下了年迈的奶奶。奶奶体弱多病,行走不便,只能天天坐在沙发上看电视。

佩尔塔的父亲也在钢厂工作,到现在已经工作30年了。母亲耶莱娜在钢厂工作的时间比父亲还要长——已经有35年的时间。夫妻俩早上一起上班,下午一起回家。在家与厂之间的路上,留下了他们数不清的足迹,两旁高大的树木记录着他们从年轻到年老的时光……

佩尔塔从小就在这种充满钢铁气息的环境中生活。他努力学习,之后考上了大学,学的是机械工程专业。大学毕业后,他去了一家效益比较好的企业工作。

因为祖父、父亲和母亲都在斯梅代雷沃钢厂工作多年,所以佩尔塔对钢厂有一种与生俱来的亲切感。他后来通过社会招聘来到斯梅代雷沃钢厂,在装卸车间当了一名起运操作工。

他原本以为,凭着自己在学校里学到的知识,很容易胜任这份工作，但随着时间推移，他的压力越来越大。这是因为近几年设备更新的速度比较快，原来学到的知识已经远远不够用了。正是这个原因，他每天下班后，都要还花一些时间学习新技术和新知识，学完后才与母亲一起回家。

他的家不在斯梅代雷沃市区，而在距离钢厂不足十公里的沙拉奥奇镇。沙拉奥奇的发展史，就是钢厂发展的一个缩影。这是一个不到5000人的农村小镇，却是钢厂员工的聚居地。

这里原本只是一个拥有几十户人家的小村落，因为钢厂的出现，许多人来到这里居住，因为这里离钢厂近，上班方便。随着时间推移，这里的人越来越多，最后成为一个钢铁工人聚居的乡间小镇。

在钢厂附近，有许多这样的乡间小镇，小镇里有很多像佩尔塔这样的"钢铁世家"。因为是乡间小镇，所以这里的田园气息特别浓厚。每家都有一个篱笆院子，院子的木门比较窄，只能让一个人通过。院子里种着各种蔬菜瓜果，还有各种各样的花草。每到春季和夏季，这里绿藤缠绕、花朵盛开，弥漫着沁人的香气。

佩尔塔的姨娘也在钢厂工作，是冷轧车间一个小部门的主任。她经常会来这个风景如画的小院，看望佩尔塔一家。小院很拥挤，房子也不大，却能收拾出一间客房来，以便让客人住。

当地的节日很多，其中最著名的节日是"斯拉瓦节"。这是一年当中最隆重的节日。在塞尔维亚，信仰东正教的家庭为了纪念家庭的守护神，通常会在每年的"圣徒斋日"到来前的一个星期，为某个基督教的圣徒举行"斯拉瓦节"，庆典的内容包括：举行宗教献祭仪式，宴请亲属、邻居和朋友等。

在这一天，人们会点燃样式比较特别的蜡烛，制作并装饰"斯拉瓦蛋糕"。在举行庆典时，人们会把醇香的美酒倒在蛋糕上，家中的主人、长者或重要的宾客会将蛋糕切成"十"字形，然后把它高高举起，祈求圣徒的庇护。宴席开始后，人们会相互祝酒，祈求健康与祝福。

过去，因为钢厂的效益不好，佩尔塔一家人生活没有保障，情绪都很低落。现在河钢集团来了，企业开始复苏了，工资按时发放了，全家人的忧愁解除了，压在心头的阴霾也散了，大家的情绪也都高涨起来了。

佩尔塔的姨娘说得非常好："在过去，企业濒临倒闭，就算我们浑身都有劲儿，想干都干不成！"当习近平主席来厂子里参观并发表热情洋溢的讲话时，她因为心情太激动，当场就哭了起来……

提起钢厂的新变化，母亲耶莱娜的感激之情溢于言表："钢厂员工的收入，几乎就是整个家庭的收入。河钢塞钢成立后，每个人的生活都有了保障，我们都感到无比的幸福与踏实……"

"我终于实现了盖新房的梦想！"

沃伊斯拉夫一家住房的变化，是河钢塞钢员工们生活发生变化的一个缩影。

在钢厂附近居住的员工，他们住的大部分都是20世纪50年代由政府修建的老式农房。因为年久失修，房屋非常简陋。房顶发黑，远远望去，一片灰蒙蒙的。

后来南联邦解体，经济日渐萧条，国家没有能力为居民建造新房了。在这漫长的岁月里，爷爷生了父亲，父亲生了儿子，整整延续了三代人。

人口在不断增长，但人们的居住空间却没有太大的变化，三代人只能挤在一个狭小的空间里生活。如今，第三代人又到了娶妻生子的年龄，住房问题成为许多家庭亟待解决的"第一难题"。

人们生活在这些狭窄、低矮、潮湿的老式农房里，生活质量不高，日子很难熬。夏天，炙热的阳光直射下来，通过薄薄的屋顶穿透到屋里，里面就像蒸笼一样酷热难耐。特别是在多雨的季节，随着震耳欲聋的雷声和撕裂长空的闪电，瓢泼大雨倾泻而下，这些老式农房就像河里的破船，在风雨中漂流。到了冬天，塞尔维亚的气候特别冷,如果刮起暴风雪,厚厚的积雪压在房顶上,房子随时都有坍塌的危险。正是因为人们在这种压抑的空间里生活太久了,所以改善住房条件几乎成了他们心中最大的渴求。

然而,改变这一切需要钱啊!钢厂连遭厄运,濒临破产边缘,员工连起码的生活都难以维持,根本拿不出钱来改善居住条件,只能在这种破旧的房子里苦度时光。

沃伊斯拉夫一家就曾生活在这样的窘境之中。他们居住的房屋也是在20世纪50年代修建的。爷爷和父亲曾经都在钢厂工作,如今他们都去世了,这个老式农房也就留给了他。

沃伊斯拉夫和妻子娅斯米娜都是钢厂的员工,在钢厂工作了十几年。他们有一个8岁大的女儿和一个5岁大的儿子。他们一家四口一起挤在这个狭小、破旧的房子里生活,房子明显不够用了。

他们想改善居住条件,扩大生活空间。然而,因为钢厂效益不好,他们建房的愿望始终没有实现。直到2016年4月份,河钢集团来了,钢厂发生了翻天覆地的变化。从2016年11月份开始,钢厂不仅摆脱了困境,而且效益越来越好,员工的收入也在增加。手头有了一些积蓄后,他们的第一个愿望就是盖一栋崭新的两层小楼。

乔迁新居的沃伊斯拉夫一家

2017年夏天,沃伊斯拉夫开始筹建新房。如今,这个愿望已经变成了的现实。

在沃伊斯拉夫的邀请下,我们来到他们的新家,一栋崭新的两层小楼展现在我们眼前。房子非常漂亮,房间也有好几个,孩子们都有属于自己的房间。

每当有中国客人来访,沃伊斯拉夫总会主动迎上前,操着不太流利的中文打招呼。他会把远方的客人领进自己的新家,同时会问:"你觉得我们家里怎么样?"

沃伊斯拉夫一家人非常热爱生活。他们不仅把这个两层小楼布置得井井有条,还在院子里种了一些花草,空气中弥漫着阵阵清香。他们还特意安装了一个秋千,供孩子们玩耍。

在斯梅代雷沃翻盖新房的,远远不止沃伊斯拉夫一家人。

28岁的尼古拉什·科瓦切维奇是钢厂的一名司机,他的两层小楼还在建设当中。他和家人原本住在钢厂附近的一个老式农房里。因为现在收入提高了,口袋里有些积蓄了,他开始想着为家人改善住房条件,准备花5000欧元改建房屋。这个已经初具规模的两层新楼,不仅有宽敞的客厅和盥洗室,后院还有一个正在修建的小游泳池。

如今,住在钢厂附近村镇的员工都在翻盖这种样式的两层小楼。仅仅是居住在钢厂附近的员工在盖新房吗?当然不是。

现在,就连居住在斯梅代雷沃市的员工,也萌生了购买新房的念头。德扬一家就是其中一例。

德扬和他的妻子都是河钢塞钢的员工,他们之前在斯梅代雷沃市的住房也是20世纪50年代的老式房屋,因为空间狭小,条件简陋,所以他们一直想买一栋度假房。然而,因为当时钢厂经营困难,他们的收入很不稳定,购买度假房的想法也就成了泡影。

河钢塞钢成立后,钢厂的产量增加了,员工们的收入也提高了,他们对未来充满了信心。德扬一家决定,要把多年前的愿望变成现实。

2016年8月,德扬以1.2万欧元的价格出售了自己的老房子,然后向银行贷到了8000欧元。有了这2万欧元,他们成功买下了位于斯梅代雷沃市多瑙河东侧的一栋度假房。搬进新房的那一天,德扬高兴得不得了,一宿都没睡着!

"我们对河钢塞钢充满了感激之情……"

变化最大的，要属女员工白莉娜一家了。

1978年4月，白莉娜出生在白俄罗斯一个知识分子家庭。父亲是格罗诺德大学物理系的教授，母亲是格罗诺德医学院的教授。夫妻二人只有白莉娜这个宝贝女儿。

白莉娜自幼勤奋好学，积极上进，中学毕业后考取了明斯克国立大学国际关系学院。在大学期间，她除了学习英语，还努力学习汉语。毕业后，她去了一家公司当汉语翻译。

因为英语是国际通用语言，为了获得更广阔的发展空间，在1994年7月至1995年7月，白莉娜前往美国中部的一所大学学习英语。

说起自己学习汉语的原因，她说这是她父亲的"先见之明"。1992年，她的父亲来到中国的黑龙江大学进行学术交流。当时，地处中俄边境的黑河一带，边境贸易进行得如火如荼，大批俄罗斯民众到这里来采购物资，然后带回国内进行销售。看到这种情景，她的父亲感受到了一种前所未有的冲击和震撼。

父亲回国后，就提醒女儿，不仅要学习英语，还要学习汉语，因为通过这次"中国行"，他发现中国是一个拥有巨大发展潜力的国家。父亲的这种超前意识，冥冥之中为她后来的命运转变埋下了伏笔。

2002年，白莉娜的爱神意外降临了。那一年，她通过网络结识了一位大她7岁的塞籍男士。这位男士名叫涅波伊沙，出生在科索沃，他的父亲在贝尔格莱德从事会计工作，母亲在家料理家务。涅波伊沙的父母生有四个孩子，而他是最小的一个。从贝尔格莱德大学机械系毕业后，涅波伊沙就来到斯梅代雷沃钢厂工作。

两个人通过一年时间的网上交流，彼此感觉很投缘。2003年，涅波伊沙专程赶到白俄罗斯去看望白莉娜。

这是他们两人第一次见面。白莉娜被身材挺拔、性情敦厚的涅波伊沙感动了。涅波伊沙也被她的魅力迷住了。两人相处了一个多月就坠入爱河。随后，白莉娜就跟着涅波伊沙来到了斯梅代雷沃，在工友们真诚而热烈的祝福中举行了隆重的婚礼。

在之后的几年时间里，他们一共生了四个孩子。那段时间，白莉娜的主要任务就是在家里带孩子。因为家庭的负担重了，单靠丈夫一个人的收入远远不够补贴家用，所以她决定一边照顾孩子，一边复习英语和汉语，准备外出找工作。

2008年，也就是在全球金融危机爆发的那一年，她通过社会招聘来到斯梅代雷沃钢厂，从事英文翻译工作。然而，他们夫妻二人在钢厂工作的这些年，钢厂连年亏损，处境越来越艰难……

2012年，美钢联的高管们拂袖而去，5000多名员工顿时陷入绝境。他们夫妻二人都在钢厂上班，因为钢厂效益不好，一家人的生活没有保障，所以他们总是在为生计发愁，连觉都睡不好，只能对着窗外的星空长吁短叹……

在美钢联经营期间，涅波伊沙在挖潜增效部门工作。美钢联撤离后，他所在的部门处于停顿状态，工资经常发不出来。2012年，作为顶梁柱的涅波伊沙不得不离开自己熟悉的工作岗位，到社会上打拼。

塞尔维亚的工业有两大支柱行业：一个是汽车，另一个是钢铁。涅波伊沙学的是机械设计，一直从事的是工业领域的工作。现在钢铁不行了，能够在汽车行业里谋一份差事是他的最大愿望。几经奔波，涅波伊沙终于在一家汽车配件厂找到了一份工作。这家企业在塞尔维亚第四大城市——克拉古耶瓦茨市，距离斯梅代雷沃市有100多公里。

他工作非常努力，很快就成了这家汽车配件厂质量管理部的负责人。尽管工资收入要比以前高一些，能够减轻家里的经济负担，但这种生活过得并不轻松，他只能在周末回家。无论刮风下雨、寒冬酷暑，他都要来回奔波，实在太辛苦。妻子白莉娜既要上班，又要带孩子，一样非常辛苦。

艰难的日子总该有个头。从2015年开始，越来越多的中国企业乘着"一带一路"的春风来到塞尔维亚，投资建设桥梁、公路等基础设施。白莉娜开始复习汉语,希望自己能够找到一份与汉语相关的工作。

让白莉娜没想到的是,父亲当年的预言得到应验。2016年盛夏时节,就在钢厂所有员工都处于谷底的时候,钢厂迎来了意外的转机:作为中国第一大、世界第二大的河钢集团,前来收购钢厂,并承诺保留全部员工。最重要的是,中国国家主席习近平来了钢厂看望他们,这是对他们多么大的尊重啊!

那是一个令全厂员工热血沸腾的日子。那一天上午,白莉娜和其他员工一样,早早地来到钢厂,等待着习近平主席的到来。当习近平主席走出车门时,人群沸腾了,大家欢呼着,挥舞着手,流下了激动的泪水。

之后,白莉娜的命运发生了逆转。她原先学过的汉语终于派上了用场。她不仅在河钢塞钢从事中文翻译工作,还给中方经营管理团队成员讲授塞语。

钢厂仅用了半年的时间,就实现了扭亏的目标。2017年,钢厂全面盈利。企业的效益越来越好,员工的劳动岗位和收入都有了保障,许多原来离厂的员工都想回厂里来。

白莉娜把钢厂的好消息带回了家,这让丈夫动了心,因为他毕竟在钢厂工作多年,熟悉生产业务,所以他还是想回来干老本行。涅波伊沙专门来到钢厂向宋嗣海表达了内心的强烈愿望:"能不能让我回来上班?我真的特别想回来。"

"欢迎你回来!"宋嗣海当场就同意了他的请求。

2017年,涅波伊沙辞掉了克拉古耶瓦茨的工作,返回了熟悉的钢厂。就这样,夫妻二人团聚了,而且有了稳定的工作和收入,不再为生活发愁了。

2017年5月,中国商务部支持企业组织海外员工来华培训,并拨给了河钢塞钢一笔培训经费。河钢塞钢用这笔经费组织部分员工到唐钢、河北经贸大学等单位进行培训。白莉娜作为参加培训的第一批学员,第一次来到中国。

在培训期间,白莉娜和其他学员一起专程前往被业界誉为

"世界上最清洁的钢厂"的唐钢参观学习，先进的生产设备和优美的环境给她留下了深刻的印象。想到自己工作的钢厂将来也会变成这样，她非高兴，对未来充满信心。

更让她感到高兴的是，她被提拔为河钢塞钢总经理助理，她的丈夫被提拔为冷轧厂厂长，夫妻二人都成了钢厂的中层管理人员，家庭的收入也在不断增加，不用再为抚养四个孩子发愁了。

2016年，白莉娜的父亲因病去世，留下了在白俄罗斯孤单生活的母亲。夫妇二人一起商量，决定去白俄罗斯的格罗诺德市看望老人家。

从斯梅代雷沃到格罗诺德有1200多公里的路程。因为当时没有直飞的航班，夫妇二人决定带着孩子开车前往格罗诺德。因为路途遥远，当天不能到达，他们只能在波兰住上一晚，第二天一早继续赶路。现在，两国开通了民航班机，母亲每年都会来一趟斯梅代雷沃看望他们。

白莉娜怕母亲一个人生活太孤单，就特意安排大女儿塔玛拉前去陪伴。塔玛拉用纯真的笔触创作了一幅《妈妈在河钢塞钢》的画作，这个作品在纪念河钢集团成立10周年的书画展中获得了优秀奖。

河钢塞钢执行董事、首席执行官宋嗣海利用休息时间专门举办了一个小小的颁奖仪式，并将河钢集团董事长于勇赠予小作者塔玛拉的获奖证书、纪念章、画册等转交给了白莉娜。

白莉娜的大女儿塔玛拉创作的《妈妈在河钢塞钢》

河钢塞钢执行董事、首席执行官宋嗣海向塔玛拉的母亲白莉娜转赠获奖证书

白莉娜特别高兴,把女儿的获奖证书举得高高的,给在场的员工们展示一番。她喉头哽咽,眸子里闪动着晶莹的泪花。她激动地说道:"能够收到于勇董事长赠送的纪念品,我真的感到无比激动!我为女儿感到自豪,更为自己能够在河钢塞钢工作而感到无比骄傲!"她在第一时间就与在白俄罗斯陪伴外婆的大女儿塔玛拉进行了视频通话,并将纪念章和获奖证书向视频里的大女儿展示了一番。

谈及家庭命运的变迁,白莉娜感动不已:"我丈夫在2002年入厂,到2012年离开,工作了整整十年。他很爱这个厂,工作也非常努力。当初他离开这个厂,完全是迫不得已,因为我们要养活四个孩子。河钢塞钢成立后,企业的效益一天比一天好,我们看到了光明和希望,所以他又回到厂里来了。我们确实没有想到,河钢集团能够在这么短的时间里扭转乾坤!我们的工作稳定了,工资上涨了,安全感也有了。我的孩子将来可能也会来钢厂工作,所以我要努力工作,做个好榜样,帮他们打造一个更好的平台,为他们创造更加美好的未来!"

"大学毕业后,我也要去河钢塞钢工作……"

感触最深的,要属女员工维斯娜一家了。

性格温和的维斯娜是河钢塞钢的一名普通员工,是土生土长的斯梅代雷沃人。她参加工作不久,就结识了质朴、诚实的丈夫。结婚一年之后,他们就有了宝贝女儿米莉察。米莉察是他们唯一的孩子,也是他们唯一的寄托。夫妻二人辛勤工作,希望把这颗掌上明珠尽快抚养成人。

2017年,米莉察升入高中。那时她刚满十六岁,已经是一个漂亮的大姑娘了。她身材随父亲,高挑挺拔;脸型随母亲,笑起来如同一朵盛开的向日葵。

米莉察是斯梅代雷沃中学的学生,平时最爱观看中国的历史剧。她似乎天生就有很深的中国情结,非常向往中国,希望有一天能够到中国这个神秘的东方古国去看一看。

有目标就会有动力,米莉察就主动学习起汉语来。米莉察做梦也不会想到,机会竟然意外来临。2017年初,她参加了以"带着知识去中国"为主题的汉语知识大赛,获得了冠军,并得到了一个参加"汉语夏令营"的机会,参加夏令营活动的成员可以前往中国传媒大学学习40天。

对米莉察来说,这可是个天大的喜讯啊!她一路上跑着、跳着,一回到家就把这个喜讯告诉了母亲维斯娜。维斯娜为女儿感到无比自豪,但心里却在发愁。按照活动要求,往返的路费由活动主办方提供,但其他费用必须由活动参与者来承担。除机票之外的其他费用也是一笔不小的开支,米莉察的父母无力承担。

米莉察的父亲在斯梅代雷沃市的一家小企业上班,收入不多;母亲一直在钢厂工作,可前些年钢厂效益不好,常常发不出工资。夫妻二人并没有什么积蓄,一时拿不出这么多钱来帮女儿实现梦想。

怎么办?夏令营时间马上就要到了,夫妻二人急得晚上睡不着觉,挖空心思也想不出一个办法来。米莉察听到父母的叹息声就暗自流泪……

一天夜里，维斯娜对丈夫说："只有一个办法了！"

"什么办法？"

"给钢厂领导写个申请，看他们能不能帮助解决。"

"这样行吗？"

"试试吧！"

……

于是，夫妻二人给钢厂领导写了一封情真意切的信，讲述了女儿的愿望和家庭的现实困境，希望得到钢厂的帮助。朴实无华的文字里充满了夫妻俩真实的情感和殷切的希望。

第二天，维斯娜来到钢厂办公楼，鼓起勇气，把求助信交给了河钢塞钢执行董事、首席执行官宋嗣海。宋嗣海接到维斯娜的这封求助信后，读了好几遍，因为他也被米莉察这种向往中国的真情所感动。

这是河钢塞钢中方经营管理团队收到的第一封求助信，所以他们非常重视，认为这是落实三个"本地化"的具体行动之一。于是，他们专门开会进行研究，大家一致同意为米莉察提供资助，还要在第二天专门举行一个资助仪式。消息传到维斯娜那里，这可把她高兴坏了！她一回到家，就迫不及待地把这个喜讯告诉给了女儿，一家人都非常激动，一夜都没合眼。

为了表示对河钢塞钢领导的谢意，懂事的米莉察特意用了一个晚上的时间画了一幅画，送给了钢厂领导，以表达内心的感激之情。第二天，米莉察随母亲一起，把自己的作品带到了活动现场。

米莉察的绘画作品名为《我的中国梦》，画风唯美，上面用中文写着这样一行文字："能以这种方式实现我的中国梦，我感到十分高兴！我给中国朋友留言：斯梅代雷沃欢迎你！"

资助仪式由河钢塞钢总经理赵军亲自主持。当母女两人从赵军手中接过沉甸甸的资助款时，她们都流下了感动的泪水。

河钢塞钢总经理赵军出席资助仪式

米莉察如愿以偿,终于有机会实现她的"中国梦"。

2017年8月,米莉察乘坐中国国航班机越过千山万水,来到了她向往已久的中国。她如期参加了"汉语夏令营",参观了天安门广场和故宫,还登上了气势磅礴的八达岭长城。在长城上,她举着鲜艳的塞尔维亚国旗,如同一只翱翔天宇的春燕。

中国的朋友得知米莉察的生日刚好是在夏令营活动

米莉察畅游万里长城

期间,还特意给她举办了一场生日会,她既开心又感动。回国后,米莉察与中国的朋友一直保持着联系,她对中国的感情更加深厚。米莉察在信中向她的中国朋友诉说了她的心愿:"我以后还要来中国继续学习汉语,将来到河钢塞钢工作,当一名汉语翻译。"

"中国是我们的另一个家……"

米兰·兹克是河钢塞钢公关部的副主任，他的故事"别有一番风味"。

米兰·兹克生在斯梅代雷沃，长在斯梅代雷沃，参加工作也在斯梅代雷沃，成家立业还是在斯梅代雷沃。作为一名钢厂的老员工，他在这座办公楼里度过了许多时光。他不仅会说汉语，而且会美术设计，颇具才华。然而，在钢厂不景气的日子里，他的才华没有得到发挥。

他的命运转折点发生在2016年6月。当时钢厂需要一批设计人才，他由此获得了施展才能的机会。习近平主席访问钢厂时发表重要讲话的主席台就是由他设计的；习近平主席在主席台上发表讲话时的照片也是由他拍摄的。

河钢塞钢成立后，王连玺副总经理采纳了他的建议——在企业内部创办一本图文并茂的塞文宣传期刊。期刊刊登员工身边的故事和企业领导的重要讲话，报道企业的技改项目。期刊还刊登一些介绍中国文化的文章，内容十分丰富。如今，这本期刊已成为塞籍员工和中方经营管理团队沟通的重要桥梁。

2016年年底，中国商务部从推进"一带一路"倡议、加强两国人民友谊的高度，经过审核、评估，对河钢塞钢国际产能合作系列培训的8个项目给予了支持。这些项目由中国商务部主办，由河钢集团协办，由商务部国际商务官员研修学院、国家发展和改革委员会宏观经济研究所、河北经贸大学等单位共同承办。

2017年，这8个培训项目分8期举行，其中有5期为塞籍员工来华培训，内容包括质量管理、人力资源管理、现场管理、新产品开发和能源管理。另外3期则是河钢集团中方员工赴塞尔维亚接受培训，内容包括生产全工艺流程、设备改造和信息化建设等。

参加培训的人员总共有1500多人。米兰·兹克就是其中一名来中国接受培训的员工。2017年5月，他来到中国石家庄，参加河钢集团与河北经贸大学共同组织的人力资源管理培训。这是他第二次来到中国。几年前,他曾去过北京、西安等城市,被中国深厚的历史文化吸引,中国经济的快速发展也令他惊叹不已。

他这次来到中国,本想多停留一段时间,可惜时间太短了。在返回塞尔维亚那天,他在首都机场登上国航班机时对同行的人员说道:"时间太短了,我真不想这么快就回去,因为我非常向往中国!过去,我是斯梅代雷沃钢厂的员工;现在,我是河钢塞钢的员工,中国是我们的另一个家……"

2019年5月,他又一次来到中国。这次与上次不同,他作为河钢塞钢的塞籍员工代表,前往北京参加一个特别的活动。中共中央宣传部要授予河钢塞钢经营管理团队"时代楷模"称号,中央电视台要对这一活动进行现场录制。

随后,中共河北省宣传部、河北省作家协会、河北省出版传媒集团在河钢集团总部举行了长篇报告文学《多瑙河的春天》的首发式。米兰·兹克也参加了本次活动,我在会场上见到了他,并与他交流了很多心得体会。

作为《多瑙河的春天》的作者,我把这本书送给了他,还在扉页上题了字:赠给挚爱的米兰·兹克先生。他把这本书揣在怀里,像一个得到糖果的孩子,脸上绽放出灿烂的笑容。

"河钢塞钢看得更远!"

企业的核心力量是人才。提高企业的竞争力,关键在于提高人才素质,最有效的方法就是加强培训。

针对钢厂员工"老龄化"的现状,河钢塞钢除了承诺全部员工"一个都不能少"外,还向社会招聘了一些新人,给钢厂输入新鲜血液,人员结构得到优化。

河钢塞钢还与斯梅代雷沃的中等技术学校建立了长期的合作关系,签订了学生实习协议。实习生以分组形式进厂,每周有两天的实习时间，每组选取5名焊接、液压、气动等专业的学生来钢厂实习。钢厂采取"师傅带徒弟"的方式，实习生由经验丰富的老员工带领，在人力、销售、内控、工程、质量管理等部门轮换实习。实习生的实习期为一年，一年期满后，他们就可以申请转正。

河钢塞钢还积极参加塞尔维亚国民就业机构举办的招聘会。河钢塞钢受到众多求职者的青睐。截至2018年12月30日，通过社会招聘形式进入河钢塞钢的人员就超过300人。

ACHC工会的会长沙沙·科拉克对此深感欣慰："我们对河钢塞钢的运营管理非常满意！在过去，企业效益不好，很多人都离开了；现在，企业效益好了，很多人年轻人都想来厂里上班。按规定，钢厂需要对新员工进行岗前培训，而原来的经营管理者不愿意花这笔钱。河钢塞钢看得更远！"

一个老员工这样跟我说道："你坐班车，就会发现现在的情况完全不同。以前，车上的大多数都是上了年纪的员工；现在，车里会有不少年轻人。这让我们感觉到，钢厂也变得年轻了，变得有朝气，有活力，有希望！"

"河钢塞钢在塞尔维亚的信誉是非常高的！"

夜幕四合，华灯初上。王连玺副总经理亲自开车，带我们一起去拜访一个名叫米沙的塞籍员工。

在斯梅代雷沃你会发现，这里没有街道纵横、人来人往的景象，因为这是一座依托多瑙河两岸倾斜的地势建造的城市。远远望去，你能看到岸边连成一片的橘红色建筑群。然而，当你靠近它，你就会发现，这里大多数的房屋其实都是相互独立的两层小楼。

我们来到一栋新建的两层小楼前，这里是米沙的家。确切地说，这是米沙专门为儿子结婚准备的婚房。王连玺介绍，米沙在城里还有一栋这样的两层小楼。

王连玺停好车，然后下车走上前，推开了低矮的栅栏，一只小狗发出"汪汪"两声之后就摇着尾巴走了过来。显然，王连玺来过这里很多次了，主人家的狗已经把他当成了老熟人了。王连玺对我们说："这只狗名叫柴大，不咬人。"柴大瞅了瞅我们，然后摇着尾巴离开了。

米沙出来迎接我们，与我们一一握手。他是一个身材高大、脸上长着络腮胡子的中年男人。我们跟随米沙穿过充满青草气息的小院，走进小楼里面。我们眼前一亮，吊灯下展现的是一个充满浪漫情调的世界：宽敞的客厅里摆放着新买的沙发、电视和餐桌，酱紫色的窗帘在灯光的映衬下有一种朦胧感。我们仿佛走进了一个五彩缤纷的童话世界。

1961年4月，米沙出生在斯梅代雷沃。他是伴着多瑙河的涛声，看着河里的驳船长大的。米沙的父亲在当地一家生产炊具的工厂上班；母亲是个家庭主妇，照顾一家人的生活起居。

1980年，米沙高中毕业后按照当时的国家政策，服了一年的兵役。复员后，他考上了贝尔格莱德大学，学习法律。因为当时弟弟也在上大学，兄弟两人的所有开支全靠父亲一人承担，母亲身体又不太好，家里的负担确实很重，所以米沙决定分担一部分家庭重任。大四那年，他没有继续深造，而是通过社会招聘，来到斯梅代雷沃钢厂上班。

后来，家里的经济条件慢慢有所好转，米沙也就找了对象，结了婚，并且有了孩子。米沙的爱人是斯梅代雷沃中学的教师，他们有两个孩子：女儿学的也是法律，在钢厂人力资源部工作；儿子在贝尔格莱德大学深造。米沙的弟弟毕业于克拉古耶茨大学，学的也是法律。然而不幸的是，他弟弟几年前因病去世，年仅52岁。

米沙经历了美钢联经营管理时期。他清楚地记得，在美钢联撤离前的最后一个夜晚，他接到通知，到会议室开会。参会的人员共有20人，都是斯梅代雷沃钢厂的老员工。他原本以为高管们会给他们带来好消息，却意外听到一个不幸的消息："今天是我们与大家告别的日子，因为我们明天一早就要离开塞尔维亚了……"

米沙回忆道:"当时,大家的感觉特别糟糕。员工们需要养家,需要还贷款,美钢联走了,等待我们的将是更加艰难的日子。"事实也是如此,美钢联离开后,塞尔维亚政府给了钢厂一部分补贴,但钢厂的效益一直不好。没多久,钢厂就到了破产的边缘。

然而,令所有员工没有想到的是,有一天,武契奇总理专程来到钢厂告诉大家,会有一家中国公司过来接手钢厂,带领他们走出黑暗的深渊,他们心中重新燃起了希望之火。

2016年7月,河钢塞钢成立后,米沙继续担任钢厂保卫处的处长。有一天,米沙接到一个电话,这可把他吓了一大跳,因为他手机上显示的这个号码恰恰是他弟弟生前用过的。这个号码一直存在他的手机里。这个电话是河钢塞钢副总经理王连玺打来的。从那以后,他们成了非常要好的朋友,像亲兄弟一样互相走动。他邀请王连玺到家里来喝咖啡,王连玺也会热情地请他品尝中国菜。

2017年9月,米沙特意邀请宋嗣海、赵军和王连玺等人作为尊贵的客人,一起参加女儿隆重而热烈的婚礼。

谈到钢厂的发展,米沙笑容满面:"我很乐观!塞尔维亚人对中国人有很深的感情。在河钢集团没有到来之前,我们就接触过一些中国人,他们给我们留下了深刻的印象。在钢厂最困难的时候,河钢集团过来拯救我们,我们感到非常幸运。我们现在感觉轻松多了,不再担心未来。我们可以为家庭制订一些计划,比如休假、买车、盖房等,这些都需要钱来实现。过去,孩子们都要上学,我们的日子过得很艰难;现在,我女儿也在钢厂上班,我一个人的工资就能养活全家人了。"

我问他:"盖这样一栋两层小楼,需要多少钱?"他说:"也就3万欧元,钱不够可以从银行贷款。过去,因为钢厂效益不好,我们是不可能从银行借到那么多钱的。现在的情况完全不同了,只要你是钢厂的员工,塞尔维亚的任何一家银行都会给你办理贷款。河钢塞钢在塞尔维亚的信誉是非常高的!"

喝完咖啡,他特意领我们上了二楼。他拉开窗帘,让我们一起观赏远方的夜景。一个美丽的画面把我们深深地吸引住了：在深邃的夜幕下，多瑙河的波涛不见了，取而代之的是两岸闪烁的灯光，一颗颗，一串串，如同碧玉盘里的珍珠。两岸的灯光与天上的银河交相辉映，融为一体，美丽极了！

他把我们带到二楼的露台上，在这里我们可以欣赏到多瑙河的整个夜景。他告诉我们："我有一个习惯，就是常常在这样的夜空下欣赏多瑙河两岸的灯火。"

我不解地问他："为什么？"

他平静地回答："不为什么！"

"有什么意义？"

"没什么意义，就是觉得很有趣啊！在夏天的夜晚乘凉时，我就坐在这个露台上，一个人静静地看着远处的灯火……"

我的心弦被他的话语拨动了。多瑙河是斯梅代雷沃的母亲河，这里的人都是喝着多瑙河的水长大的，人们经历的所有酸甜苦辣、悲欢离合都与这条河有关。

第19章

紧急救援：突遭多瑙河大封冻，共同化解危机

在冰雪覆盖的多瑙河上，驳船已经停运

"这里实在太冷了,我们好像生活在北极!"

按照"三年三步走"的发展规划,2017年是河钢塞钢全面提升企业竞争力的一年。河钢塞钢执行董事、首席执行官宋嗣海对钢厂的未来发展充满信心:"2016年6月底,我们正式接手这家钢厂,到当年的11月底就实现了税前盈利的目标,到12月底就实现了全面盈利的目标,连续亏损的不利局面得到扭转。2017年的前四个月,钢材产量和销量保持着稳定增长的势头。今后,我们要将钢材产量提高到200万吨。2017年,我们预计产值会达到8亿美元,利润会超过2000万美元。在产品销售方面,除了美国公司的首批订单,还将在埃及、土耳其、德国、意大利等国开辟新的市场。同时,我们还将投资1.2亿美元,也就是差不多8.3亿人民币,对钢厂进行改造,其中包括环境保护、节能降耗等方面的项目,力争把河钢塞钢打造成欧洲极具竞争力的钢铁企业,成为中、塞两国合作共赢的典范!"这的确是一个振奋人心的发展规划,我们仿佛听到了多瑙河那澎湃的涛声。

前途是光明的,而道路却是曲折的。虽然河钢塞钢的发展让所有人都感受到了复苏的气息,但寒冷不肯退去,真正的"春天"还没有到来。

从2017年1月5日开始,一场十年未遇的特大暴风雪席卷了整个欧洲。这场暴风雪持续了整整两周时间。

在匈牙利诺格拉德州一个名叫佩斯州泰绍的村庄,最低气温达零下28.1℃,破全国最低气温历史纪录。首都布达佩斯的气温降至零下18.6℃。匈牙利国家气象局向诺格拉德州发出了表示自然灾害严重的橙色预警,向其他州发出了表示自然灾害较重的黄色预警。

在德国首都柏林,气温陡然降至零下15℃;在保加利亚东北沿海的瓦尔纳,有几座大桥被冻裂;在波兰,有些地方出现了"冰瀑"奇观;在意大利中部和东南部,街道两旁的汽车都被厚厚的积雪掩埋;在英国,暴风雪持续了30多个小时……

在塞尔维亚首都贝尔格莱德，气候十分寒冷，人们稍有疏忽，就会冻坏鼻子和下巴。燃料消耗很大，但室内温度依然很低。工人们在车间、办公室和厂房里感受到刺骨的寒冷。由于管道被冻裂，短时间内无法修复，供暖被迫中断。路上积雪很厚，当地气温已降到零下20℃。这场特大暴风雪造成塞尔维亚20多人死亡，全国的经济损失高达5亿欧元。一位在贝尔格莱德居住了20多年的市民颤抖着身体说道："我从来没有遇到过这么寒冷的天气，也从没见过多瑙河河面结那么厚的冰，这里实在太冷了，我们好像生活在北极！"

横贯中东欧的多瑙河出现了自2012年以来最严重的河面结冰情况，使流经匈牙利、奥地利、保加利亚、克罗地亚、罗马尼亚及塞尔维亚等国的欧洲最繁忙的国际航道断流数百里。整条河流全部封冻，冰面上可以承受三四吨重的卡车。塞尔维亚不得不出动军队，使用炸药对河面的冰层进行爆破。

持续的严寒造成能源供应紧张，仅仅一周时间，塞尔维亚就打破了发电及耗电的历史纪录。为了避免能源系统崩溃，政府不得不下达紧急命令，要求耗电减少20%。

一个多月以后，欧洲的气温逐渐回升，多瑙河上的厚冰层开始解冻，但新的问题也出现了：冰雪消融后水量增加，河水上涨，导致洪灾出现。大量的冰块漂浮在河面上，与船只发生碰撞，使船只受损。

多瑙河是中东欧的"水运生命线"

位于多瑙河岸边的河钢塞钢新港码头，是卸载铁矿石的专用码头。多瑙河水面很宽，水流湍急，说它是一条河，其实更像一条声势浩荡的江。站在岸边的码头上远眺，你可以看到波涛汹涌的多瑙河从遥远的天际涌来，又像长江一样浩浩荡荡地流向远方……

乌克兰是世界上铁矿石储量最为丰富的国家之一，储量约有300多亿吨，占全球铁矿石储量的18%。乌克兰的铁矿石产区主要有克里沃罗格铁矿区和亚速铁矿区。其中，克里沃罗格铁矿区是欧洲最大的铁矿石基地。

克里沃罗格铁矿区和亚速铁矿区吸引了许许多多的矿产商。目前，这两个矿区的矿产商已有2万多家。

亚速铁矿区有两座矿山，即克林巴斯矿山和巴哈多哈矿山。之前，斯梅代雷沃钢厂炼铁用的铁矿石主要来自这两座矿山。他们先用火车把铁矿石运到多瑙河下游的伊兹梅尔港，然后装上驳船沿着多瑙河，转运到斯梅代雷沃新港码头，再将铁矿石卸到载重汽车上，最后由载重汽车将铁矿石运到钢厂。因此，钢厂员工过去常说"新港码头就是钢厂的咽喉"。

在多瑙河上开展有序的航运，一直是国际航运讨论的主题。1856年，多瑙河委员会成立，开始把多瑙河当成一条国际航运水道来监管。1921年至1923年，奥地利、德国、保加利亚、罗马尼亚、英国、意大利、比利时、捷克斯洛伐克、匈牙利、希腊等国相继签署了《多瑙河章程》。据此，多瑙河委员会成为具有航运管理权力的权威机构。该委员会有自己的会旗，有权征收税款，委员会成员有外交豁免权。该委员会负责从乌尔姆到黑海的航运管理，并维修航运通道相关设备。

多瑙河上最重要的活动是货物运输。多瑙河沿岸有几大重要港口：乌克兰的伊兹梅尔，罗马尼亚的加拉茨和布勒伊拉，保加利亚的鲁塞，塞尔维亚的贝尔格勒，匈牙利的布达佩斯，德国的雷根斯堡等。"二战"后，人们在多瑙河附近开凿了许多条运河，其中最重要的运河有两条：一条是从多瑙河到黑海的运河，另一条是从多瑙河到莱茵河的运河。前一条运河提供了一条从切尔纳沃德至黑海的更直接、更便利的航道；后一条运河成为欧洲内陆与北海的航运通道。

然而在2017年1月份，多瑙河出现大面积封冻，驳船被迫停运，河钢塞钢的水上物资供应被迫中断。员工们都非常担心："这下钢厂恐怕要停产了。即使不停产，也要减产。"

愁云笼罩在刚刚复兴的钢厂上空。

河钢集团的强力支持

由于多瑙河河面大面积封冻，铁矿石原料运不进来，生产出来的产品也运不出去，钢厂面临着严峻的考验。钢厂能否顺利度过这次生存危机呢？大家都密切关注着钢厂，这种关注让人们想起了另一件事情。

2016年4月，河钢集团在贝尔格莱德举行了新闻发布会。在发布会上，当地记者向于勇提问："于董事长，你们收购斯梅代雷沃钢厂后，到底能投多少钱啊？"这名记者显然是把河钢集团当成"大财主"了。于勇觉得有必要向记者解释清楚，于是说道："目前，斯梅代雷沃钢厂需要的不是一笔钱，而是一个崭新的未来！"

记者很不理解，反问道："除了钱，你们还能给斯梅代雷沃钢厂带来什么呢？"于勇坦然回答："带来一笔钱固然可以暂时延缓企业的生存压力，却不可能使企业实现持续性发展。河钢集团是'世界河钢'，在全球拥有众多资源，拥有众多客户和广阔的市场，这是我们的优势。我们会把全球最优质的资源配置给斯梅代雷沃钢厂，把一个地方企业提升为全球性的国际知名企业！"

现在，多瑙河特大冰冻来了，河钢集团的优势也就凸显出来了。王连玺副总经理自豪地说道："面对这场突如其来的危机，河钢塞钢能够创造奇迹，因为河钢塞钢不是在孤军奋战，它的背后是强大的河钢集团。进口铁精粉原料，我们有河钢国际贸易公司，这家公司每年都会从全球采集生产原料；钢材产品出口，我们有河钢德高公司，这是世界上最大的钢铁贸易公司。河钢集团会以最好的产品、最优惠的价格以及最好的商业信誉，为河钢塞钢提供强有力的支撑！"

春节特别行动：从维多利亚港到斯梅代雷沃

2017年1月28日，这一天正是中国最大的传统节日——春节。这是一个普天同庆、全家团圆的节日，似乎整个神州大地都响彻着激动人心的声音：回家过年！无论身居何处，无论天气好坏，人们都怀着一种喜悦的心情，乘坐飞机、高铁、轮船或汽车，踏上归途。

然而，河钢塞钢中方经营管理团队全体成员却在境外一起度过了一个极不平凡的春节。在钢厂办公楼门前，红色的灯笼高高挂起，具有中国特色的对联、窗花、"福"字等贴在了门上或玻璃窗上。

按照常规，钢厂中方经营管理团队的成员都会提前安排好回家过年的行程。然而，为了破解多瑙河大封冻，让铁矿石顺利运进来，让钢材产品顺利运出去，他们做了"全部留守"的决定。

宋嗣海介绍说："欧洲这个地方，所有资源的配置都是比较均衡的。由于极端天气的影响无法预测，如果不尽快解决原材料供应问题，势必影响企业生产。企业一旦停产，势必会影响到工人们的生产热情。对我们来说，这是一个新的挑战！"

时间不等人。河钢塞钢中方经营管理团队迅速联系河钢集团总部，制定应急方案，并且时刻坚守在工作第一线。当时分管财务及采购工作的河钢塞钢副总经理魏振民果断下令，启动火车运输方案，走国际联运路线。他给供应商发邮件、打电话，请他们协助解决原材料的供应问题，同时访问重点供应商，确保运输计划落实到位。

虽然远隔千山万水，但河钢塞钢并不孤单。远在中国的河钢国际贸易有限公司（简称"河钢国际"）矿产资源部迅速制订应急方案，积极配合河钢塞钢，探索出一条切实可行的跨国铁路运输路线，展开了一场紧张的"保供塞钢"攻坚战。

位于中国香港中环贸易区的河钢集团香港分公司（简称"河钢香港"）是河钢集团全球采购网络的关键环节，担负起了为河钢塞钢供货的结算任务。

由于塞尔维亚的货物单据流程与中国银行香港有限公司（简称"中银香港"）的传统银行业务完全不同，并且涉及俄罗斯、乌克兰等国家，河钢香港需要设计一种全新的结算模式。到底采用何种结算模式，才能与中银香港的传统银行业务对接呢？这个难题摆在了河钢香港业务主管王艺绦的面前。这个"80后"在详细考察了解了塞尔维亚的贸易和税收政策后，设计出了一种全新的结算模式，即"全副本单边进口信用证结算法"。为了设计这种全新的结算模式，王艺绦花费了不少心思。因为这种结算模式在金融贸易发展很成熟的中国香港也是首次运行，存在一定的风险，所以河钢香港首先要说服中银香港接受这种全新的结算模式。

由于中银香港与河钢塞钢的结算是一条"没人走过的道路"，所以在与中银香港进行谈判前，王艺绦做足了功课。王艺绦与同事们一起合作，与供货商签订了供货合同。他顾不上休息，又抓紧时间检查需要跟中银香港谈判的所有文件资料。他心里非常清楚，接下来与中银香港的多场业务沟通非常关键。

他们连续三个星期，对中银香港各个部门逐一进行项目解释并提供了详细的书面材料，最终打消了他们的顾虑。他们这种严谨、细致的工作态度最终得到了中银香港的认可，并且后续手续也得到较快审批。

中银香港为河钢塞钢提供了1.3亿美元的贸易贷款，用来采购原材料，并且结合钢材销售回款期限，给了半年的账期。这一结果，为河钢塞钢的顺利生产提供了资金保障，有效缓解了钢厂的资金压力。

河钢国际贸易有限公司总经理刘键在业务总结会上宣布："通过河钢香港、河钢国际矿产资源部的共同努力，河钢塞钢的首批供货业务顺利完成！"

由于及时解决了铁矿石的供应问题，河钢塞钢没有停产一天，整个厂区机器轰鸣声响个不停，呈现一片忙碌的景象。

席卷欧洲的特大寒潮从开始到结束，一共持续了整整两个月。多瑙河上数千只船困在冰层里，但在河钢塞钢的厂房里，机器在不停低运转，炼铁高炉里始终奔涌着炙热的铁水，炼钢转炉里始终绽放着耀眼的钢花，2250毫米规格的热轧生产线始终舞动着迷人的"彩绸"。

河钢集团不愧是全球性的钢铁企业，拥有其他钢铁企业不具备的优势。河钢集团不仅有效化解了河钢塞钢的生存危机，也为"打造欧洲极最具竞争力的钢铁企业"这一目标提供了保障。

塞尔维亚有两大支柱型产业：一个是汽车，其基础是铁托总统当年创办的红旗汽车制造厂；另一个是钢铁，其基础是铁托总统当年重新扩建的斯梅代雷沃钢厂。这是塞尔维亚工业发展的两大基石。

20世纪90年代，塞尔维亚的汽车产业几乎全部陷入停滞状态，市场严重萎缩，汽车的年产量由原来的20万辆陡然跌至2万辆。

2005年，塞尔维亚红旗汽车制造厂与意大利菲亚特汽车制造公司合作，实现了战略重组。意大利菲亚特汽车制造公司是世界十大汽车制造公司之一。该公司决定在塞尔维亚投资1000万欧元，建立现代化的生产线。2008年，菲亚特汽车制造公司与塞尔维亚政府共同组建了菲亚特控股公司，成为塞尔维亚最大的汽车生产企业。

2017年1月至4月，正是多瑙河从结冰到融化的四个月，也是欧洲钢材市场出现极大波动的四个月。尽管河钢塞钢面临着设备升级、废钢处理等诸多难题，但生铁、粗钢和钢材的产量，分别同比增长了80%、79%和65%。

2017年是河钢塞钢成立后开始经营的第一个整年。这一年，钢厂的发展形势非常喜人，全年的产钢量达到148万吨，钢材出口达到125万吨。与前一年相比，钢材出口增长了51.8%，全厂的营业收入达到7.5亿美元，利润超过3000万美元。

2017年，河钢塞钢向塞尔维亚政府缴纳税款3900万美元，并且对塞尔维亚GDP的贡献率达到1.8%，成为排在菲亚特汽车产业之后的第二大出口创汇企业。

斯梅代雷沃新港码头是塞尔维亚最大的码头，过去，钢厂从乌克兰进口的铁矿石占整个塞尔维亚进口矿石总量的20%。如今，这个比例由20%提升到了50%，斯梅代雷沃新港码头成为"一带一路"沿线国家最重要的港口码头。

第20章

未雨绸缪:提前谋划,主动应对多瑙河枯水期

处于枯水期的多瑙河，河底的沉船已露出水面

"这场特大干旱，几乎是毁灭性的！"

从2016年7月到2018年7月，河钢塞钢已经经营了整整两年时间。在这两年里，钢厂的钢材产量稳步增长，企业的效益越来越好。然而，就在这一年夏天，一场席卷欧洲大地的持续高温和干旱使多瑙河沿岸国家遭遇了一场严重的灾难。

据英国《每日电讯报》报道，因为降雨极少，中东欧地区遭遇了自1775年以来最严重的干旱。多瑙河的水位持续下降，下游的航运通道几乎处于瘫痪状态。

这场特大干旱是从2018年8月份开始的，气温高达40℃，整个中东欧大地几乎被高悬的太阳烤成焦土。船主安顿·巴拉兹感叹道："在我多年的航运经历中，从来没有遇到这么严重的干旱！"

受干旱影响最严重的行业是旅游业。在夏季，乘坐游船沿着多瑙河旅游观光，深受各国旅客的喜爱，经营水上旅游项目的公司数不胜数。然而在2018年的夏季，因为干旱缺水，这项传统的"多国游"变成了单一的"国内游"，吃水较深的大型游轮明显减少；由于小型游轮只能分段航行，游客们不得不转乘大巴。

在斯洛伐克的布拉迪斯拉发港口，游船已经停运，从布达佩斯转来的游客高达60万人，路面交通面临严峻的考验……

在奥地利的海恩堡地区，多瑙河的平均水深已经降到1.2米，而大多数货船的吃水深度至少需要1.7米。船务公司预计，多瑙河低水位的状况至少要持续一个月时间。因为多瑙河水位不足，奥地利的水力发电量减少了一半以上，政府不得不利用燃气进行发电。

在罗马尼亚梅赫丁茨县的一段河道上，人们在河底里发现了37艘破船，这是"二战"期间被德军飞机炸毁的沉船。孩子们登上锈迹斑斑的沉船残骸，玩起了捉迷藏游戏。

在塞尔维亚，灾情同样严重。玉米是该国主要的农作物，几千公顷的土地颗粒无收。因为气温升高，鱼类大量死亡；因为严重缺水，水力发电站也快支撑不住了。塞尔维亚多瑙河船运公司经理布兰科·萨维奇叫苦连天:"我们从来没有遇到过这么严重的干旱!多瑙河的航运系统早已瘫痪,我们需要大量的雨水……"

突破多瑙河水运瓶颈

这场特大干旱,也使河钢塞钢遭遇了更加严峻的挑战。

2017年年初的多瑙河大封冻是从2016年12月底开始的。2017年2月,冰雪开始融化,这场大封冻前后只有两个多月的时间。那时,为了应对铁矿石供应危机,河钢塞钢中方经营管理团队迅速联系河钢集团总部,共同制定应急方案。河钢集团根据航运情况及时调整运输计划,最终化解危机。

然而,在2018年的盛夏时节,多瑙河断流的时间比2017年年初封冻的时间要长得多。从2018年8月份开始,多瑙河就进入了枯水期,持续了半年之久,铁矿石运不进来,钢材产品运出不去,河钢塞钢成为一座孤岛,面临着新的危机。

值得庆幸的是,河钢塞钢的中方管理团队已从上次危机中积累了一些经验,找到了应对危机的有效办法,那就是:未雨绸缪,提前规划。

担此重任的是河钢集团下属企业河钢国际。具体负责采购任务的是河钢国际矿产资源部。为河钢塞钢提供生产"保供"服务,一直是矿产资源部的工作重点。

其一,提前备好充足的铁矿石原料,确保高炉炼铁顺利进行。

从2018年1月开始,河钢国际矿产资源部在与各供应商谈判时,紧紧把握"提高站位,灵活应对"的原则,在"保供"的同时,配合生产计划,调整供货数量。到2018年6月末,河钢国际矿产资源部向河钢塞钢提供优质的铁矿石原料多达160万吨。因为提前做了计划,河钢国际矿产资源部确保了河钢塞钢在多瑙河枯水期拥有充足的铁矿石原料,确保钢厂正常运转。

其二，开发新客户，提供新资源。

业内人士都知道，铁矿石是高炉炼铁的原材料。其实，这只是一种通常的说法。实际上，铁矿石被开采出来后，要加工成铁精粉才能运输。在进入高炉炼铁之前，工人们需要把铁精粉加工成象煤球一样的固体，这种固体就是业内人士所说的"球团"。

恰在2018年6月末，球团溢价，价格大涨，每吨球团溢价高达58美元。这里所说的"球团溢价"，主要是指巴西萨玛克矿业公司的球团停产，导致全球的球团价格出现上涨趋势。

为降低原材料成本，河钢塞钢计划在第三季度临时采购9万吨球团。经过三个月时间的谈判，在比较全球各个供应商报价的基础上，河钢国际矿产资源部成功争取到了足额的球团资源，为河钢塞钢开拓了新的原材料供应渠道。在球团价格居高不下的市场行情下，此次采购为河钢塞钢减少了200多万美元的采购成本。

"一港计价"策略

河钢国际矿产资源部进行多渠道采购，不仅确保了河钢塞钢在多瑙河枯水期的稳定运行，也为河钢集团下属其他几家子公司开辟了新的进货渠道。

2018年夏天，由于中国国内开始落实"非采暖期限产"政策，河钢集团的采购需求发生变化，这让某矿山资源供应商有机会进入河钢集团的采购体系。河钢国际果断决定，以绝对优势价格锁定了这家供应商。

接着要解决运输问题。业内人士都知道，卸货地点影响货运价格。如果船上的货物卸在中国的南方港口，计价期在5月；如果货物卸在中国的北方港口，计价期则在6月。市场价格是浮动的，那么计价期到底是确定在5月合适，还是在6月合适？

河钢国际预计，在当年五六月份，国际市场上球团溢价导致的

"价差"约有9美元。在分析球团溢价的走势后，为降低采购成本，河钢国际矿产资源部与贸易部共同研究，最后确定选择5月作为计价期。也就是说，一部分货物卸在南方港口，另一部分货物卸在北方港口，统一采取"一港计价"策略。河钢国际与这家供应商接洽，利用此前的友好合作关系，发挥谈判技巧，成功说服这家供应商，争取到了"一港计价"方式。谈判终于取得成功。

河钢国际此次谈判，为河钢塞钢减少了200多万美元的采购成本。

荣登塞尔维亚"第一大出口创汇企业"宝座

宋嗣海与我们聊到了2018年夏天的艰难处境："在唐钢，无论是铁矿石原料进口，还是钢材产品出口，运输路线都是比较稳定的；在塞尔维亚，情况大不相同，无论是铁矿石原料进口，还是钢材产品出口，都要依赖多瑙河这条国际航运要道。然而，这条河先后出现封冻和断流，航运路线受到影响。也许有人会说，水路不行，走公路或铁路啊！不行，光靠公路和铁路根本满足不了市场的需要。这不是一个钢厂的问题，而是受到整个中东欧地区地理条件的制约，我们无法改变。"

"那该如何应对呢？"我问他。他说："唯一的办法，就是提前做好准备工作，做好充分的预估，未雨绸缪，变被动为主动。"

说实话，来塞尔维亚之前，我的脑海里回荡的都是伟大的赞歌，但来到这里之后，我才真切地感受到，这个刚刚走上复兴之路的钢厂，迈出的每一步都是非常艰难的。

尽管遇到了严重的干旱，但在2018年全年，河钢塞钢的效益仍然达到了历史最高水平。2018年1月至5月，河钢塞钢的利润就超过了2017年全年的利润。在这个阶段，河钢塞钢的出口额达到7.5亿欧元，同比增长了39.6%，比意大利菲亚特控股公司的出口额还要高出3500万欧元，成为塞尔维亚"第一大出口创汇企业"。2019年，河钢塞钢继续荣登塞尔维亚"第一大出口创汇企业"的宝座。

第21章

再践诺言：打造欧洲极具竞争力的钢铁企业

屹立在中东欧大地上的河钢塞钢

武契奇当选塞尔维亚共和国总统

2017年4月2日，是塞尔维亚人民在其政治生活中格外关注的一天。当天，塞尔维亚人民都守在电视机旁，等待着新一届总统的诞生。根据塞尔维亚选举委员会公布的计票结果，在经济复兴中作出巨大贡献的武契奇总理当选为塞尔维亚新一届总统，并将在2017年5月31日宣誓就职。

好事成双。武契奇接到中国政府的热情邀请，参加即将在北京举行的"一带一路"国际合作高峰论坛。

在启程之前，武契奇接受了中国央视女记者的采访。谈到塞、中两国人民的友谊，他的语气非常坚定："1999年，当我们处在最困难的时刻，你们与我们同在。5月7日是北约轰炸南联盟的纪念日，我们永远不会忘记！我们一直坚定地站在中国这边，坚持'一个中国'原则。塞尔维亚是欧洲巴尔干地区首个与中国签署关于共同推进'一带一路'建设备忘录的国家，两国的双边经贸合作发展顺利，尤其在基础设施建设方面的合作最为突出。中方企业承建的项目包括：贝尔格莱德跨多瑙河大桥，科斯托拉茨电站一期和二期项目，河钢集团收购斯梅代雷沃钢厂等，这些重大合作项目是两国友好合作的有力证明。2017年1月，塞尔维亚成为中东欧地区第一个对中国实行免签政策的国家。"

接着，他谈到了斯梅代雷沃钢厂的复兴："我感到非常自豪！正如你们看到的一样，钢厂曾一度濒临倒闭……它是塞尔维亚的一个难题。为了解决这个难题，我们下了很大的力气，但仍然无法解决。我们想到，要与中国合作。通过河钢集团的努力，钢厂走上了复兴之路……"

中国央视女记者饶有兴趣地问起了他的爱好："您最大的爱好是什么？"

"打篮球！"

"自从贵国对中国游客实行免签以后，越来越多的中国人想去塞尔维亚，您愿意推荐一些值得观光的地方吗？"

武契奇如数家珍："可以来贝尔格莱德看一看我们的卡莱梅格丹森林公园，走一走我们的鹅卵石街道，逛一逛我们的老城区……这些都是令人流连忘返的去处！此外，这里的夜生活非常丰富，年轻人喜欢，老年人也很喜欢。还有我们的诺维萨德市，那里有我们的彼得罗瓦拉丁城堡。站在高高的城堡上，你可以俯瞰美丽的多瑙河……"武契奇一口气说了好几个"我们的"。

"中国游客来到塞尔维亚，会有什么好吃的？"

武契奇脱口而出："肉，肉，还是肉！如果你喜欢吃肉，你肯定找对地方了，头盘菜里有肉，主食里有肉，甜品中还有肉！"

"下面这个问题有些尴尬……"

武契奇爽朗地笑了："您尽管问吧！"

"人们都说塞尔维亚姑娘的气质很迷人，有一种特别的美，这是不是真的？"

武契奇总理频频点头："我深信不疑！我认为我们国家拥有世界上最美丽的女性，她们不仅长得非常迷人，而且聪明，也很坚强。塞尔维亚女性很在意自己的打扮，她们穿着得体，希望把自己最好的一面展现给别人，也希望自己能为家乡甚至整个国家带来荣耀。我们为她们感到无比骄傲！"

"最后，我能问您一个私人问题吗？"

武契奇总理点了点头。

"不仅我很好奇，就连很多中国观众也特别想知道，您到底有多高？"

"1.98米，将近2米。"

中国央视女记者幽默地回应道："看来我今天特意穿上高跟鞋，算是穿对了！"

乘坐高铁,从北京赶往唐山

2017年5月15日,武契奇总理带领的高级代表团从贝尔格莱德国际机场起飞,前往北京。他们非常重视此次"中国行"。他们此行有两个目的:参加"一带一路"国际合作高峰论坛;参观考察拯救了斯梅代雷沃钢厂并创造不朽业绩的唐钢。

2017年5月17日,也就是在"一带一路"国际合作高峰论坛闭幕后的第二天,武契奇总理带领团队,从北京乘坐高铁,一路东行,前往河北唐山。

这是一个草木葱茏、满目滴翠的美好时节。像白鲸一样的高铁列车,掠过风景如画的冀东大地。列车行驶了一个多小时,在上午八点半左右抵达唐山火车站。一座与欧洲建筑风格完全不同的城市迎着璀璨的朝晖,出现在他们眼前。

车队穿过唐山的新华道,然后沿着碧绿的陡河岸边行驶了一会儿,就到了一个坐东朝西的大门前。大门上镶嵌着四个金色大字——河钢唐钢。

厂区外面早已有人在那里迎接这些远方的客人,其中包括:河北省副省长王晓东,中国驻塞尔维亚大使李满长,唐山市市长丁绣峰,外交部欧洲司副司长龚韬,河钢集团董事长于勇,唐钢董事长王兰玉,唐钢副总经理、河钢塞钢执行董事宋嗣海等。他们热情地迎了上去,与客人们亲切地握手。

在热烈的掌声中,武契奇总理带领团队步入厂区,向欢呼的人群挥手致意。他微笑着走向欢迎队伍,与员工们亲切握手。他与一位女员工用汉语亲切交谈:"您在这里工作感觉怎样?"

"非常开心!"

武契奇总理微笑着点了点头。

在欢迎的队伍中,有位来自河钢塞钢的员工,名叫杜山。杜山是塞尔维亚人,是个年轻的小伙子,目前在这里参加培训。

武契奇总理在这里见到这个来自家乡的小伙子,心里非常高兴。他用塞尔维亚的习俗向杜山致以问候,并亲切询问:"你对现在的工作满意吗?"

杜山回答:"非常满意!"

武契奇总理欣慰地笑了。

他们走过文化宣传廊,宣传廊的两则悬挂着一块块展板、一张张图片。这些展板和图片述说着唐钢不平凡的历史:1943年,在陡河岸边荒凉的土地上建立了第一座简易的炼铁高炉;1951年,唐钢研发出了"侧吹碱性转炉炼钢法",成为中国"侧吹碱性转炉炼钢"的发祥地;1976年,唐山大地震后,唐钢人仅用28天的时间就在震后的废墟上炼出了第一炉"志气钢"……

从实行"三步走"发展战略到建成千万吨级别的大钢厂,从全球金融危机中毅然崛起到参股瑞士德高公司,唐钢一路走来,每一笔都是浓墨重彩的,都记录着钢厂每一个重要的历史时刻。

在宣传廊里展示的图片中,就有河钢集团与塞尔维亚政府签署收购斯梅代雷沃钢厂协议时的现场图片。武契奇总理驻足观看,久久地凝视着,当时那火热的场面就像放电影一样一幕幕地出现在他的眼前……

他们走进大厅,在沙盘前听取了有关河钢唐钢的生产规模和发展情况的介绍,并观看了宣传片《钢铁报国》。宣传片播放结束后,武契奇总理带头站起身来鼓掌,对河钢集团打造"绿色钢铁"的抱负和国际化的发展战略表示认同和钦佩。

武契奇总理问于勇:"河钢塞钢的能源利用和环境治理,什么时候可以达到唐钢现在的水平?"于勇明确表示:"我们正在利用河钢集团最优质的资源,让河钢塞钢迅速恢复活力,用不了多久,河钢塞钢也会像现在的唐钢一样清新、美丽!"武契奇总理满意地点了点头。

接着,他们驱车来到以天蓝色为主色调的水处理中心,这里是华北地区最大的城市中水和工业废水处理中心。它的投产运行,标志着中国唯一一座以城市中水和工业废水作为水源的水处理中心诞生了。武契奇总理赞叹不已:"这真是一项伟大的成就啊!"

接着,他们前往炼铁区。整个钢厂绿树成荫,静悄悄的,车队好像行驶在五彩缤纷的油画中。武契奇总理有些纳闷:"现在这里还在生产吗?怎么看不到工人,听不到一点儿声音呢?"于勇告诉他:"现在工人们正在车间里忙生产,全体员工都在上班。我们按照绿色环保理念,打造生态型钢铁企业,把钢厂改造成了钢铁花园。唐钢已经成为中国乃至世界钢铁企业中环境最好的企业,也被业界誉为'世界上最清洁的钢厂',每年都会有许多国内外的合作伙伴前来参观!"武契奇总理点头称赞。

他们来到有效容积为3200立方米的炼铁高炉前,高大的炼铁高炉平台,智能化的操作系统,干净的除尘设备,都让他们眼前一亮。此时,一号出铁口正在出铁,通红的铁水像地下岩浆一样缓缓流出,烘烤着人们的脸颊,映红了宽敞的平台。

武契奇总理幽默地说道:"能不能把这座高炉搬到斯梅代雷沃去?"于勇笑着说道:"我们会按这个标准把河钢塞钢建设好!"

武契奇总理非常关心河钢塞钢的设备改造。于勇表示:"今年,河钢塞钢将投资1.2亿美元对关键设备进行改造,进一步改善工艺流程,调整生产结构,提升企业的竞争力!"武契奇总理听到这里,情不自禁地竖起了大拇指。

他非常关心河钢塞钢的运营状况。于勇介绍说:"中方人员与塞籍员工的合作非常默契,企业一直在盈利,员工的收入在不断增加。"

武契奇总理真诚地表示:"非常感谢中方经营管理团队的付出,希望他们能够更好地经营河钢塞钢!"接着,他把头转向随行的塞方官员:"我们要全力支持河钢塞钢的发展,要让河钢集团满意,让塞尔维亚政府和河钢集团实现互利双赢!"

武契奇总理特意以高炉为背景,愉快地接受了塞尔维亚国家电视台记者的采访。他最后说道:"我们此行的意义非常重大,印象非常深刻!我在这里看到了现代化的钢厂,特别是于勇董事长向我们介绍,在不久的将来,河钢塞钢也会达到这样的水平,我听了之后特别高兴!'一带一路'不仅是中国的梦想,也是塞尔维亚的梦想!"

他走在冷轧镀锌生产线前,看着一卷卷光亮耀眼、整装待发的冷轧产品,赞不绝口:

"Wonderful!"

"Beautiful!"

"Gorgeous!"

……

在镀锌生产线库区,他看到地面上整齐地摆放着像鳞片一样闪着银光的镀锌钢卷,就情不自禁地走上前,与钢卷合影留念。他所看到的这一切,都永远定格在他的脑海里。

打造欧洲极具竞争力的钢铁企业

2017年6月1日,中招国际招标有限公司发布了河钢塞钢重大设备改造项目招标公告。河钢集团在签署收购斯梅代雷沃钢厂的协议时就承诺过,将投入资金对钢厂进行大规模的设备改造,以提升企业的竞争力。这次国际招标,就是落实承诺的具体行动之一。

在河钢塞钢重大设备改造项目招标公告发布两个月后,中冶海外工程有限公司(简称"中冶海外")与中冶建工集团有限公司(简称"中冶建工")组成的联合体成功中标。

中冶建工是中华人民共和国成立后组建的第一个国家冶金建设队伍,也是改革开放后发展壮大起来的冶金建设劲旅,被业内人士称为"冶建国家队"。

作为新中国最早的钢铁工业建设力量,中冶建工集合了冶金科研、勘察设计、施工建设等力量,是全球最大的冶金建设承包商和冶金企业运营服务商。中冶建工承担过中国大中型钢铁企业90%以上的建设任务,在全球冶金建设市场份额的占比超过60%,为中国冶金工业的发展立下了汗马功劳。

进入21世纪,特别是随着中国"一带一路"倡议的推进,中冶建工加快实施"走出去"发展战略，迎着飒飒的海风，进入了东南亚冶金建设市场。从越南河静钢铁厂项目到马中关丹产业园，从印度的KPO钢厂项目到阿尔达坎电炉炼钢连铸项目，中冶建工彰显着大国企业的实力和风范。

现在，中冶建工把目光投向了遥远的中东欧地区。中冶建工与中冶海外组成联合体，成功中标河钢塞钢设备改造项目，此项目被业界人士称为"打开欧洲之门的金钥匙工程"。

2017年12月，冀东大地冰冻三尺，奇寒难耐。唐钢第二炼铁厂四号烧结机脱硫设施拆解工程项目正式启动。该工程主要包括烧结机、环冷机等系统的保护性拆除。

这是一项难度极大的复杂工程，既要确保多专业、多工种的人员同时进场施工，进行全系统拆除，又要考虑将拆除的设备运到河钢塞钢，完成后续安装。

为了确保拆除工程顺利进行，中冶建工严格要求，精心作业。按照合同约定，拆除只是这项工作的开始。接下来，中冶建工还要通过海运，将这些设备转运到河钢塞钢，进行重建。可以说，每个流程都考验着中冶建工的实力。

从北风呼啸、寒气逼人的严冬到冰雪初融、乍暖还寒的早春，工程进度的喜报频频传来：

2017年12月17日，脱硫系统电气部分拆除完成；

2017年12月20日，机尾配电室拆除完成；

2017年12月23日，水泵房拆除完成；

2017年12月28日，机头配电室、烟囱系统拆除完成；

2018年1月4日，烧结机系统拆除完成；

2018年1月12日，环冷系统拆除完成；

……

这项影响河钢塞钢未来发展的重大设备改造工程，正发生在陡河和多瑙河的冬春之交，在河钢塞钢这架古老的"钢琴"上奏响了别有韵味的旋律。

2019年7月24日，是一个值得纪念的日子。河钢塞钢新建的烧结厂在斯梅代雷沃市正式启用。武契奇总统专程从贝尔格莱德赶来参加开工仪式。数百名钢厂员工满怀激情，见证了这一历史性的时刻。

随着综合改造工程项目的深入推进，河钢塞钢将拆除能源系统、环保系统里的大部分老旧设备，安装一批国际领先的生产设备。

该项目总投资1.2亿美元，目的是对原材料加工系统、轧钢系统、加热炉系统等进行节能、绿色、环保等方面的综合改造，对转炉炼钢煤气系统进行能源回收、环保升级及智能化改造，同时全面改造能源系统，回收利用生产过程中产生的二次能源，做到循环利用，提升能源的综合利用水平。

河钢集团还为河钢塞钢的综合改造工程提供了强大的技术支持，植入了21项专利技术，引进了全球先进的绿色、环保制造新工艺，使改造后的钢厂达到了欧洲领先水平，成为欧洲极具竞争力的现代化钢铁企业。

2019是河钢塞钢的生产设备改造的提升之年。一个锈迹斑斑、满目疮痍的百年钢厂完成了脱胎换骨的改造，旧貌换了新颜。毫无疑问，这样的改造是要投入巨额资金的，很多人并不理解。有媒体记者问道："许多企业都以挣钱为目的，河钢塞钢才经营三年时间，盈利有限，现在河钢集团投入这么多钱进行设备改造，这样做值得吗？"

于勇的理念完全不同："我们不会像有的企业那样，片面地追求经济效益，使利益最大化。作为企业，我们当然要效益，但我们要的是在不断提高企业竞争力的过程中获取的效益。"

"您认为河钢塞钢的未来会怎样？"另一个记者问道。

于勇的回答非常响亮："河钢塞钢的未来一定会比现在好！因为钢厂在设备、技术、自动化等方面得到了更大的提升，成为节能、绿色、智能现代化工厂。河钢塞钢不仅是巴尔干半岛的企业，而且会成为欧洲极具竞争力的钢铁企业。"

现场掌声雷动。这样的回答让塞籍员工非常感动。河钢塞钢首席商务官斯维塔坦言："起初，我对河钢塞钢的经营管理团队充满忧虑,但我们很快就感受到了他们的真诚。他们像每一名塞尔维亚员工一样,都希望这个钢厂变得更好。"

在钢厂工作了20多年的瓦拉丹感受更深:"没有一个国家的企业能像河钢集团那样对我们的钢厂进行管理,他们有长远的目标,会对钢厂的未来进行投资。"

"中国风"吹进了这间"处于十字路口上的房子"

2015年1月,米兰·巴切维奇担任塞尔维亚共和国驻华大使。他对中国相当熟悉,是中国"一带一路"倡议的"铁杆粉丝"。

2016年6月,米兰·巴切维奇在接受中国媒体采访时,做了如下表达:"塞尔维亚是第一批积极响应'一带一路'倡议的国家。'一带一路'是一个世界性的倡议,在经济、政治、文化等领域都会对全人类产生影响!"他还说:"塞尔维亚是中东欧'16+1'机制的成员国,也是中东欧'16+1'峰会的主办国,所以我们签署了一系列与'一带一路'相关的协议。"

塞尔维亚作为一个欧洲国家,具有重要的地缘位置和战略意义。贝尔格莱德附近是多瑙河中部平原,是全国最大的农业区,拥有"欧洲粮仓"的美誉。这里还是全国甜菜、向日葵和水果的重要产地。贝尔格莱德是塞尔维亚的工业中心和水、陆、空交通枢纽,也是全国的机械制造中心。

他特别强调,"国有企业私有化"是塞尔维亚经济发展中最重要的一步,将对塞尔维亚的GDP增长有显著影响。他热情地介绍了塞尔维亚的投资优势:不仅地理位置优越,劳动力素质高,而且国家对投资实行税收优惠政策。塞尔维亚申请加入欧盟,因此具有很好的投资前景。他还列举了一些重点合作项目,包括:贝尔格莱德跨多瑙河大桥、贝尔格莱德—布达佩斯高速铁路、E763高速公路、科斯托拉茨电站改造项目等。

最后,他引用塞尔维亚著名的人类学家尤万茨维奇的一句名言:"塞尔维亚就像一间处于十字路口的房子,所有的风都会吹进房子里。"如今,"中国风"从万里之遥的中国吹到了正在复苏的塞尔维亚,吹到了正在由贫困走向富裕的城市和乡村,吹到了稻花飘香的多瑙河中部平原……

"你们认为不可能的事情,我们办到了!"

河钢集团之所以能够成功收购斯梅代雷沃钢厂,还要感谢一个人,这个人就是时任中国驻塞尔维亚大使的李满长。

李满长是出了名的"塞尔维亚通"。他这前半生,绝大多数时间是在贝尔格莱德度过的。他第一次踏上塞尔维亚的土地,是在1978年。那年他才二十出头,在北京外国语学院俄语系学习了一年,就出国留学,前往贝尔格莱德大学学习。那时,航空业不发达,从北京到贝尔格莱德没有航班,所以他必须先乘坐从北京到莫斯科的国际列车,然后在莫斯科转车,才能到达贝尔格莱德,全程需要10多天时间。现在已经开通了从北京到法兰克福再到贝尔格莱德的中转航班,全部行程只需短短的10个小时。

1982年,李满长从贝尔格莱德大学毕业后回国,进入外交部。后来,他又被派往贝尔格莱德,先后担任中国驻南联盟大使馆参赞、中国驻波黑共和国大使。2014年,李满长担任中国驻塞尔维亚大使。

李满长在塞尔维亚工作了30多年,无论是在塞尔维亚遭受北约军事打击的最困难的时刻,还是在战后塞尔维亚的重建中,他都在努力推进两国合作,并且作出了巨大贡献。时任塞尔维亚总理的武契奇称赞他是"最合格的大使"。

在李满长大使办公室的橱柜上，摆放着一把军中长剑。2016年6月，习近平主席访问塞尔维亚后，武契奇为了表达对李满长的谢意，特意把这把剑送给了他。

李满长曾送给武契奇一本英文版的《习近平谈治国理政》。武契奇再次与李满长见面时，谈到阅读《习近平谈治国理政》后的感想："习主席说得对，中国梦不仅是造福中国人民的梦，也是造福世界人民的梦！"

2016年12月，于勇董事长利用在河钢塞钢调研、指导工作的机会，专程来到贝尔格莱德中国驻塞尔维亚大使馆拜会李满长大使，向他介绍了河钢塞钢半年来的生产运营情况。李满长大使说："河钢塞钢这个项目，对塞尔维亚非常重要。武契奇总理非常重视这个项目，每个月都会听取有关河钢塞钢工作汇报。"

李满长大使高度赞扬河钢塞钢的中方经营管理团队："河钢塞钢是塞尔维亚的支柱型企业，它的命运直接关系到整个国家的经济发展。在过去，钢厂员工总担心钢厂倒闭，担心自己会失业；美钢联接手后，钢厂员工都指望着他们能够改变钢厂的命运，但最终还是空欢喜一场。受全球金融危机的影响，美钢联经营管理不善，连年亏损，不得不将钢厂抛售给塞尔维亚政府，丢下5000多名员工一走了之。后来，塞尔维亚政府进行了多次国际招标，没有哪个企业敢接手。欧盟也在不停地给这个国家施压……就在这个紧要关头，中国河钢集团来了，保留了全部员工，并努力经营钢厂。这对塞尔维亚来说，绝对是一个特大的喜讯！"

河钢塞钢成立以后，钢厂能否走出经营困境？这是业内人士关注的焦点。李满长大使谈到了河钢塞钢中方经营管理团队面临的三大压力：

第一，来自企业的经营压力。河钢集团接手前，钢厂处于半停产状态，全厂员工徘徊在失业边缘。为解决员工就业问题，保证地区稳定，塞尔维亚政府每年不得不拿出巨额资金来补贴钢厂。具有国际影响力的美钢联都没能挽救钢厂的命运，河钢集团收购钢厂后怎么才能让这个濒临倒闭的企业起死回生呢？这是一个很大的悬念。

第二，来自环境的压力。河钢塞钢中方经营管理团队成员初来乍到，他们在前期做了很多的调研和准备工作，但真正接手时，还是存在许多困难，比如：人生地不熟，对当地的政策法规缺乏足够了解；在实际操作中，他们面临着与钢厂原有管理团队和员工如何进行磨合、对接的问题，等等。

第三，来自工会组织的压力。在欧洲，工会是一个不受企业约束的组织。因为钢厂的员工基数比较庞大，厂里有七八个工会，每个工会都有自己的代表。他们会以工人利益最大化为目标，向中方经营管理团队提出一些诉求。

李满长大使欣慰地说道："河钢集团接手后，尽管面临着各种各样的困难，但这些困难都被他们克服了。他们没有把5000多名员工当成包袱，而是把他们当成宝贵的财富。他们虚心地向当地员工学习，时刻为他们着想，真心实意地与他们交朋友。这种真诚深深地感动了当地员工，给他们带来了温暖和希望。大家拧成一股绳，把不可能做到的事情变成了现实。武契奇总理对这个经营管理团队赞不绝口，因为他们不仅挽救了这个濒临倒闭的百年老厂，而且对整个国家的经济复苏产生了正面影响。"

河钢塞钢的成功复兴，提升了中国人在欧洲的形象。然而，某些国家的大使见到李满长时，还会提出质疑："这家钢厂真的在这么短的时间里就实现了全面盈利目标？不可能吧！"

李满长底气十足："你们认为不可能的事情，我们办到了！"

对于钢厂取得的成绩，李满长表扬道："中央党校教授讲课的时候，常把河钢塞钢作为一个'一带一路'建设的成功案例。河钢塞钢只是中塞合作的第一只报春鸟，未来会有更多的企业入驻塞尔维亚。"

第22章

打造命运共同体：中塞友谊是用钢铁铸就的

生机勃勃的多瑙河平原

斯梅代雷沃市的首个工业园区

我们到达斯梅代雷沃的第三天，河钢塞钢副总经理王连玺带领我们参观了多瑙河岸边的斯梅代雷沃新港码头。在返回钢厂的路上，我们看见多瑙河的右岸是一眼望不到边的平原。

王连玺告诉我们："这里就是未来的中塞友好（河北）工业园区。"这句话引发了我们的好奇心。

这里的确是一个好地方，最大的优势就是紧挨着多瑙河这条国际航运通道，无论是进口原材料还是出口钢材产品，这里的航运通道都十分便捷。

这个位于多瑙河岸边，依托河钢塞钢，在斯梅代雷沃市自贸区基础上建立的国家级工业园区，将会成为"一带一路"沿线国家的重要物流枢纽。

在外界看来，河钢集团成功收购斯梅代雷沃钢厂，只是河钢集团在境外扩张的一笔资本交易。其实不然，河钢集团的未来发展目标要宏伟得多。

河钢集团不只是为了收购一家境外的钢铁企业，还要以河钢塞钢为支撑，延伸和拓展新的产业链，引领中国国内有竞争力的企业入驻塞尔维亚的工业园区。这些企业将会获得更多、更好的机会，充当更加重要的角色，发挥出更大的作用。

2016年6月，在河钢集团与塞尔维亚政府共同签署收购斯梅代雷沃钢厂协议的同时，河北省政府与塞尔维亚政府共同签署了《关于建设中塞友好（河北）工业园区的合作谅解备忘录》，希望通过努力，在五年内使工业园区的建设形成规模。

2017年5月，贝尔格莱德市市长就如何建设工业园区的问题，与河北省政府在北京正式签署了合作协议。2017年7月17日，在塞尔维亚首都贝尔格莱德，河北省人大常委会党组书记、常务副主任范照兵与塞尔维亚工业和经济部长克兰·热维奇，就工业园区的规划问题进行了充分交流。河北省国资委、河钢集团等单位领导参加了会谈。会谈结束后，中、塞双方共同签署了关于《中塞友好（河北）工业园区建设的谅解备忘录》。至此，以河钢塞钢为依托，斯梅代雷沃中塞友好（河北）工业园区的建设进入实质性开发阶段。

中国企业入驻工业园区要求具备三个条件：一是入驻企业在中国国内有较强的市场竞争力；二是企业有强烈的"走出去"的愿望；三是企业在国内已经具备对外合作的基础。只有具备这样的条件，企业才能够入驻工业园区。此外，项目需要有延伸性，能够延伸出产业链，使工业园区的整体发展达到较高水平。

河钢集团围绕河钢塞钢，发展相关配套项目，已经具备入园条件。在双方的共同努力下，工业园区一定会有更加美好的未来。

从一雁单飞到群雁齐飞

2017年12月18日，在塞尔维亚首都贝尔格莱德，河钢集团董事长于勇与塞尔维亚总统武契奇进行了会晤，中国驻塞尔维亚大使李满长参加了会晤。

于勇董事长首先对武契奇总统的热情接待表示感谢，同时介绍了河钢塞钢2017年的生产经营情况和2018年的经营目标，还介绍了斯梅代雷沃中塞友好（河北）工业园区项目的推进情况。

中塞友好（河北）工业园区的建设正式拉开了序幕，工业园区的建设不仅会给这个地区带来发展机遇，还会提升塞尔维亚的竞争力。中、塞双方相信，在今后，工业园区的项目会跟河钢塞钢一样，每天都有新变化。

武契奇总统倾诉了他的肺腑之言："'一带一路'倡议对塞尔维亚的发展具有重大影响。河钢集团为塞尔维亚所做的一切，也是我这两年的一大政绩。我本人和塞尔维亚政府，会继续支持和推动河钢集团在塞尔维亚的发展。"

2018年3月,河钢集团开始全面推进工业园区项目建设。2018年9月,河钢集团完成了园区总体规划,并提交中、塞两国政府审核。审核通过后,园区将进入包括给水、排水、通电、通路、通讯、通暖气等工程实施阶段。

工业园区的建设,也为扩大斯梅代雷沃青年的就业问题创造了机遇。古拉吉·苏珊娜是斯梅代雷沃中学的一名女教师,负责学生的职业培训工作。她教授的一门主要课程,内容是如何在应聘中国企业的岗位中介绍自己。古拉吉·苏珊娜对故乡的未来发展充满信心:"河钢塞钢的健康运营,是我们这座城市复苏的关键。现在,河钢集团又开始建设工业园,将会有更多的中国企业入驻园区,这给斯梅代雷沃市的经济发展插上了一双强有力的翅膀。"

一花引来百花开。如果说河钢塞钢是一只报春的鸟儿,那么中塞友好(河北)工业园区的谋划和建设,将会引来一大批优质的中国企业驻扎进来,成为中国企业的"雁阵",在碧波荡漾的多瑙河上空飞翔。

河钢塞钢的制胜密码

河钢塞钢是如何取得成功的?这是业界人士一直想要破解的谜团。

2018年11月22日,正值寒冬时节,但石家庄的天气并不寒冷,我到河钢集团总部采访于勇董事长。如今,他已是世界钢铁行业引人注目的人物。在日本东京举办的"世界钢铁协会理事会"2018年的年会上,他被选为新一届理事会的副会长。在这次当选的新一届执行委员会成员中,一共有12家世界级的钢铁企业,河钢集团位列其中。这标志着河钢集团已跃上与世界强者为伍的国际大舞台。

在采访过程中,于勇从四个方面向我深入解读了河钢塞钢的制胜密码:

第一，得益于两国元首的亲民情怀。于勇说："河钢塞钢这个项目一开始只是一个企业的经营行为，在习近平主席参观考察以后，河钢塞钢的发展就上升为国家战略，得到两国领导人的高度重视和亲切关怀。美钢联有资本和技术，但它没有两国元首共同推进的强大助力。"

第二，得益于改革开放40年这个波澜壮阔的时代大潮。于勇说："从1978年到2017年，中国每年的钢铁产量超过8亿吨。在这巨大体量的背后，不仅是数量的增长，也是质量的提升。中国的钢铁工业由小到大，由弱到强，河钢集团在发展壮大的过程中也逐渐成为一个具有强大竞争力的企业，成为一个全球性的企业。拯救一个远在异国他乡的企业并非易事，背后承载着太多的期待……说实话，当初塞尔维亚政府和斯梅代雷沃钢厂的员工对我们的了解并不多，他们只知道河钢集团是一个来自中国的钢铁企业。最直观的感觉就是，这家中国企业能给钢厂带来一笔钱，可以解除钢厂的危机。他们不会想到，我们把这个钢厂变成了一个全球性的企业。河钢塞钢的成功，再次证明这样一个事实：经过改革开放40年的发展，中国已经成为世界钢铁大国，已经具备国际一流的技术水平、工业水平、人员管理水平，具备国际化资源配置和适应在海外经营的能力。这是国力的体现。河钢作为中国一个特大钢铁集团之一，对国家的贡献不仅仅在经济方面，而是超越了经济本身。河钢集团是'一带一路'倡议的强力支持者和践行者，是中国第一批'走出去'的企业，也是做得最实的企业。"

第三，得益于河钢集团的全球化战略布局。于勇说："'一带一路'倡议使河钢集团拥有了更广阔的发展空间，获得了国家更大的支持。面对一个亏损时间长达7年的企业，面对5000多名落魄的员工，美钢联拂袖而去，我们却使它成功实现了'大逆转'，因此，我们更应该具备'走出去'的信心。"

第四，得益于三个"本地化"的理念。于勇说："在收购斯梅代雷沃钢厂之初，塞尔维亚政府和钢厂员工对我们心存疑虑：我们是不是来掠夺他们的资源？我们是不是来抢他们的饭碗？我们成功收购南非矿业公司，控股瑞士德高公司，积累了许多宝贵的经验，这些经验总结出来，就是三个'本地化'，即'用人本地化，效益本地化，文化本地化'。在员工队伍上，我们没有从国内派出一个普通员工去抢他们的饭碗；在法律法规和生活习惯上，我们尊重当地的法律法规，尊重当地人的生活习惯；在经营管理上，我们只负责目标管理，不在具体的工艺流程上发生碰撞，从而赢得了塞籍员工的信任。有了这种信任，企业就会注入新的活力，不管地理、生活、文化等方面的差异多么大，员工们都能够携手并肩，共同奋斗，实现双赢。"

从多瑙河的蓝色到钢铁的蓝色

2019年1月2日，我们结束了在河钢塞钢的实地采访任务，踏上了归国的征程。当国航班机冲出贝尔格莱德尼古拉·特斯拉国际机场那长长的跑道飞向高空的时候，我情不自禁地透过窗户，俯视渐行渐远的多瑙河，心里产生了难以割舍的依恋情节。

再见了，多瑙河！

虽然我们在斯梅代雷沃停留的时间非常短暂，但内心却拥有太多的感受。我们切身感受到，在异国他乡的土地上，还有一群故乡人这样忘我地奋斗着……

从表面上看，我们走进的只是一家正在复兴之路上狂奔的钢厂，但它承载的却是整个塞尔维亚厚重的历史和5000多名员工们的殷切期望。

长期封冻的冰河终于解冻了，汹涌澎湃的春潮来临了，多瑙河水面上的冰块挤压着、冲撞着，以不可阻挡之势呼啸向前……

机舱里，我全神贯注地欣赏着《蓝色多瑙河》的视频。音乐响起来了，一群小姑娘穿着鹅绒舞裙欢快地跳着舞，美丽而动人。

春天来了，

大地在欢笑，
蜜蜂嗡嗡叫，
风吹动树梢。
啊，春天来了，
大地在欢笑，
蜜蜂嗡嗡叫，
风儿啊，
吹动树梢，
多美妙！
……

我被这疾风暴雨般的舞步征服了，音乐中反复歌唱的就是"春天来了，这一切多美好"。我陶醉在这如醉如痴的歌声中，小姑娘们激情奔放的舞步踏在我的心田上……

长期以来，因为施特劳斯创作的那首享誉世界的圆舞曲，人们都习惯把多瑙河称之为"蓝色"，而实际上，多瑙河从来没有出现过真正的蓝色，蓝色只是一种"美好的向往"。

然而，河钢塞钢的钢铁协奏曲却赋予了多瑙河真正的蓝色。炼铁高炉和炼钢转炉内燃烧的温度决定火焰的颜色。随着温度的上升，火焰温度达到3000℃时，就会出现橙色；温度达到4000℃时，就会出现银白色；温度达到5000℃时，就会出现蓝色。蓝色是最后的颜色，是各种颜色的升华。在业内，这种蓝色被称为"钢铁蓝"。

河钢塞钢的钢铁协奏曲的创作者不是诗人、音乐家、钢琴家和舞蹈家，而是由中、塞两国领导人共同担任指挥，通过河钢塞钢的全体员工共同谱写的新乐章。这篇新乐章是从河钢塞钢传出的，是向世界展示的中国方案、中国形象、中国品牌、中国名片、中国智慧……

他们没有穿着风度翩翩的燕尾服，而是穿着橘红色的钢铁工人劳动工作服；他们没有使用钢琴、双簧管等乐器，而是把钢厂的管道、氧气塔、高炉、转炉、轧钢机、流水线当成了演奏的工具；他们不是用手写的乐谱，而是把滚烫的铁水当成乐谱；他们不是在漂亮的剧场和音乐大厅里，而是把多瑙河两岸当成了天然的舞台……

如果说约翰·施特劳斯在《蓝色多瑙河》圆舞曲中呼唤的是对自然春天的向往，而河钢塞钢的钢铁协奏曲则是中、塞员工心灵深处对美好生活的强烈向往。

这是两国人民共同演奏的钢铁协奏曲。

这是献给中国和塞尔维亚的协奏曲。

这是奉献给"一带一路"倡议的协奏曲。

它伴着滚动的春潮在多瑙河岸边响起，然后传遍整个世界。